# 아르센 뤼팽 전집 **2**

## 아르센 뤼팽 대 헐록 숌즈

아르셴 뤼팽 전집 **2**

아르셴 뤼팽 대 헐록 숌즈 | 모리스 르블랑

Arsene Lupin contre Herlock Sholmes

김남주 옮김

황금가지

# 차례

첫번째 사건

금발의 여인

# 복권 번호 23조 514번

베르사유 고등학교의 수학 교사 제르부아 씨가 온갖 물건들이 뒤죽박죽으로 뒤섞여 있는 한 고물상에서 작은 마호가니 책상 하나를 골라낸 것은 지난해 12월 8일이었다. 서랍이 여러 개 달려 있다는 점이 그의 마음에 쏙 들었다.

〈쉬잔의 생일 선물로 딱 맞겠군.〉

그는 생각했다.

그는 얼마 되지 않는 자신의 수입으로 딸을 기쁘게 해주기 위해 애쓴 끝에 책상 값을 흥정해 65프랑을 지불했다.

그가 책상을 배달할 자기 집 주소를 적어주고 있는 사이에, 아까부터 상점 여기저기를 샅샅이 뒤지고 있던, 멋진 차림의 젊은 신사가 그 책상을 보고 물었다.

「이건 얼맙니까?」

「그건 팔린 물건입니다」

상인이 대답했다.

「아……! 그럼 혹시 이분한테?」

제르부아 씨는 그에게 고개를 숙여보였다. 그는 자기처럼 골동품을 볼 줄 아는 사람이 탐내는 책상을 손에 넣었다는 사실에 흡족해하며 상점을 나왔다.

하지만 열 걸음도 채 못 가서 그는 조금 전의 그 청년과 다시 마주쳤다. 청년은 모자를 손에 쥔 채 아주 예의 바르게 말했다.

「정말 죄송합니다만, 선생님……, 죄송하지만 여쭤볼 게 있어서……. 그 책상이 선생님께서 특별히 찾고 계시던 겁니까?」

「그렇진 않소. 난 체력 관리에 필요한 중고 체중계를 찾고 있었소」

「그렇다면 그 책상에 그렇게까지 애착을 느끼시는 건 아니겠군요?」

「하지만 아주 마음에 든다오」

「그건 골동품이기 때문이겠죠?」

「편리할 것 같기 때문이오」

「그렇다면 마찬가지로 편리하고 상태도 훨씬 좋은 다른 책상과 바꾸시겠습니까?」

「이 책상도 상태가 좋소. 그러니 나로서는 바꿀 필요가 없소」

「하지만……」

제르부아 씨는 쉽게 신경이 곤두서고 화를 잘 내는 성격의 소유자였다. 그는 냉담하게 말했다.

「이보시오, 신사 양반. 자꾸 이러지 마시오」

하지만 그 낯선 청년은 다시 그의 앞을 막아섰다.

「책상 값으로 얼마를 주셨는진 모르겠지만, 선생님, 제가 그 두 배를 드리지요」

「싫소」

「세 배를 드린다면요?」

제르부아 씨는 더 이상 참지 못하고 소리쳤다.

「이런! 그만하시오. 일단 내 손에 들어온 물건은 난 팔지 않소」

청년은 제르부아 씨를 뚫어져라 바라보았다. 그 매서운 눈매가 제르부아 씨의 뇌리에 깊숙이 박혔다. 그런 다음 청년은 한마디 말도 없이 몸을 돌려 가버렸다.

한 시간 후 그 책상은 제르부아 씨가 살고 있는 비로플레가의 작은 집으로 배달되었다. 제르부아 씨는 딸을 불렀다.

「네게 주는 거란다, 쉬잔. 마음에 들었으면 좋겠구나」

쉬잔은 성격이 밝고 감동을 잘하는 예쁜 처녀였다. 그녀는 아버지의 목에 매달려서는 마치 대단한 선물이라도 받은 것처럼 기뻐하며 그를 껴안았다.

그날 저녁, 하녀 오르탕스의 도움을 받아 책상을 자기 방으로 옮겨온 쉬잔은 서랍의 먼지를 털어내고 거기에 문서들, 서류함, 편지들, 수집해 놓은 엽서들, 그리고 사촌 필리프의 추억이 담긴 몇 가지 자질구레한 물건들을 정성스럽게 정리해 넣었다.

다음날 아침 일곱시 반 제르부아 씨는 학교로 출근했다. 열시가 되자 평소처럼 쉬잔이 교문에서 그를 기다리고 있었다. 철책문 맞은편 인도에서 자신을 기다리는 쉬잔의 우아한 모습과 해맑은 미소를 바라보는 것은 그에게는 커다란 즐거움이었다.

그들은 함께 집을 향해 걸었다.

「그 책상 어떠니?」

「정말 멋져요! 오르탕스와 제가 거기 달린 구리 장식을 반짝반짝하게 닦았어요. 마치 금으로 된 것 같아요」

「그렇게 마음에 드니?」

「정말 마음에 들어요! 지금까지 어떻게 그 책상 없이 지낼 수 있었는지 이상할 정도예요」

그들은 앞마당을 가로질렀다. 제르부아 씨가 제안했다.

「우리 점심 먹기 전에 가서 그것부터 볼까?」

「오! 좋아요. 정말 좋은 생각이세요」

쉬잔이 먼저 자기 방으로 올라갔다. 하지만 문 앞에 도착한 그녀는 겁에 질려 비명을 내질렀다.

「무슨 일이냐?」

제르부아 씨가 놀라서 더듬거리며 물었다.

그 역시 급히 딸의 방으로 들어왔다. 〈책상이 사라지고 없었다.〉

예심판사는 범죄에 동원된 수법이 놀랄 만큼 단순하다는 것에 놀랐다. 이웃사람들의 증언에 따르면 쉬잔이 외출하고, 하녀가 장을 보러 간 사이에 명찰을 단 택배 배달원이 마당 앞에 짐마차를 세우고 벨을 두 차례 눌렀다. 하녀가 외출했다는 사실을 몰랐던 이웃사람들은 전혀 의심하지 않았다. 그래서 도둑은 누구의 방해도 받지 않은 채 일을 처리할 수 있었던 모양이었다.

주목해야 할 것은 다른 가구들은 전혀 손대지 않았으며, 괘종시계조차 비뚤어지지 않았다는 사실이었다. 더 더욱 이상한 것은 그 책상의 대리석판 위에 쉬잔이 놓아두었던 지갑이 금화까지 고

스란히 들어 있는 채로 옆 탁자에 옮겨져 있었다는 사실이다. 따라서 도둑질의 동기는 너무나도 명백했는데, 바로 그 점이 사태를 설명하기 어렵게 만들었다. 도대체 왜 그렇게 보잘것없는 물건 때문에 대낮에 위험을 무릅썼단 말인가?

교사가 제공할 수 있는 유일한 단서는 전날에 벌어졌던 일뿐이었다.

「제가 제안을 거절하자, 그 청년은 아주 불쾌해하더군요. 돌아서면서 그가 앙심을 품은 것이 분명합니다」

너무나 막연한 얘기였다. 고물상 주인을 탐문 수사했으나, 그는 두 사람 중 어느 누구도 기억하지 못했다. 문제의 책상은 파리 외곽의 슈브뢰즈 마을에서 죽은 사람의 물건을 40프랑에 산 것으로, 그는 그것을 적당한 가격에 되팔았다고 여기고 있었다. 수사는 더 이상 진전을 보지 못했다.

하지만 제르부아 씨는 자신이 커다란 손해를 봤다는 생각에서 벗어날 수가 없었다. 그 책상 서랍 어딘가에 이중 바닥이 있어서 그 안에 큰돈이 숨겨져 있었을지도 몰랐다. 그 청년은 그 사실을 알고 그런 짓을 한 것일 터였다.

「가엾은 아버지, 도둑맞지 않았다면 우리가 그 돈으로 뭘 했을까요?」

쉬잔은 그렇게 묻는 게 버릇이 되었다.

「그러게나 말이다! 그 돈을 지참금으로 갖고 있다면 넌 최고의 신랑을 맞을 수 있었을 텐데」

그 말에 쉬잔은 쓸쓸한 한숨을 내쉬었다. 그녀는 보잘것없는 혼처인 사촌 필리프를 마음에 두고 있었던 것이다. 그렇게 베르사유에 있는 그 작은 집에서 두 사람은 아쉬움과 실망 속에서 조금 더 우울해지고 조금 더 무료해진 채 삶을 이어갔다.

그 후 두 달이 지났다. 어느 날 갑자기 중대한 사건들이 꼬리에 꼬리를 물고 이어졌다. 예기치 못한 행운과 재앙이 번갈아 밀어닥쳤던 것이다!

2월 1일 오후 다섯시 반, 막 퇴근한 제르부아 씨는 손에 신문을 들고 자리에 앉아 안경을 쓴 다음 신문을 읽기 시작했다. 정치엔 관심이 없었으므로 그는 처음 몇 장을 그냥 넘겼다. 넘기자마자 다음과 같은 제목의 기사 하나가 그의 주의를 끌었다.

제3차 언론 협회 복권 추첨.
복권 번호 23조 514번, 당청금은 백만 프랑으로…….

신문이 그의 손가락 사이로 미끄러져 떨어졌다. 눈앞에서 벽들이 흔들렸고, 심장이 쿵 하고 내려앉았다. 23조 514번은 바로 그가 갖고 있는 복권이었다! 그는 운명의 호의를 그다지 믿지 않았지만 한 친구를 도와주려고 그 복권을 샀다. 그런데 그것이 당첨되다니!

그는 재빨리 수첩을 꺼냈다. 분명히 23조 514번이라고 씌어 있었다. 기억해 두려고 번호를 적어놓은 것이다. 그런데 복권이 어디 있더라?

그는 후닥닥 일어나 그 귀중한 복권을 넣어둔 봉투함을 찾으러 서재로 갔다. 서재 문을 열기 전에 그는 다시 한번 비틀거리며 그 자리에 못 박힌 듯 멈춰섰다. 가슴이 죄어들었다. 문제의 봉투함은 이미 그곳에 없었다. 아찔한 가운데 그는 문득 벌써 몇 주 전부터 그 봉투함이 보이지 않았다는 사실을 깨달았다. 학생들의 숙제를 고쳐주는 동안 으레 그의 눈앞에 있었어야 할 그 봉투함이 벌써 여러 주 전부터 보이지 않았던 것이다!

그때 마당의 자갈 위에서 누군가의 발소리가 들려왔다. 그는 딸을 불렀다.

「쉬잔! 쉬잔!」

쉬잔이 달려왔다. 그녀는 서둘러 올라왔다. 제르부아 씨는 목이 졸린 듯한 목소리로 더듬더듬 물었다.

「쉬잔……. 그 상자……, 그 봉투함 어딨지?」

「무슨 함 말씀이세요?」

「루브르 박물관 상자 말이다……. 내가 목요일에 가져왔지……. 이 탁자 끝에 있었는데」

「기억을 더듬어보세요, 아빠……. 저랑 함께 정리했잖아요……」

「언제?」

「그날 저녁……. 아시잖아요. 그 일이 있기 전날……」

「그런데 그게 도대체 어디 있니? 대답하렴……. 난 미칠 것 같다……」

「어디냐고요……? 그 책상 속이지요」

「도둑맞은 책상 속에 말이냐?」

「예」

「그게 도둑맞은 책상 속에 있다고!」

그는 너무나도 어이가 없어 나지막하게 그 말을 되풀이했다. 이윽고 그는 딸의 손을 잡고는 더욱 낮은 목소리로 말했다.

「거기에는 백만 프랑이 들어 있었단다, 얘야……」

「예! 아빠, 그런데 제게 그런 얘긴 안 하셨잖아요?」

그녀가 영문을 모르겠다는 듯이 중얼거렸다.

「백만 프랑이란 말이다!」

그가 되풀이했다.

「언론 협회 당첨 복권이 그 안에 들어 있었단다」

엄청난 낭패감이 두 사람을 짓눌렀다. 그들은 오랫동안 입을 열지 못했다. 침묵을 깨뜨릴 엄두가 나지 않았던 것이다.

이윽고 쉬잔이 입을 열었다.

「하지만 아버지, 어쨌든 그 돈을 받으실 수 있을 거예요」

「어떻게? 무슨 증거로?」

「증거가 있어야 하나요?」

「당연하지!」

「아버지께 그 증거가 없나요?」

「아니, 하나 있긴 하지」

「그런데 뭐가 걱정이죠?」

「그게 그 상자 안에 있단다」

「사라진 상자 안에 말인가요?」

「그래, 도둑놈은 그것도 손에 넣겠지」

「그건 너무해요! 하지만, 아버지, 그런 일이 일어나지 못하도록 조치를 취할 수 있지 않을까요?」

「어떻게 말이냐? 어떻게? 상대는 분명 악랄한 놈일 텐데! 그자는 온갖 수단을 다 동원할 거야! 생각해 보렴……! 그 책상이 어떻게 없어졌는지를……」

그는 자리에서 벌떡 일어나 발을 굴렀다.

「하지만 안 돼, 안 되고말고. 그자가 그 돈을 차지하도록 내버려둘 순 없어. 백만 프랑을 그자가 갖게 할 순 없다고! 어째서 그 자가 그 돈을 가져야 하는 거지? 어쨌든 아무리 수완이 좋다 하더라도 그자 역시 아무 짓도 할 수 없을 거야. 만약 그자가 그 돈을 받으러 나타난다면 그 자리에서 체포당할 게 분명하니까! 그래! 두고봐라, 이 못된 자식아!」

「좋은 생각이라도 나셨어요, 아버지?」

「무슨 일이 일어나든 간에 끝까지 우리의 권리를 지켜내는 거야! 그럼 결국 우리가 이길 거야! 그 백만 프랑은 내 거야. 내가 받을 거라고!」

잠시 후 그는 다음과 같은 내용의 전보를 보냈다.

파리 카퓌신가,
부동산 기금 총재 귀하.

23조 514번 복권의 원소유자로서, 이 복권의 지불 요청에 대해 가능한 모든 법률적 수단을 동원해 지불 정지해 줄 것을 요청함.
—— 제르부아

거의 같은 시각 부동산 기금에는 또 하나의 전보가 도착했다. 그 전보의 내용은 이러했다.

23조 514번 복권을 갖고 있음.
—— 아르센 뤼팽

아르센 뤼팽이라는 인물의 삶을 이루고 있는 무수한 모험들 중 어느 하나를 이야기하려 할 때면 그의 오랜 친구인 나조차 당혹 감에 젖곤 한다. 뤼팽의 모험들은 아주 사소한 것까지도 모르는 사람이 거의 없기 때문이다. 오히려 상대방이 내게 그 모험 이야 기를 들려주려 할 정도이다. 사실 세상을 떠들썩하게 할 방법이 동원되지 않는다면 그건 우리 〈국민 도둑〉(사람들은 그에게 이런 애정어린 별명을 붙여주었다)이 한 일이라 할 수 없고, 그가 가진 다면성의 이면을 탐사하게 하지 않는다면 그의 작품이라 할 수 없으며, 영웅적인 행동의 치밀성이 일반적인 수준에 그친다면 그 건 그가 한 일이 아닌 것이다.

예를 들어 〈복권 번호 23조 514번〉, 〈앙리 마르탱 대로의 범 죄〉, 〈푸른 다이아몬드〉 같은 제목으로 언론에 대서특필된 이 특 이한 〈금발의 여인 사건〉을 모르는 사람이 어디 있겠는가. 유명한 영국 탐정 헐록 숌즈의 개입을 두고 얼마나 말이 많았던가! 그 두 위대한 맞수 대결의 특징이라 할 수 있는 거듭되는 반전이 사람 들을 흥분의 도가니로 몰아넣지 않았던가! 신문팔이들이 〈아르센 뤼팽, 드디어 체포요, 체포!〉 하고 고함치던 날에는 거리마다 그 야말로 소동이 벌어졌다.

그렇지만 내가 이 이야기를 시작하는 이유는 이 사건을 새롭게 조명해 보겠다는 뜻에서이다. 뤼팽의 모험에는 언제나 풀리지 않 는 수수께끼가 있다. 나는 그 점을 명확히 밝혀내고 싶었다. 나는 신문과 잡지의 기사들을 읽고 또 읽었고, 오래된 인터뷰들을 샅 샅이 점검했다. 나는 그런 정보들을 짜맞추고 분류해 정확한 사실을 추려냈다. 그런 나의 작업을 도와준 사람은 바로 아르센 뤼팽 그였다. 그는 부족한 나를 친구로서 끊임없이 칭찬해 주었다. 또한 이번 일에는 숌즈의 친구이자 조수로 못 말리는 인물인 윌슨(셜록 홈즈의 친구이자 조수인 왓슨을 패러디한 인물——옮긴이)의 도움도 컸다.

앞에서 언급된 두 장의 전보문이 언론에 보도되었을 때 터져나온 사람들의 폭소를 모두들 기억할 것이다. 아르센 뤼팽은 그 이름만으로도 구경꾼들에게는 여흥의 보증 수표이자 경이로운 담보물이었다. 그리고 이 경우 구경꾼이란 전 세계 모든 사람들을 의미했다.

부동산 기금은 즉시 조사에 착수했다. 그 결과 23조 514번 복권은 크레디 리요네 은행 베르사유 지점 담당자가 포병 소령 베시에게 판 것으로 확인되었다. 그런데 소령은 나중에 낙마 사고의 후유증으로 사망했다. 그의 친지들에 대한 탐문 조사 결과, 소령은 죽기 얼마 전에 그 복권을 한 친구에게 넘겼노라고 말했다는 사실이 드러났다.

「그 친구가 바로 나요」

제르부아 씨가 힘주어 말했다.

「증거가 있습니까?」

부동산 기금 총재가 반문했다.

「그걸 증명하란 말이오? 식은 죽 먹기요. 내가 그와 친구 사이였으며, 우리가 가끔 아름 광장의 카페에서 만나곤 했다는 걸 증언해 줄 사람이 스무 명도 넘을 테니까 말이오. 형편이 어려워지자 어느 날 그가 그 카페에서 나에게 20프랑을 받고 그 복권을 넘긴 거요」

「그 장면을 본 사람이 있습니까?」

「없소」

「그렇다면 어떤 근거로 선생님의 주장을 믿으란 말입니까?」

「그가 내게 쓴 편지가 있소」

「어떤 편지죠?」

「복권과 함께 핀으로 꽂아둔 편지라오」

「보여주십시오」

「하지만 그건 도난당한 책상 안에 있소!」

「그걸 찾아오셔야겠습니다」

하지만 정작 그 편지의 내용을 공개한 사람은 아르센 뤼팽이었다. 《에코 드 프랑스》에 그에 관한 기사가 실렸던 것이다. 《에코 드 프랑스》는 뤼팽의 공식 기관지를 자처하는 신문으로, 뤼팽이 그 신문의 대주주인 모양이었다. 기사의 내용은 베시 소령이 개인적으로 뤼팽에게 보낸 그 편지를 그가 고문 변호사 드티낭 씨에게 맡겼다는 것이었다.

그 기사는 폭발적인 환호성을 불러일으켰다. 아르센 뤼팽에게 변호사가 있다니! 아르센 뤼팽이 기존 질서를 존중한다는 뜻으로 변호사를 선임하다니!

수많은 기자들이 즉시 드티낭 씨의 집으로 달려갔다. 그는 영향력 있는 급진파 국회의원으로 극히 청렴한 동시에 조금은 회의적이고 역설을 즐기는 세련된 지성의 소유자였다.

아쉽게도 드티낭 씨는 아르센 뤼팽을 직접 만나보지 못했다. 그는 그 사실을 몹시 안타까워했다. 하지만 그는 실제로 그 사건을 맡는 데 동의했다. 뤼팽에게 선택되었다는 사실을 개인적 영광으로 알고 감격한 그는 의뢰인의 권리를 힘껏 옹호할 작정이었다. 그는 새로 마련한 서류철을 열고 단도직입적으로 소령의 편지를 공개했다. 편지는 그 복권이 양도된 사실은 분명히 증명해 주었지만, 새로운 취득자의 이름은 밝히지 않고 있었다. 다만 〈친애하는 친구……〉라고만 되어 있을 뿐이었다.

아르센 뤼팽은 그 편지와 동봉한 메모에서 밝히고 있었다. 〈그 '친애하는 친구'가 바로 납니다. 내가 이 편지를 갖고 있다는 사실이야말로 가장 명백한 증거지요.〉

기자들은 즉각 제르부아 씨의 집으로 몰려갔다. 하지만 제르부아 씨 역시 같은 말을 반복할 따름이었다.

「그가 말하는 〈친애하는 친구〉란 바로 나요. 아르센 뤼팽은 내게서 복권과 함께 소령의 편지까지 훔쳐갔단 말이오」

이에 대해 뤼팽은 기자들에게 이렇게 답했다.

「증명을 하라고 하시오!」

제르부아 씨 역시 기자들을 상대로 이렇게 주장했다.

「책상을 훔쳐간 게 바로 그라는 사실이 증거요」

그러자 뤼팽이 대답했다.

「내가 그랬다는 증거를 대라고 하시오!」

23조 514번 복권의 소유권을 주장하는 두 사람 사이의 공개적인 대결, 기자들의 설왕설래, 미친 듯이 흥분한 가엾은 제르부아 씨와 침착하기 짝이 없는 아르센 뤼팽의 대조적인 태도는 정녕 환상적인 구경거리였다.

언론은 불행한 제르부아 씨의 한탄을 대서특필하곤 했다! 제르부아 씨는 사람들의 심금을 울리는 순박한 태도로 자신의 불운을 호소했다.

「생각해 보시오, 여러분, 그 불한당 같은 자가 훔쳐간 건 바로 내 딸 쉬잔의 결혼 지참금이란 말이오! 나 자신은 아무래도 좋소. 하지만 쉬잔은 다르단 말이오! 생각해 보시오, 백만 프랑이라니! 십만 프랑의 열 곱이란 말이오! 아! 그 책상에 보물이 들어 있는 줄 알고 있었건만!」

사람들이 그에게 책상을 훔쳐갈 당시 도둑은 그 안에 복권이 들어 있다는 걸 모르고 있지 않았겠느냐고, 어쨌든 그 복권이 거액에 당첨되리라는 것을 아무도 알 수 없지 않았느냐고 반박했지만 소용없었다. 제르부아 씨는 이렇게 한탄했다.

「이보시오, 그자는 알고 있었을 거요! 그렇지 않다면 왜 그런 하찮은 책상을 가지려고 그렇게 애썼겠소?」

「이유는 잘 모르지만, 겨우 20프랑밖에 나가지 않는 종이 조각을 수중에 넣기 위해서는 아니었을 것 같은데요」

「그건 백만 프랑짜리 복권이오! 그는 알고 있었을 거요……. 그는 모르는 게 없으니까……! 이런! 당신들은 모르시는군! 그 악당이 어떤 인간인지……. 하긴, 그에게 백만 프랑을 탈취당한 건 당신들이 아니니까 말이오!」

그 공방전은 금세 결말 나지 않을 것이 분명했다. 그런데 열이틀째 되는 날 제르부아 씨는 아르센 뤼팽이 보낸 편지 한 통을 받았다. 봉투에는 〈친전〉이라고 씌어 있었다. 그는 커져가는 조바심 속에서 편지를 읽어 내려갔다.

선생,
사람들은 우리의 이 쓸데없는 신경전을 즐기고 있습니다. 이제 냉정해져야 할 때가 되었다고 생각지 않으십니까? 제 생각에는 단호하게 그래야 한다고 봅니다.

상황은 단순합니다. 저는 복권을 갖고 있되 그 돈을 받을 권리가 없고, 선생은 권리는 있지만 복권이 없습니다. 그러니 선생과 저는 서로 협력하지 않고는 아무것도 할 수가 없습니다.

그런데 선생도 제게 선생의 권리를 양도하려 들지 않고, 저도 선생께 제 복권을 드리려 하지 않습니다.

그렇다면 어떻게 해야 할까요?

제가 보기에 방법은 하나뿐입니다. 나누는 거지요. 오십만 프랑은 제가, 나머지 오십만 프랑은 선생이 갖는 겁니다. 공평하지 않습니까? 이런 솔로몬의 판결 같은 멋진 해결책이야말로 공정함을 바라는 우리의 욕구를 만족시켜 주지 않겠습니까?

이건 적절한 해결책인 동시에 신속한 해결책이기도 합니다. 선생이 한가롭게 이론을 제기할 수 있는 제안이 아니라 반드시 받아들여야 할 제안입니다. 지금과 같은 상황에서 선생에겐 선택의 여지가 없습니다. 사흘 동안 생각할 시간을 드리겠습니다. 금요일 아침, 《에코 드 프랑스》의 광고란에서 A. L. 씨 앞으로 보내는 광고를 볼 수 있다면 좋겠군요. 거기에 암시적인 말로 내가 선생께 제의한 계약에 전적으로 동의한다고 하십시오. 특별한 일이 없다면, 선생에게 즉각 복권이 전달되어 선생은 백만 프랑을 받으실 수 있을 겁니다. 단, 오십만 프랑은 제게 넘겨주셔야 합니다. 그 방법은 차후에 알려드리지요.

선생이 거절하실 경우에도 물론 저는 같은 결과가 나올 수 있도록 조치를 취해 놓았습니다. 하지만 그럴 경우 선생의 고집이 초래할 심각한 문제들 때문에 추가 비용으로 이만 오천 프랑을 지불하셔야 할 겁니다.

감사와 존경을 보내며

— 아르센 뤼팽


　흥분한 제르부아 씨는 이 편지를 다른 사람들에게 보여주고 사본까지 만들도록 방치하는 커다란 실수를 하고 말았다. 분개한 나머지 온갖 어리석은 짓을 다 저지른 셈이었다.

「난 한푼도 못 줘! 그자는 한푼도 받을 수 없소! 내 몫을 나눠 달라고? 어림없는 소리. 돈을 원한다면 그 복권을 찢어버리라고 하시오!」

그는 몰려든 기자들 앞에서 소리쳤다.

「하지만 한푼도 못 받는 것보다는 오십만 프랑을 받는 편이 낫지 않습니까?」

「이건 그런 문제가 아니오. 내 권리 문제란 말이오. 법정에 가서라도 내 권리를 찾겠소」

「아르센 뤼팽과 소송을 벌이시겠다고요? 그건 어리석은 일일 텐데요」

「그게 아니오. 부동산 기금과 소송을 한다는 거요. 부동산 기금은 내게 백만 프랑을 넘겨줘야 할 거요」

「그 복권을 제시하든가 적어도 선생이 그걸 샀다는 증거를 제시해야 할 겁니다」

「증거가 있소. 아르센 뤼팽 자신이 그 책상을 훔쳤다는 사실을 인정했으니까」

「아르센 뤼팽의 말이 법정에서 효력이 있겠습니까?」

「상관없소. 어쨌든 난 할 거요」

사람들은 열광해서 발을 구르면서 좋아했다. 파리 시민 모두가 관심을 보였다. 어떤 이들은 뤼팽이 제르부아 씨를 꼼짝못하게 할 거라고 주장했고, 또 어떤 이들은 제르부아 씨의 협박이 뤼팽을 잠재울 거라고 예측했다. 내깃돈이 오가기도 했다. 그러나 대부분의 사람들은 제르부아 씨에게 측은함을 느끼고 있었다. 두 사람의 힘의 차이가 엄청났던 것이다. 한쪽이 가차 없이 상대를 공격하고 있다면, 다른 한쪽은 덫에 걸린 짐승처럼 어쩔 줄 몰라 하고 있었다.

문제의 금요일이 되자 사람들은 가판대에서 《에코 드 프랑스》를 뽑아들고는 정신없이 광고란인 5면을 찾았다. A. L. 씨에게 보내는 광고는 없었다. 제르부아 씨는 아르센 뤼팽에게 침묵으로 답을 대신했다. 그건 일종의 선전포고였다.

그리고 그날 저녁 신문들에는 일제히 제르부아 양의 납치 소식이 대문짝만 하게 실렸다.

알다시피 뤼팽이 만들어내는 볼거리 가운데 우리를 가장 즐겁게 하는 것은 우스꽝스럽기 짝이 없는 경찰의 역할이다. 모든 것이 경찰의 손길이 미치지 못하는 가운데 이루어진다. 뤼팽, 그가 말하고, 그가 쓰고, 예측하고, 명령하고, 협박하고, 실행하는 것이다. 프랑스 경찰청장, 형사들, 순경들, 요컨대 누구라도 그의 계획에 방해가 되는 사람은 아무도 존재하지 않는 것 같다. 그 모든 것이 뤼팽 앞에서는 아무 힘도 발휘하지 못했다. 장애물 같은 것은 없다.

하지만 그렇다고 해서 경찰이 동분서주하지 않는 것은 아니었다. 사건이 아르센 뤼팽과 관계된 것임이 알려지자마자 말단에서부터 최고위층까지 모든 경찰이 분노로 들끓었다. 뤼팽은 그들의 적이었다. 그들을 비웃고 부추기고 경멸하는 적, 아니 가장 참을 수 없는 것은 그들을 무시하는 적이라는 사실이었다.

그런 적에 맞서서 뭘 어떻게 할 수 있단 말인가? 제르부아 씨집 하녀의 증언에 따르면, 쉬잔은 오전 아홉시 사십분쯤 집을 나섰다. 그런데 열시 오분에 학교에서 나온 제르부아 씨는 늘 서 있던 인도 위에서 딸의 모습을 찾을 수 없었다. 그러니까 사건은, 쉬잔이 집에서 나와 학교에 도착하기까지, 적어도 그 근처에 가기까지 이십 분 동안의 길지 않은 산책중에 일어난 것일 터였다.

이웃사람 둘이 그녀가 집에서 삼백 보 정도 떨어진 길을 건너는 것을 보았다고 증언했다. 또 어떤 부인은 제르부아 양의 인상착의와 비슷한 처녀가 큰길을 따라 걷는 것을 보았다고 말했다. 하지만 그 후에는? 그 후에는 그녀를 본 사람이 없었다.

사방으로 수사가 진행되었다. 기차역과 시 경계의 관문세 징수원들에 대한 탐문 수사가 진행되었다. 그들은 그날 젊은 여성이 납치된 것으로 의심될 만한 일을 전혀 목격하지 못했다고 대답했다. 다만 빌 다브레에 있는 어떤 잡화점 주인이 파리에서 온 유개차에 기름을 넣어주었다고 증언했다. 운전석에는 어떤 남자가, 차 안에는 눈부신 금발의 여인이 앉아 있었다는 것이다. 그로부터 한 시간 후 그 자동차가 베르사유에서 돌아왔다. 교통 혼잡 때문에 차는 속력을 늦출 수밖에 없었고, 덕분에 잡화점 주인은 아까 언뜻 본 그 금발의 여인 옆자리에 베일과 숄로 몸을 감싼 다른 여자가 앉아 있는 것을 볼 수 있었다. 그 여자의 인상착의는 쉬잔

제르부아와 정확히 일치했다.

그렇다면 납치가 환한 대낮에 파리 시내 한가운데에서 인파로 붐비는 길 위에서 일어났단 말인가!

어떻게 그런 일이 일어날 수 있단 말인가? 그런 장소에서 어떻게? 비명소리 하나 들은 사람이 없었고, 수상한 행동 하나 목격되지 않았다.

잡화점 주인은 그 자동차에 대해 몇 가지 정보를 가지고 있었다. 프종 자동차에서 나온 24마력짜리 진청색 리무진이었다. 어쨌든 수사의 손길은 자동차 납치 범죄에 관한 한 전문가나 다름없는 그랑 가라주 정비소 사장 봅 발투르 여사에게까지 미쳤다. 그녀는 금요일 아침 한 금발 여성이 프종 리무진을 한나절 빌린 적이 있노라고 증언했다. 하지만 그 후 다시는 보지 못했다는 것이었다.

「그렇다면 운전사는요?」

「에르네스트라는 청년으로 완벽한 서류를 갖추고 있어서 그 전날 고용했습니다」

「지금 있습니까?」

「아뇨. 그는 자동차를 반환한 다음 더 이상 오지 않았습니다」

「그의 행적을 추적할 수 있습니까?」

「물론이죠! 그에게 추천장을 써준 사람들에게 연락해 보면 될 겁니다. 이게 그 명단입니다」

경찰에서는 그 명단에 올라 있는 사람들의 집으로 연락을 취했다. 하지만 그들 중 에르네스트라는 인물을 아는 사람은 없었다.

이처럼 뭔가 밝혀지는 듯하면 사건은 또다시 어둠으로, 또다시 미궁으로 빠져들었다.

제르부아 씨는 시작부터 엄청난 재앙을 몰고 온 이 싸움을 계속해 나갈 힘이 없었다. 딸의 종적이 묘연해진 뒤부터 회한에 사무쳐 괴로워하던 그는 두 손을 들고 말았다.

《에코 드 프랑스》에 예의 그 광고가 실렸다. 그에 대해 모두들 제르부아 씨의 무조건 항복이라고 평했다.

뤼팽의 승리였다. 싸움은 나흘 만에 끝난 것이다.

이틀 후 제르부아 씨는 부동산 기금의 뜰을 가로질러 건물 안으로 들어갔다. 총재에게 안내된 그는 23조 514번 복권을 내밀었다. 총재는 깜짝 놀라면서 말했다.

「오! 복권을 가져오셨군요? 되돌아온 겁니까?」

「엉뚱한 곳에 가 있었지요. 이제 여기 있습니다」

제르부아 씨가 대답했다.

「하지만 선생은……, 문제가 있다고 하셨지 않습니까?」

「그런 얘긴 모두 객쩍은 농담일 뿐이었소」

「하지만 어쨌든 증빙 서류는 제출하셔야 합니다」

「소령의 편지면 되겠소?」

「물론입니다」

「여기 있소」

「완벽합니다. 복권과 편시는 저희에게 맡기셔야 합니다. 원본 확인에 보름이 걸립니다. 돈을 내드릴 수 있게 되면 즉시 연락을 드리지요. 그때까지 선생님, 아무 말도 하고 싶지 않으실 걸로 압니다. 이 사건을 조용히 끝맺고 싶으실 테지요」

「그게 내가 바라는 거요」

제르부아 씨는 더 이상 아무 말도 하지 않았고, 총재 역시 그러 했다. 하지만 아무리 조심해도 누설되게 마련인 것이 바로 비밀이었다. 그리하여 아르센 뤼팽이 대담하게도 제르부아 씨에게 23조 514번 복권을 돌려주었다는 사실이 모두에게 알려졌다. 사람들은 무엇에 얻어맞기라도 한 듯 경탄하며 그 소식을 받아들였다. 그렇게 귀중한 복권, 그렇게 중요한 패를 탁자에 던질 줄 아는 사람은 분명 진짜 도박의 귀재일 터! 물론 뤼팽은 꼭 그래야 할 때가 아니었다면, 판의 균형을 회복할 수 있는 더 좋은 패를 쥐기 위한 것이 아니었다면 그런 패를 내놓을 리가 없을 터였다. 하지만 만약 그 젊은 처녀가 도망친다면? 만약 그가 잡고 있는 인질을 경찰이 성공리에 구해 낸다면?

경찰은 적의 약점을 포착했다고 여기고 수사에 더욱 힘을 기울였다. 스스로 권리를 포기한 아르센 뤼팽, 제 꾀에 넘어간 아르센 뤼팽, 그토록 탐내던 백만 프랑을 한푼도 만져보지 못하게 된 아르센 뤼팽……. 이제 경찰은 승기를 잡은 것처럼 보였다.

하지만 쉬잔을 구출해야 했다. 그러나 경찰은 그녀를 찾아내지 못했고, 그녀가 탈출하는 일 같은 건 더 더욱 일어나지 않았다.

요점은 이러했다. 아르센 뤼팽은 첫판을 이긴 셈이었다. 하지만 가장 어려운 일이 남아 있지 않은가! 실제로 제르부아 양이 그의 수중에 있고, 그는 오십만 프랑을 받고 나서야 그녀를 내줄 터였다. 하지만 언제, 어떻게 그 일을 한단 말인가? 돈과 그녀를 무사히 맞바꾸기 위해서는 약속을 정해야 할 것이다. 그럴 경우 제르부아 씨가 경찰에 신고해서 딸도 찾고 돈도 챙기는 걸 어떻게 막을 것인가?

제르부아 씨에게 온갖 인터뷰 요청이 밀려들었다. 그러나 몹시 낙심한 그는 요지부동으로 말을 하려 들지 않았다.

「난 할 말이 없소. 기다릴 뿐이오」

「그럼 선생 딸은?」

「수사가 진행되고 있소」

「하지만 아르센 뤼팽이 선생에게 편지를 보냈잖습니까?」

「아니오」

「맹세하실 수 있습니까?」

「싫소」

「그렇다면 보냈단 말이군요. 그가 어떤 지시를 내렸습니까?」

「난 아무 말도 하지 않겠소」

기자들은 드티낭 변호사에게도 질문을 퍼부었다. 역시 신중하기 짝이 없는 대답이 돌아왔다.

「뤼팽 씨는 내 고객입니다. 제가 극도로 말을 삼가지 않을 수 없음을 양해하시리라 믿습니다」

그는 한껏 진지한 어조를 동원해 대답했다.

이 애매모호한 대답들은 구경꾼들을 조바심 나게 만들었다. 물론 알려지지 않은 가운데 계획은 착착 진행되고 있었다. 경찰이 제르부아 씨 주위를 밤낮으로 감시하는 동안, 아르센 뤼팽은 그물을 쳐놓고 그물코를 정비하고 있었다. 예상할 수 있는 결말은 다음 세 가지뿐이었다. 뤼팽이 체포되느냐, 그가 승리하느냐, 아니면 딱하고 우스꽝스럽게 일이 부산되고 마느냐 하는 것이었다.

하지만 당시 이 문제에 대한 대중의 호기심은 일부분밖에 충족되지 못했다. 지금 이 책의 다음 몇 쪽에서 비로소 처음으로 엄연한 진실이 백일하에 드러나게 되는 것이다.

3월 12일 화요일, 제르부아 씨는 부동산 기금에서 전갈을 받았다. 편지는 겉으로 보기에는 아주 평범한 봉투에 담겨 있었다.

목요일 오후 한시, 그는 파리행 기차를 탔다. 그리고 같은 날 두시, 천 프랑짜리 지폐 천 장이 그에게 지급되었다.

그가 덜덜 떨리는 손으로 그 돈을 한 장 한 장 헤아리고 있는 동안(그 돈은 결국 쉬잔의 몸값이 아닌가?), 부동산 기금 건물 입구에서 약간 떨어진 곳에 자동차 한 대가 와서 섰다. 차 안에는 두 사내가 타고 있었다. 그중 하나는 희끗희끗한 머리카락에, 평범한 회사원 차림과는 어울리지 않는 우락부락한 얼굴을 하고 있었다. 바로 경시청 경감인 가니마르, 뤼팽과는 오랜 숙적인 바로 그 사람이었다. 그는 폴랑팡 경사에게 지시했다.

「이제 얼마 안 남았군……. 오 분 안에 제르부아 씨가 나타날 걸세. 준비는 다됐나?」

「물론입니다」

「우리 인원이 몇이지?」

「여덟입니다. 그중 둘은 자전거를 갖고 있고요」

「내가 세 사람쯤은 거뜬히 해치울 수 있네. 그 정도면 충분해. 하지만 그래도 마음을 놓을 순 없어. 어떤 일이 있더라도 제르부아 씨를 놓쳐선 안 돼……. 그렇게 되면 끝장이라고. 그는 뤼팽과 약속한 장소로 가겠지. 둘은 약속을 했음이 분명해. 그는 오십만 프랑을 주고 딸을 찾아오겠지. 사건을 그것으로 끝내겠다는 거지」

「그런데 어째서 그 사람은 우리에게 협조하지 않는 걸까요? 그러면 아주 간단할 텐데요. 우리에게 협조만 하면 그 사람은 백만 프랑을 몽땅 갖게 될 거 아닙니까」

「그렇지. 하지만 겁먹은 거야. 그자를 속이면 딸을 영영 못 찾게 될 거라고 여기는 거지」

「그자라면?」

「〈그놈〉 말일세」

그렇게 대답하는 가니마르의 어조는 약간 겁먹은 듯하면서 동시에 심각했다. 마치 언젠가 그 날카로운 발톱 맛을 본 적이 있는 어떤 초자연적인 존재에 대해 말하고 있는 것 같았다.

「일이 좀 우습게 됐군요. 보호를 원하지도 않는 사람을 우리가 보호하게 되다니 말입니다」

폴랑팡 경사가 때맞추어 한마디했다.

「뤼팽과 관련된 사건에 휩쓸리다보면 세상이 거꾸로 돌아가는 것 같네」

가니마르는 한숨을 내쉬었다.

시간이 조금 흘렀다.

「저길 보게」

가니마르가 말했다.

제르부아 씨가 건물에서 나오고 있었다. 카퓌신가 끝에서 그는 왼쪽 길로 접어들었다. 그는 상점가를 따라 진열장을 바라보며 천천히 걸어가고 있었다.

「저 사람, 너무 침착하군. 주머니에 백만 프랑을 넣고 있는 사람이 저렇게 침착할 수가 있나」

가니마르가 말했다.

「그럼 뭘 어쩌겠습니까?」

「오! 물론 뭘 어째야 한다는 건 아니지만……, 그냥 의심스러워서 말일세. 이건 뤼팽, 뤼팽이 관련된 사건이거든」

순간 제르부아 씨는 가판대 쪽으로 가더니 신문을 사고 거스름돈을 건네받은 다음 펼쳐들었다. 그는 두 팔을 뻗은 채 신문을 읽으며 잦은 걸음으로 계속 걸었다. 그러더니 갑자기 길가에 서 있던 자동차에 날랜 동작으로 올라탔다. 시동이 걸려 있었던지 차는 재빨리 출발해 마들렌 성당을 지나 시야에서 사라졌다.

「제기랄! 또 그의 수법이 나오는군!」

가니마르가 소리쳤다.

그는 달리기 시작했다. 다른 형사들도 그와 함께 마들렌 성당 쪽으로 달려갔다.

하지만 다음 순간 가니마르는 웃음을 터뜨렸다. 말제르브로 초입에 그 자동차가 고장난 채 서 있었고, 제르부아 씨가 차에서 내리고 있었던 것이다.

「서두르게, 폴랑팡……, 운전사를 맡아……. 저자가 아마 에르네스트일 거야」

폴랑팡은 운전사를 붙잡았다. 가스통이라는 이름의 그 운전사는 택시 기사 협회 회원이었다. 십 분 전에 어떤 신사가 자신을 불러 다른 신사가 올 때까지 차의 시동을 걸어놓고 가판대 근처에서 기다려달라고 했다는 것이었다.

「그 또다른 신사 말인데……, 그가 어디로 가자고 하던가?」

폴랑팡이 물었다.

「정확한 주소를 말하지 않고……, 말제르브로로 해서……, 메신 대로로……. 팁은 두둑히 주겠다고 하더군요. 그뿐입니다」

그러는 동안 제르부아 씨는 잠시도 허비하지 않고 처음으로 만난 삯마차에 뛰어올랐다.

「마부 양반, 콩코르드 지하철역으로 갑시다」

거기서 지하철을 타고 팔레 루아이알 지하철역 출구로 나온 제르부아 씨는 또다시 마차 있는 곳으로 달려가 부르스 광장으로 가자고 말했다. 다시 전철을 타고 빌리에 대로로 나온 그는 세번째로 마차를 탔다.

「마부 양반, 클라페이롱가 25번지로 갑시다」

클라페이롱가 25번지의 모퉁이 건물은 바티뇰로와 면해 있었다. 제르부아 씨는 2층으로 올라가 벨을 눌렀다. 한 신사가 나와서 문을 열어주었다.

「여기가 드티낭 변호사님 댁 맞소?」

「내가 바로 드티낭입니다. 댁은 물론 제르부아 선생이시겠죠」

「그렇소」

「기다리고 있었습니다, 선생. 들어오시지요」

제르부아 씨가 드티낭 변호사의 서재로 들어섰을 때 괘종시계는 세시를 가리키고 있었다. 제르부아 씨가 물었다.

「그가 만나자고 한 시각이오. 그는 어디 있소?」

「아직 오지 않았습니다」

제르부아 씨는 자리에 앉아 이마에 맺힌 땀을 닦고는 몇 시인지 잊기라도 한 것처럼 다시 시계를 보았다. 그는 불안한 듯 다시 물었다.

「그가 올 것 같소?」

변호사가 대답했다.

「지금 그 질문 말인데요, 선생, 나만큼 그 대답을 알고 싶어하는 사람도 이 세상에 없을 겁니다. 이렇게 안달이 나기는 평생 처음입니다. 어쨌든 그가 온다면 커다란 위험을 무릅쓴 겁니다. 이 집은 보름 전부터 감시당하고 있으니까요……. 경찰에선 내 말을 믿지 않더군요」

「내 말은 더 더욱 믿지 않는다오. 그래서 말인데 내게 붙은 미행을 제대로 따돌렸는지 나도 잘 모르겠소」

「하지만 그렇다면……」

제르부아 씨는 버럭 소리를 질렀다.

「그렇다 해도 그건 내 잘못이 아니오. 나는 비난당할 일이 없소. 내가 무슨 약속이라도 했소? 〈그의〉 지시를 따른다고 말이오. 어쨌든 나는 〈그의〉 지시를 멍청할 정도로 따랐소. 〈그가〉 지정한 시각에 돈을 받았고, 〈그가〉 알려준 방법대로 당신 집으로 왔소. 내 딸에게 일어난 불행한 일에 책임을 느끼고 내가 한 약속을 성실하게 지켰소. 그도 자신이 한 약속을 지켜야 하오」

그러더니 그는 여전히 걱정스런 목소리로 물었다.

「그가 내 딸을 데리고 오긴 할 것 같소?」

「그러기를 바랍니다」

「하지만……, 당신은 그를 만나보지 않았소?」

「제가요? 천만에요! 그는 나에게 단지 편지로 당신과 그, 두 사람을 내 집에서 맞아줄 수 있는지……, 세시 전에 하인들을 모두 내보낼 수 있는지, 당신이 도착하고 그가 떠날 때까지 내 아파트에 아무도 들이지 않을 수 있겠는지를 물어왔을 뿐입니다. 만약 그 제안에 동의하지 않는다면 《에코 드 프랑스》에 두 줄짜리 광고를 실어 그 사실을 알려달라고 하더군요. 하지만 나는 아르센 뤼팽에게 도움을 주고 싶어서 기꺼이 그 모든 것에 동의했습니다」

제르부아 씨는 끙 하고 신음했다.

「맙소사! 이 모든 일이 도대체 어떻게 끝나려고?」

그는 주머니에서 지폐 뭉치를 꺼내 탁자 위에 올려놓고는 정확

히 둘로 나누었다. 그런 다음 입을 다물었다. 이따금 제르부아 씨
는 귀를 기울였다……. 혹시 벨이 울린 것은 아닐까?

시간이 갈수록 그의 불안은 커져만 갔고, 드티낭 변호사 역시
거의 고통에 가까운 감정을 느끼고 있었다.

그때였다. 더 이상 견디기 어려웠는지 변호사가 완전히 이성을
잃고 자리에서 벌떡 일어났다.

「우리는 그를 만날 수 없을 겁니다……. 어떻게 그런 일을 기
대할 수가 있겠습니까……? 그의 입장에서 보면 여기 오는 건 미
친 짓이란 말입니다! 그가 우리를 믿는다 해도, 다시 말해서 우
리가 그를 배반할 만큼 속물들이 아니라고 그가 믿는다 해도 말
입니다. 위험한 건 이곳만이 아닙니다」

그러자 제르부아 씨는 낙담한 표정으로 지폐 뭉치 위에 두 손
을 올려놓고 더듬거리며 말했다.

「제발 그가 와주었으면. 맙소사, 제발 그가 와주었으면! 쉬잔
을 무사히 되돌아오게 할 수만 있다면 이걸 다 주어도 좋으련만」

그 순간 문이 열렸다.

「제 몫만으로 충분합니다, 제르부아 씨」

한 사내가 문턱에 서 있었다. 우아한 옷차림의 젊은 사내였다.
제르부아 씨는 그가 베르사유의 고물상 근처에서 자신에게 접근
했던 청년임을 즉시 알아보았다. 그는 사내에게 달려갔다.

「그런데 쉬잔은? 내 딸은 어디 있소?」

아르센 뤼팽은 조심스럽게 문을 닫고는 무척 점잖은 태도로 장갑을 벗으면서 변호사에게 말했다.

「친애하는 변호사님. 제 권리를 지키는 데 동의하신 은혜에 어떻게 감사해야 할지 모르겠습니다. 그 은혜는 결코 잊지 않겠습니다」

드티낭 변호사는 우물거리며 말했다.

「그런데 당신은 벨도 울리지 않았잖습니까……? 문소리도 못 들었는데……」

「벨이나 문은 소리 없이 작동할수록 좋은 법이죠. 어쨌든 저는 이곳에 이렇게 와 있습니다. 중요한 건 그거죠」

「내 딸! 쉬잔 말이오! 그 애를 어떻게 한 거요!」

제르부아 씨가 다시 소리쳤다.

「세상에, 선생. 정말 급하시기도 하군요! 자, 마음을 가라앉히십시오. 이제 잠시 후면 따님이 선생 품에 안길 겁니다」

뤼팽이 말했다.

그는 몇 걸음 걸은 다음 지체 높은 사람이 치하라도 하는 듯한 고상한 어조로 입을 열었다.

「제르부아 씨, 조금 전에 선생이 보여준 능란한 모습에 찬사를 보냅니다. 만약 그 자동차가 그렇게 엉뚱하게 고장만 나지 않았다면, 우리는 에투아르 광장에서 간단히 일을 처리할 수 있었을 것이고, 이런 일로 드티낭 변호사를 번거롭게 하지 않아도 되었을 텐데……. 결국 이렇게 되었군요! 어쩌겠습니까」

그는 두 덩이의 지폐 뭉치를 발견하고는 소리쳤다.

「아! 완벽하군요! 여기 백만 프랑이 있군요……. 시간을 낭비할 필요가 없겠죠. 내가 가져도 되겠습니까?」

드티낭 변호사가 탁자 앞을 가로막았다.

「하지만 제르부아 양은 아직 도착하지 않았습니다」

「그래서요?」

「이 자리에 그녀가 꼭 있어야 하는 것 아닙니까?」

「그렇군요! 그렇지요! 아르센 뤼팽이 그 정도의 믿음밖에는 주지 못했다는 거군요. 제가 오십만 프랑을 주머니에 넣고 인질을 돌려주지 않을까 봐 그러는군요. 이런! 친애하는 변호사 선생, 저를 정말 잘못보셨습니다! 운명이 저를 몰아쳐 이런 좀……, 특별한 성격의 일을 하게 되었기로서니 제 성실성을 의심하다니……. 저를 의심하다니! 양심과 품위를 아는 인간인 저를 말입니다! 친애하는 변호사 선생, 만약 겁이 난다면 창문을 열고 도움을 청하십시오. 집 근처에 십여 명의 형사들이 깔려 있을 테니」

「정말입니까?」

아르센 뤼팽은 커튼을 젖혔다.

「제 생각엔 제르부아 씨가 가니마르의 미행을 떨쳐버리지 못한 것 같습니다……. 제가 뭐라고 했습니까? 저 충직한 양반이 저기 있군요!」

「이럴 수가! 하지만 단언하건대 난……」

제르부아 씨가 외쳤다.

「저를 배신하지 않았다는 말씀이지요……? 저도 압니다만 저 친구들은 전문가들입니다. 가만, 폴랑팡이 보이는군요……! 그레옴도 있고요! 저런, 디외지까지! 모두 제 오랜 친구들이지요!」

드티낭 변호사는 놀란 눈길로 그를 바라보았다. 어쩌면 저렇게 태연할 수가 있는지! 그는 마치 어린아이가 장난을 치듯 즐거운 웃음을 터뜨리고 있지 않은가. 그 어떤 곤경도 그를 위협할 수 없을 듯했다.

경찰이 깔려 있다는 사실보다도 그걸 개의치 않는 듯한 뤼팽의 태도가 변호사를 더욱 안심시켰다. 그는 지폐가 놓여 있는 탁자에서 물러났다.

아르센 뤼팽은 두 개의 돈다발을 하나씩 차례로 잡아서는 각각에서 스물다섯 장씩을 덜어내 모두 쉰 장의 지폐를 드티낭 변호사에게 내밀었다.

「이건 제르부아 씨가 주는 사례금입니다, 친애하는 변호사 선생. 그리고 이건 아르센 뤼팽이 드리는 거고요. 우리는 당신에게 신세를 졌으니까요」

「제게 이러실 필요 없습니다」

드티낭 변호사가 대답했다.

「무슨 말씀입니까? 지금까지 당신을 그렇게 번거롭게 했는데!」

「그건 모두 내가 좋아서 한 일입니다!」

「그렇다면 다시 말해서, 친애하는 변호사 선생, 당신은 이 아르센 뤼팽으로부터 아무것도 받지 않겠다는 겁니까? 이렇게 되면 제 평판이 나빠질 텐데」

그는 한숨을 내쉬었다.

그는 그 오만 프랑을 제르부아 씨에게 내밀었다.

「선생, 우리의 멋진 만남을 기념해서 이걸 선생에게 드리겠습니다. 이건 제르부아 양의 결혼 선물입니다」

제르부아 씨는 재빨리 지폐를 받았지만 이렇게 반박했다.

「내 딸은 결혼 같은 건 하지 않소」

「선생이 허락해 주지 않는다면 못하겠지요. 하지만 따님은 지금 무척 결혼을 하고 싶어합니다」

「당신이 그것을 어떻게 안단 말이오?」

「젊은 처녀들이 아버지의 허락 없이 꿈을 꾸곤 한다는 걸 알고 있지요. 다행스럽게도 이 세상에는 책상 속 깊은 곳에서 그런 매력적인 영혼의 비밀을 발견할 줄 아는 아르센 뤼팽 같은 천사들이 있답니다」

드티낭 변호사가 물었다.

「그 책상 속에서 다른 걸 찾으신 건 아닙니까? 어째서 당신이 그런 수고를 무릅쓰고 그 책상을 손에 넣으려고 애썼는지 정말 궁금하군요」

「역사적인 이유에서랍니다, 친애하는 변호사 선생. 제르부아 씨의 생각은 전혀 다르겠지만 그 책상 속에는 복권 외에(전 그 복권이 거기 있다는 걸 모르고 있었지요), 다른 보물 같은 것은 없었습니다. 저는 그 책상에 애착을 갖고 오래전부터 찾고 있었지요. 아칸더스 잎새 모양으로 기둥 머리를 장식하고, 주목(朱木)과 마호가니 나무로 만든 그 책상은, 마리 발레브스카가 살던 불로뉴의 작은 집에 있던 것입니다. 그 책상의 서랍 중 하나에는 다음과 같은 글귀가 새겨져 있습니다. 〈프랑스 황제 나폴레옹 1세에게 바칩니다. 그의 충성스러운 신하 막시옹.〉 그리고 바로 그 위에 칼 끝으로 새겨진 〈마리에게〉라는 글귀도 있습니다. 나폴레옹은 후에 황후 조세핀을 위해 그것과 똑같은 책상을 만들게 했지요. 조세핀이 살았던 말메종 성에서 지금도 관람객의 찬탄을 자아내고 있는 문제의 책상(이 책상은 현재 프랑스 왕실 가구관인 가르드 뫼블르에 있다——편집자 주)은 그러니까 이제 제 소장품 중 하나가 된 그 책상의 모조품일 뿐이지요」

제르부아 씨가 신음하듯 말했다.

「맙소사! 만약 그 사실을 알았더라면 그 고물상에서 진작 당신한테 그 책상을 넘겨줬을 텐데!」

아르센 뤼팽은 웃으면서 말했다.

「선생이 그렇게 했다면 23조 514번 복권의 당첨금은 선생 혼자의 몫이 되었을 겁니다」

「그랬다면 당신이 내 딸을 납치하는 일도 없었을 것이고. 그 모든 일 때문에 그 애는 분명히 크게 놀랐을 거요」

「그 모든 일이라니오?」

「납치 말이오……」

「하지만 친애하는 선생, 잘못 아셨습니다. 제르부아 양은 납치된 적이 없습니다」

「내 딸이 납치된 적이 없다니!」

「그런 일 전혀 없습니다. 납치니 폭력이니 하는 게 무슨 말입니까. 이런, 그녀는 자신이 원해서 인질이 된 겁니다」

「자신이 원해서라고!」

어안이 벙벙해진 제르부아 씨는 상대의 말을 반복했다.

「거의 사정하다시피 했지요! 그렇고말고요! 제르부아 양처럼 영리한 젊은 처녀라면, 게다가 그녀처럼 은밀한 열정을 마음속 깊은 곳에서 키워가고 있는 처녀라면 지참금으로 남자의 마음을 사는 일 같은 건 거부하는 게 당연하지 않습니까! 아! 분명히 말씀드리는데, 선생의 고집을 꺾으려면 다른 방법이 없다는 걸 그녀에게 이해시키는 일은 전혀 어렵지 않았답니다」

드티낭 변호사는 그 일에 대해 몹시 재미있게 여기고 있는 듯했다. 그가 끼어들었다.

「가장 어려웠던 일은 선생님과 따님의 사이가 좋았다는 점이었겠지요. 혼자 있는 제르부아 양에게 접근하기가 쉽지 않았을 테니까요」

「오! 제가 접근한 게 아닙니다. 저는 제르부아 양을 만날 영광을 갖지 못했답니다. 그녀와 협상에 나서준 사람은 제 여자 친구였지요」

「자동차에 탔던 금발의 여인이 분명하군요」

드티냥 변호사가 말했다.

「그렇습니다. 제르부아 씨의 학교 근처에서 두 사람이 만나자마자 모든 게 술술 풀렸지요. 그때부터 제르부아 양과 제 여자 친구는 벨기에와 네덜란드로 여행을 떠났습니다. 젊은 처녀에게는 너무나도 유쾌하고 고무적인 여행이었겠지요. 나머지 이야기는 잠시 후에 제르부아 양 자신이 선생에게 설명할 텐데……」

현관에서 벨소리가 들려왔다. 세 번은 짧게, 이어 한 차례, 그리고 또 한 차례.

「그녀가 왔군요. 친애하는 변호사 선생, 나가서 문을 좀……」

뤼팽이 말했다.

변호사는 재빨리 현관으로 달려갔다.

두 여자가 방으로 들어왔다. 그중 하나가 제르부아 씨의 품속으로 와락 안겨들었다. 또다른 여인은 뤼팽 쪽으로 나아왔다. 그녀는 상당히 큰 키였으며, 균형 잡힌 몸매에 아주 창백한 얼굴이었고, 반짝이는 금발 머리를 두 갈래로 갈라 늘어뜨리고 있었다. 검은 옷차림에 다섯 줄로 된 흑옥 목걸이 말고는 아무런 장신구도 하지 않았지만, 그녀에게서는 세련됨과 우아함이 풍기고 있었다.

아르센 뤼팽은 그녀에게 몇 마디 말을 건넨 다음 제르부아 양에게 말했다.

「죄송합니다, 제르부아 양. 이 모든 고생을 하시게 해서요. 하지만 그렇게 불행한 시간을 보내신 게 아니었으면……」

「불행하다니오! 가엾은 아버지 생각만 아니었다면 얼마나 행복한 시간이었다고요」

「그렇다면 정말 다행이군요. 다시 한번 아버님을 안아드리고 이 기회를 이용해……, 정말 좋은 기회 아닙니까. 아가씨의 사촌에 대해 말씀드리세요」

「제 사촌이오……, 무슨 말씀인지? 저로서는 잘 모르겠군요……」

「아니, 아실 겁니다……. 당신의 사촌 필리프 말입니다……. 아가씨가 소중하게 편지를 간직하고 있던 그 필리프……」

쉬잔은 얼굴을 붉히며 당황해서 어쩔 줄 몰라했다. 이윽고 그녀는 뤼팽의 충고대로 다시 아버지의 품으로 뛰어들었다.

뤼팽은 애정 어린 눈빛으로 두 사람을 바라보았다.

〈선을 행하면 반드시 보상받는군! 감동적인 장면이야! 행복한 아버지! 행복한 딸! 그리고 이 행복이 바로 네 작품인 셈이지, 뤼팽! 나중에 이들은 네게 감사하게 될 거야. 후손들에게까지 네 이름을 두고두고 말하게 되겠지……, 오! 가족! 가족이라……!〉

그는 그렇게 속으로 중얼거리면서 창가 쪽으로 다가갔다.

「딱한 가니마르는 아직도 저기 있겠지? 그가 이런 감격적인 장면을 얼마나 보고 싶어할까! 아니……, 그가 보이지 않는군. 아무도 없어……. 그도, 다른 형사들도……. 맙소사! 상황이 심각하군. 그들이 이미 건물로 들어왔다 해도 놀라울 게 없지. 어쩌면 현관 앞까지 왔을지도 몰라……. 아니면, 이미 계단을 올라오고 있는지도!」

때맞추어 제르부아 씨가 슬쩍 몸을 움직였다. 딸이 돌아오자 다시 그에게는 현실 감각이 돌아왔다. 상대를 체포하도록 도와주면 그에게는 오십만 프랑이 생기는 것이다. 본능적으로 그는 한 걸음 내디뎠다……. 하지만 뤼팽이 순전히 우연처럼 앞을 막아섰다.

「어디 가십니까, 제르부아 씨? 저들로부터 나를 지켜주시려고? 친절하기도 하시군요! 그러실 것 없습니다. 단언하건대 지금은 나보다 저들이 더 당황하고 있을 겁니다」

그는 생각에 잠긴 채 말을 계속했다.

「요컨대 그들이 뭘 알고 있겠습니까? 선생이 여기 있다는 사실, 그리고 아마 제르부아 양도 있는 것도 알고 있겠지요. 그녀가 낯선 여인과 함께 이곳에 도착하는 것을 보았을 테니까 말입니다. 하지만 제 경우는 어떨까요? 그들은 제가 여기 있는 줄 모를 겁니다. 오늘 아침 지하실에서 다락방까지 이 집을 샅샅이 수색한 참인데, 제가 그들의 눈에 띄지 않고 들어왔다고 생각하겠습니까? 아닐 겁니다……. 모든 가능성을 고려해 보면, 그들은 나타나는 즉시 체포하기 위해 저를 기다리고 있는 겁니다……. 가엾은 친구들 같으니라고! 낯선 여인이 제가 보낸 사람이라는 것을 눈치채고 그녀가 돈과 인질을 바꿔갈 거라고 짐작하시지 않는다면……, 하지만 그럴 경우 그들은 그녀가 이 집을 나서는 순간 체포하려 하겠죠……」

순간 벨소리가 들려왔다.

재빠른 동작으로 뤼팽은 제르부아 씨를 제지했다. 그러고는 건조한 목소리로 강압적으로 말했다.

「거기 서시오, 선생. 선생 딸을 생각하고 이성적으로 행동하시오. 만약 그렇지 않으면……, 그리고 당신, 드티낭 변호사, 당신도 약속을 지키시오」

제르부아 씨는 그 자리에 못 박힌 듯이 멈춰섰다. 변호사 역시 움직일 수 없었다.

서두르는 티를 전혀 내지 않은 채 뤼팽은 모자를 집어들었다. 모자에는 먼지가 조금 묻어 있었다. 그는 소맷부리로 먼지를 털어냈다.

「친애하는 변호사 선생, 앞으로 혹시 내 도움이 필요한 일이 있다면 언제든 연락을……. 그리고 쉬잔 양, 행복을 빌겠소. 필리프 씨에게 안부를 전해 주시오」

그는 금으로 된 이중 케이스에 들어 있는 묵직한 시계를 주머니에서 꺼냈다.

「제르부아 씨, 지금이 세시 사십이분이오. 세시 사십육분이 되면 이 방에서 나가도 좋소……. 세시 사십육분이 되기 전에는 절대로 움직이지 마시오, 알겠소?」

「하지만 그들이 강제로 밀고 들어올 텐데」

드티낭 변호사가 뤼팽의 말을 가로챘다.

「당신은 법을 잊어버리셨군요, 친애하는 변호사 선생! 가니마르는 프랑스 시민의 거처를 무단 침입할 수 없을 거요. 우리에겐 멋진 브리지 게임을 한 판 할 수 있는 시간 여유가 있소. 하지만 용서하시오. 세 분 모두 약간 당황한 것 같소. 그리고 전 그런 상황을 이용하고 싶진 않아서……」

그는 탁자 위에 시계를 내려놓고 방문을 연 채로 금발의 여인에게 물었다.

「준비되셨소, 친구?」

그는 아주 예의 바른 태도로 제르부아 양에게 마지막 인사를 한 다음 방을 나가 문을 닫았다.

다음 순간 그가 현관에서 소리 높여 말하는 소리가 들려 왔다.

「안녕하시오, 가니마르. 잘 지내시오? 당신 부인과 즐겁게 보내던 시간이 떠오르는군요……. 조만간 들러 부인께 점심을 대접받겠소……. 그럼 안녕히 계시오, 가니마르」

다시 한번 갑작스럽고 요란하게 벨이 울려퍼지더니 연이어 계속 울려대기 시작했다. 그러더니 층계참에서 사람들의 목소리가 들려왔다.

「세시 사십오분이군」

제르부아 씨가 중얼거렸다.

몇 초 후 그는 결심한 듯 현관으로 나갔다. 하지만 뤼팽과 금발 여인의 모습은 찾아볼 수 없었다.

「아버지……! 그러지 마세요……! 기다리시라고요!」

쉬잔이 소리쳤다.

「기다리라고? 너 아직도 제정신이 아니구나! 저런 악당과 손을 잡다니……. 게다가 오십만 프랑은 어쩌고 ……」

그가 문을 열자마자 가니마르가 뛰어 들어왔다.

「그 여자……, 그 여자는 어디 있소? 그리고 뤼팽은?」

「조금 전까지도 여기 있었는데……. 아니, 지금도 여기 어딘가에 있을 거요」

가니마르는 쾌재의 환호성을 올렸다.

「놈이 이제 우리 수중에 떨어졌군……. 이 집은 완전히 포위되었소」

드티낭 변호사가 반박했다.

「하지만 뒷 계단(하인들이 다니는 전용 계단을 뜻함——옮긴이)은?」

「뒷 계단은 뜰로 통하게 되어 있고, 거기에는 출구가 하나뿐이오. 건물 출입구 말이오. 거기 열 사람이 지키고 있소」

「하지만 그는 그 문으로 들어오지 않았는데……. 그 문으로 나가지도 않을 거고……」

「그렇다면 어디로 나간단 말이오? 허공으로?」

가니마르가 반박했다.

그는 커튼을 젖혔다. 긴 복도가 부엌으로 통하고 있었다. 가니마르는 복도를 따라 달려가서는 뒷 계단 문이 이중으로 잠겨 있는 것을 확인했다.

그는 창가로 가서 순경 하나를 불렀다.

「아무도 없나?」

「아무도 없습니다」

「그렇다면 그들은 이 아파트 안에 있는 거야……! 어느 방엔가 숨어 있어……! 물리적으로 그들이 도망친다는 건 불가능해……. 아! 뤼팽 이놈, 나를 조롱하며 사라졌지만 이번에는 상황이 다를 걸」

그는 외쳤다.

저녁 일곱시, 프랑스 경찰청장 뒤두이 씨는 현장에서 아무런 소식이 없는 데 놀라 직접 클라페이롱가에 모습을 드러냈다. 그는 건물을 지키고 있는 요원들에게 사태가 어떻게 된 것인지 물은 다음 드티낭 변호사의 집으로 올라왔다. 변호사는 그를 방으로 안내했다. 거기서 청장은 한 사내를 발견했다. 아니, 그것은 사람이라기보다는 양탄자 위에서 버둥거리는 두 개의 다리라고 해야 옳을 터였다. 몸뚱이는 벽난로 깊은 곳에 들어가 보이지 않았다.

「어이……! 어이……!」

짓눌린 듯한 외침이 들려왔다.

그러더니 굴뚝 저 위에서 들려오는 좀 더 아득한 다른 목소리가 대답했다.

「어이……! 어이……!」

뒤두이 청장은 실소를 터뜨리며 소리쳤다.

「이봐, 가니마르. 도대체 벽난로 속에서 지금 뭘 하고 있는 건가?」

가니마르는 온몸으로 벽난로의 검댕을 긁어낸 참이었다. 얼굴은 시커멓고, 옷에는 그을음이 잔뜩 묻어 있으며, 두 눈은 열기로 번들거려 마치 딴사람 같았다.

「〈놈〉을 찾고 있습니다」

그가 투덜대는 듯한 목소리로 대답했다.

「누구 말인가?」

「아르센 뤼팽……. 아르센 뤼팽과 그의 여자 말입니다」

「아, 그래! 그런데 그들이 벽난로 속에 숨어 있을 거라고 생각하나?」

가니마르는 석탄 가루처럼 새카매진 다섯 손가락으로 상관의 소매를 붙잡으며 몸을 일으키고는 분을 삭이지 못한 채 볼멘소리로 말했다.

「그럼 그들이 어디 있기를 바라십니까, 청장님? 이 건물 어딘가에 분명히 있어야 한단 말입니다. 그들은 청장님이나 저와 똑같은 살과 뼈가 있는 인간들입니다. 인간이 연기처럼 사라져버릴 수는 없습니다」

「그렇지. 하지만 어쨌든 그들은 사라져버렸다네」

「어디로 말입니까? 어디로? 이 집은 포위되어 있습니다! 심지어 지붕 위에도 요원들이 있습니다」

「옆집은 어떤가?」

「옆집으로 통하는 통로는 전혀 없습니다」

「다른 층에 있는 아파트들은?」

「저는 이곳의 모든 입주자들을 알고 있습니다. 그들은 아무도 보지 못했답니다……. 어떤 소리도 듣지 못했고요」

「분명히 모든 입주자들에 대해 조사했나?」

「하나도 빠짐없이요. 관리인이 그들에 대해 보증해 주었습니다. 게다가 신중을 기하기 위해 각 가구들마다 요원들을 한 사람씩 세워두었지요」

「어쨌든 반드시 잡아야 하네」

「제 말이 그 말입니다, 청장님. 제 말이 그 말이라고요. 그래야죠. 그렇게 될 겁니다. 왜냐하면 그들은 둘 다 이 안에 있으니까요……. 여기 있을 수밖에 없습니다. 마음 놓으십시오, 청장님. 오늘 밤에 못 찾으면 내일은 찾을 수 있을 겁니다……. 제가 여기서 밤을 새지요……! 여기서 밤을 새겠습니다!」

실제로 가니마르는 그곳에서 밤을 새웠다. 그 다음날도, 또 그 다음날도. 그렇게 사흘 밤낮이 흘러가고 난 후에도 그는 신출귀

몰한 뤼팽과 그의 여자 친구를 찾아내지 못한 것은 물론 최소한
의 가설이라도 세울 수 있는 일말의 단서조차 발견하지 못했다.

그리고 바로 그런 이유 때문에 그는 처음의 생각을 바꾸려 들
지 않았다.

「그들이 도망쳤다는 어떤 단서도 발견할 수 없는 만큼 그들은
여기 있는 거야!」

어쩌면 의식 깊숙한 곳에서는 그 자신도 어느 정도 확신을 잃
었을지도 모른다. 하지만 그는 그 사실을 인정하고 싶지 않았다.
그럴 리가, 절대 그럴 리가 없어. 한 남자와 한 여자가 동화 속
악령처럼 꺼져버릴 수는 없지. 그리하여 그는 용기를 잃지 않은
채 수색과 조사를 계속했다. 마치 그 건물의 벽돌 속으로 들어가
하나가 된 두 사람, 뚫고 들어갈 수 없는 어떤 후미진 곳에 숨어
있는 두 사람을 찾아내려는 듯이.

# 푸른 다이아몬드

　3월 27일 저녁, 제2제정기에 베를린 주재 프랑스 대사를 지낸 노장군 도트렉 남작은 앙리 마리탱 대로 134번지의 아담한 저택에서 안락의자에 파묻혀 잠이 들어 있었다. 그 집은 6개월 전 그의 형이 유산으로 남긴 것이었다. 간병인 처녀는 그에게 책을 읽어주는 중이었고, 오귀스트 수녀는 그의 침대를 열탕기로 덥히고 야등(夜燈)을 준비하고 있었다.

　열한시가 되자 그날만큼은 소속 교단의 수녀원으로 돌아가 수녀원장 곁에서 밤을 보내야 하는 오귀스트 수녀가 간병인 처녀에게 말했다.

　「앙투아네트 양, 내 할 일은 다했어요. 이제 가봐야겠군요」

　「알겠습니다, 수녀님」

　「명심하세요. 요리사가 휴가를 갔기 때문에 이 저택 안에는 하인과 당신밖에 없다는 사실을요」

「남작님 걱정은 하지 마세요. 평소처럼 제가 바로 옆방에서 자고 있을 테니까요. 제 방문을 열어놓겠어요」

수녀는 저택을 나섰다. 잠시 후 하인 샤를이 할 일을 묻기 위해 방으로 들어왔다. 남작은 깨어 있었다. 그가 직접 말했다.

「늘 하던 대로 하게, 샤를. 자네 방과 연결된 벨이 잘 작동하는지 확인하게. 벨이 울리면 즉각 내려가서 병원으로 달려가게」

「남작님은 늘 불안하신가 보군요」

「몸이 좋지 않네……. 썩 좋질 않아. 자, 앙투아네트 양, 어디까지 읽었소?」

「남작님, 그만 잠자리에 드시는 게 어떨까요?」

「천만에, 천만에. 나는 아주 늦게 잘 거요. 게다가 나 혼자서도 충분히 잠자리에 들 수 있소」

하지만 이십 분이 지나자 노인은 다시 졸기 시작했고 앙투아네트는 까치발로 뒷걸음쳐서 방을 나왔다.

그때 샤를은 평상시처럼 1층의 모든 문과 창을 꼼꼼하게 닫아 걸고 있었다.

부엌으로 간 그는 뜰로 통하는 문에 빗장을 지르고 현관문에 고리와 안전 사슬을 채웠다. 그런 다음 4층에 있는 자신의 지붕 밑 방으로 올라가 침대에 누워 잠이 들었다.

한 시간쯤 지났을까, 그는 무엇엔가 튕겨지듯 벌떡 일어났다. 벨이 울리고 있었다. 벨소리는 오랫동안 울렸다. 규칙적으로, 끊이지 않고 칠팔 정도 울렸다.

샤를은 정신을 차리며 속으로 중얼거렸다.

〈이런, 남작님께서 또 변덕이 나신 모양이군.〉

그는 대충 옷을 걸치고 재빨리 계단을 내려와 남작의 방 앞에

서서는 평소처럼 문을 두드렸다. 안에서는 아무런 대답이 없었다. 그는 방 안으로 들어갔다.

그는 생각했다.

〈뭐야? 캄캄하잖아……. 도대체 불은 왜 꺼놓은 거지?〉

그는 나지막한 목소리로 간병인을 불렀다.

「브레아 양?」

대답이 없었다.

「안에 있습니까, 브레아 양……? 도대체 무슨 일입니까? 남작님이 어디 편찮으신가요?」

조금 전과 다름없는 침묵이 그의 곁을 감싸고 있었다. 무거운 침묵은 급기야 그의 마음을 오싹하게 만들었다. 그는 조심스럽게 두어 걸음 내디뎠다. 발에 무언가가 걸렸다. 그것을 더듬어보고 그는 의자가 나동그라져 있음을 알았다. 이어 그의 손은 바닥의 다른 물건들에 부딪혔다. 작은 원탁과 병풍이었다. 불안해진 그는 벽 쪽으로 되돌아와 더듬거리면서 전등 스위치를 찾았다. 마침내 그는 손에 걸린 스위치를 돌렸다.

방 한가운데 탁자와 거울 달린 옷장 사이에 그의 주인 도트렉 남작이 길게 누워 있었다.

「아니……! 이럴 수가……?」

샤를은 더듬거리며 말했다.

그가 할 수 있는 일이라고는 그 자리에 꼼짝않고 서서 두 눈을 휘둥그레 뜨는 것뿐이었다. 그는 엉망진창이 된 방 안을 물끄러미 응시했다. 나동그라진 의자들, 산산조각이 난 대형 크리스털 촛대, 벽난로 앞 대리석 받침대 위에 쓰러져 있는 괘종시계 등 무시무시하고 격렬한 싸움이 있었음을 알려주는 그 모든 흔적을.

남작의 시체에서 그리 멀지 않은 곳에 강철 단검의 손잡이가 반짝이고 있었다. 칼날에서는 핏방울이 뚝뚝 떨어졌다. 매트리스에는 피 묻은 손수건이 떨어져 있었다.

샤를은 공포에 차서 비명을 내질렀다. 죽은 사람의 몸이 마지막 힘을 다해 팽팽하게 당겨졌다가는 다시 오그라들었던 것이다…… 이어 두세 번 들썩이고 나더니 끝이었다.

샤를은 시체 위로 몸을 숙였다. 목에 가느다란 상처가 나 있었고, 거기에서 피가 뿜어나와 양탄자 위에 검은 얼룩을 만들었다. 시체의 얼굴에는 끔찍한 광기가 떠올라 있었다.

「누군가 남작님을 죽였어. 누군가 그를 죽였어」

샤를이 중얼거렸다.

그런 다음 그는 또다른 범죄가 저질러졌을 수도 있다는 생각에 부르르 몸을 떨었다. 간병인 처녀가 바로 옆방에서 자고 있지 않은가? 남작의 살인자가 혹시 그녀까지?

그는 옆방 문을 거세게 열어젖혔다. 놀랍게도 방은 텅 비어 있었다. 그는 앙투아네트가 납치당했거나 아니면 범죄가 일어나기 전에 집을 나간 모양이라고 생각했다.

그는 남작의 방으로 돌아왔다. 눈길이 책상에 멎는 순간 그는 책상이 멀쩡한 상태로 놓여 있는 것을 보았다.

게다가 책상 위에는 남자이 매일 밤 그곳에 놓아두곤 하는 지갑과 열쇠 꾸러미 옆에 20프랑짜리 금화가 한 움큼 놓여 있었다. 샤를은 지갑을 집어들고 내용물을 살펴보았다. 그 안에는 지폐가 들어 있었다. 그는 지폐를 헤아렸다. 백 프랑짜리 지폐가 열세 장이었다.

그 순간 그는 거부할 수 없는 유혹에 휩싸였다. 본능적으로, 그리고 반사적으로 자신이 무엇을 하고 있는지 알지 못한 채 그는 그 열세 장의 지폐를 꺼내 윗옷 주머니 속에 넣은 다음 황급히 계단을 내려가 빗장을 풀고 안전 사슬을 열고 밖으로 나와 마당으로 내달렸다.

샤를은 정직한 사내였다. 철문을 밀어 열고 나오자 서늘한 바깥 공기와 부슬부슬 내리는 비가 시원하게 얼굴을 때렸다. 순간 그는 갑자기 그 자리에 멈춰섰다. 머릿속이 환해지면서 자신이 저지른 일이 스쳐 지나가자 그는 두려움에 떨기 시작했다.

마침 삯마차 한 대가 지나가고 있었다. 그는 마부를 불러 마차를 세웠다.

「마부 양반, 경찰서로 가서 경찰관을 불러주시오⋯⋯. 전속력으로 가주시오! 사람이 죽었소」

마부는 말을 채찍질하기 시작했다. 샤를은 다시 집 안으로 들어가려 했다. 하지만 그럴 수가 없었다. 철책 대문이 닫혀 있었던 것이다. 그 문은 밖에서는 열 수 없었다.

그렇다고 벨을 누르는 것도 소용없는 일이었다. 건물 안에는 아무도 없었던 것이다.

그래서 그는 앙리 마르탱 대로에서 라 뮈에트가 쪽으로 잘 정돈되어 보기 좋은 관목 숲을 이루고 있는 몇 개의 정원을 따라 이리저리 서성이며 기다렸다. 그렇게 한 시간을 기다린 끝에야 그는 달려온 형사에게 자세한 사건 내용을 털어놓고, 열세 장의 지폐를 돌려줄 수 있었다.

그러는 동안 열쇠공이 불려왔다. 무척 애를 쓴 끝에 열쇠공은 정원의 철책문과 현관문을 여는 데 성공했다.

방으로 올라와 현장을 보자마자 형사가 샤를에게 물었다.

「자넨 나한테 방 안이 엉망진창이었다고 하지 않았나?」

샤를이 방으로 다가오다가 방문턱에서 마비된 듯 멈춰섰다. 모든 가구들이 평소와 똑같이 제자리로 돌아와 있었던 것이다! 작은 원탁은 두 개의 창 사이에 놓여 있었고, 의자들은 제대로 세워져 있었으며, 괘종시계는 벽난로 선반 한가운데 반듯이 놓여 있었다. 깨진 크리스털 촛대의 잔해들은 사라지고 없었다.

어안이 벙벙해진 그는 말을 더듬었다.

「시체는……, 남작님은……」

형사가 소리쳤다.

「그래, 희생자는 어디 있나?」

샤를은 침대로 다가갔다. 그가 커다란 침대보를 들추자 베를린 주재 프랑스 대사를 지낸 장군 도트렉 남작의 모습이 드러났다. 레종 도뇌르 훈장이 달린 장군복이 그의 몸을 감싸고 있었다.

장군의 얼굴은 평온했다. 두 눈은 감겨져 있었다.

샤를은 더듬거리면서 말했다.

「누, 누, 누군가 왔, 왔, 왔다 갔습니다」

「어디로 말인가?」

「모르겠습니다. 하지만 제가 없는 사이에 누군가 왔다 갔습니다……. 보십시오, 저기 바닥에 아주 가느다란 강철 단도가 있었습니다. 그리고 탁자(원문 오류, 앞에는 매트리스였음——옮긴이) 위에는 피 묻은 손수건이 있었죠……. 지금은 하나도 없군요. 누군가 치운 겁니다……. 모두 깨끗하게……」

「하지만 누가?」

「살인범이겠지요!」

「우리는 모든 문들이 잠겨 있는 걸 확인했네」

「놈은 집 안에 있었던 겁니다」

「그렇다면 자네가 집 앞의 인도에서 서성거리고 있었으니까 집에서 빠져나갈 수는 없었겠군」

하인은 잠시 생각하더니 천천히 말했다.

「사실……, 사실……, 전 대문에서 그리 멀리 떨어져 있지 않았으니까……. 하지만……」

「이보게. 남작님 곁에 마지막까지 있었던 사람은 누군가?」

「간병인인 앙투아네트 양입니다」

「그녀는 어떻게 됐나?」

「그녀의 침대에는 사람이 자고 난 흔적이 없더군요. 오귀스트 수녀가 없는 틈을 타 그녀 역시 외출한 것 같습니다. 별로 놀랄 일도 아니죠. 그녀는 아름다운 데다가……, 젊고……」

「하지만 그녀가 어떻게 나갔을까?」

「문으로 나갔겠죠」

「자네가 빗장을 지르고 안전 사슬까지 걸었다면서!」

「그 전에 나갔겠죠! 그때는 이미 그녀가 이 건물을 나간 다음일 겁니다」

「그러면 그녀가 떠난 다음에 범행이 일어났을까?」

「물론이죠」

위에서부터 아래까지, 다락방에서부터 지하실까지 형사들은 건물을 샅샅이 수색했다. 하지만 살인범은 이미 도망친 것 같았다.

어떻게? 어느 순간에? 범죄의 현장으로 돌아와 단서가 될 수 있는 모든 것을 없애버린 자가 살인범일까, 아니면 또다른 공범일까? 그런 의문들이 수사선상에서 제기되었다.

　일곱시에 법의학자가 도착했고, 여덟시에는 경찰청장이 왔다. 그 다음 검사와 예심판사도 왔다. 또한 순경들과 형사들, 기자들, 도트렉 남작의 조카를 비롯한 남작의 여러 친척들로 건물 전체가 웅성대고 있었다.

　사람들은 집 안을 뒤졌고 샤를의 진술을 토대로 시체의 위치를 살펴보았으며, 오귀스트 수녀가 도착하자마자 그녀에게 질문을 퍼부어댔다. 하지만 아무런 단서로 발견할 수 없었다. 기껏해야 간병인 앙투아네트 브레아가 사라진 것에 대해 오귀스트 수녀가 의문을 품었다는 것 정도였다. 열이틀 전에 완벽한 서류를 믿고 그 젊은 처녀를 고용한 것은 수녀 자신이었다. 그녀는 앙투아네트가 자신이 맡은 환자를 내버려둔 채 밤에 혼자 외출했으리라는 말을 믿으려 들지 않았다.

　「그게 사실이라면 그 여잔 이미 돌아와 있어야 합니다. 그러므로 우리는, 그녀가 어떻게 되었을까 하는 똑같은 질문으로 되돌아오게 됩니다」

　예심판사는 말했다.

　「제 생각에는 살인범에게 납치된 것 같습니다」

　샤를이 말을 이었다.

　그 말은 즉시 호응을 받았고 어떤 점에서는 이치에 맞는 것 같았다. 경찰청장이 말했다.

　「납치되었다고? 결단코 그랬을 것 같지 않소」

누군가 말했다.

「그랬을 것 같지 않을 뿐만 아니라 현재까지 확인된 여러 가지 사실들, 조사 결과들, 요컨대 증거들과도 전혀 부합하지 않습니다」

그 목소리는 거칠고 억양이 강했다. 그 목소리의 주인공이 가니마르라는 것을 알았을 때 아무도 놀라지 않았다. 이런 자리에서 그런 식의 거칠고 퉁명스러운 말투를 용서받을 수 있는 사람은 그뿐이었다.

「이런, 자넨가, 가니마르? 자네가 여기 와 있는 줄 몰랐는데」

뒤두이 씨가 외쳤다.

「두 시간 전부터 와 있었습니다」

「그렇다면 23조 514번 복권 사건이나 클라페이롱가 사건, 그러니까 금발의 여인과 아르센 뤼팽의 사건이 아닌 것에도 자네가 관심을 갖는단 말인가?」

「허! 허! 저로서는 우리가 개입하고 있는 이 사건과 뤼팽이 무관하지 않을 듯합니다만……. 새로운 지시가 있을 때까지 복권 사건은 제쳐두고 이 사건이나 살펴보지요」

노경감은 빈정대는 뒤두이 씨의 말에 냉소적으로 대답했다.

가니마르는 사람들에게 귀감이 될 만한 업적과 경력으로 사법연감 속에 이름을 남길 만큼 탁월한 능력의 형사는 아니었다. 그에게는 애드거 앨런 포의 뒤팽이나 에밀 가보리오의 르콕, 코난 도일의 셜록 홈즈 같은 이들이 갖고 있는 탁월한 재능이 없었다. 하지만 그는 관찰력과 통찰력, 투지, 그리고 직관에 이르기까지 보통 사람을 넘어서는 상당한 능력의 소유자였다. 그의 장점은 무언가에 의존하지 않고 자신만의 방법으로 일한다는 것이었다. 아르센 뤼팽이 구사하는 마법을 제외하면 그 어떤 것에도 현혹되지 않았고 영향을 받지 않았다.

그의 능력이 실제로 어떻든 간에 그날 아침 그는 상당히 눈부신 활약을 했고 그의 수사력은 예심판사가 감사를 표해야 마땅할 만했다.

그는 말을 시작했다.

「우선, 샤를 씨는 이 점을 명확히 해줘야겠소. 처음에는 나동그라지고 흐트러져 있었던 온갖 물건들이 두번째로 보았을 때는 정확히 평소의 자리에 있었던 게 분명하오?」

「그렇습니다」

「그렇다면 그 물건들은 원래 있었던 장소를 잘 알고 있는 누군가가 제자리에 되돌려놓은 게 분명하오」

그의 지적은 듣는 사람들을 깜짝 놀라게 했다. 가니마르가 다시 말을 이었다.

「또다른 질문이 있소, 샤를 씨. 당신은 벨소리에 잠이 깼다고 했는데, 당신 생각에는 누가 벨을 눌러 당신을 불렀을 것 같소?」

「아마 남작님이겠죠」

「그럴지도 모르지. 하지만 남작이 언제 벨을 눌렀을 것 같소?」

「싸움이 끝난 후……, 죽어가면서겠죠」

「그건 불가능하오. 왜냐하면 당신 말에 따르면, 남작은 벨이 있는 곳에서부터 4미터 이상 떨어져 있는 곳에 널브러져 있었으니까」

「그렇다면 범인과 싸우면서 벨을 눌렀겠죠」

「그것도 불가능하오. 왜냐하면 당신 말에 따르면 그 벨소리는 규칙적으로 칠팔 초 동안 이어졌다고 했소. 살인자가 그가 벨을 누르도록 놔두었을 것 같소?」

「그렇다면 그 전이었나 보죠. 침입자로부터 공격을 받기 전에 말입니다」

「불가능하오. 당신은 벨이 울리고 나서 이 방에 들어올 때까지 기껏해야 삼 분밖에 걸리지 않았을 거라고 했소. 그러므로 만약 남작이 그 전에 벨을 울렸다면 삼 분이라는 짧은 시간에 싸움과 살인과 단말마의 고통과 도주가 이루어졌어야 하오. 거듭 말하지만 그건 불가능하오」

「하지만 누군가 벨을 눌렀잖습니까. 그게 남작이 아니라면 누구겠습니까?」

예심판사가 물었다.

「살인자요!」

「도대체 무슨 목적으로?」

「그건 모르겠소. 하지만 적어도 벨을 누른 게 살인자라면, 우리는 그가 하인방과 통하는 벨이 있음을 알고 있었다는 사실을 알 수 있소. 같은 집에 사는 사람이 아니라면 누가 이런 세세한 것까지 알 수 있겠소?」

수사의 범위가 좁혀지고 있었다. 빠르고 명확하고 논리적인 몇 마디 말로 가니마르는 문제의 본질을 짚어냈다. 그 노경감의 생각은 분명한 것 같았다. 예심판사가 다음과 같은 결론을 내린 것은 너무나도 당연한 일이었다.

「요컨대, 간단히 말하자면 당신은 앙투아네트 브레아에게 혐의를 두고 있군요」

「혐의를 두는 것이 아니라 그녀를 범인으로 기소하오」

「공범으로 말입니까?」

「나는 그녀를 도트렉 남작의 살인범으로 기소하는 거요」

「이보시오! 무슨 증거로……?」

「희생자의 오른쪽 주먹에서, 그의 손톱 끝이 파고들어간 손바닥에서 찾아낸 이 머리카락들이 증거요」

그는 머리카락들을 보여주었다. 금실처럼 반짝이는 금발이었다. 샤를이 중얼거렸다.

「저건 앙투아네트 양의 머리카락이 분명합니다. 틀림없어요」

그런 다음 이렇게 덧붙였다.

「그리고……, 그러고 보니 다른 증거도 있습니다. 제 생각에 그 칼은……, 방으로 다시 왔을 때는 사라져버린 그 칼은……, 그녀의 것입니다……. 그녀는 그것을 소포를 뜯는 데 사용했습니다」

길고 끔찍한 침묵이 찾아왔다. 범죄를 저지른 것이 여자라는 사실이 사람들의 공포를 가중시키기라도 한 것 같았다. 예심판사가 말했다.

「새로운 증거가 발견될 때까지 앙투아네트 브레아가 남작을 살해한 걸로 보기로 합시다. 이제 그녀가 범죄를 저지른 후 어느 길로 도망쳤는지, 샤를 씨가 나간 다음 어느 길로 되돌아왔는지, 경찰이 도착하기 전에 어느 길로 다시 도망쳤는지를 설명해야 합니다. 이 점에 관해서 생각해 두신 게 있습니까, 가니마르 씨?」

「전혀 없소」

「그렇다면?」

가니마르는 당황한 것 같았다. 마침내 그는 아주 힘들여 입을 열었다.

「내가 말할 수 있는 건 이 사건에 23조 514번 복권 사건과 똑같은 방법이 사용되고 있다는 것뿐이오. 이번에도 감쪽같이 사라지는 마술이라고 할 만한 그런 현상이 일어난 거요. 아르센 뤼팽이 드티낭 변호사의 집에 들어왔다가 금발의 여인과 함께 빠져나간 것만큼이나 신비롭게, 앙투아네트 브레아는 이 건물에 나타났다가 사라졌단 말이오」

「그게 뜻하는 건?」

「그게 뜻하는 건 두 사건의 유사성을 우연의 일치로 볼 수 없다는 거요. 적어도 석연치 않다는 거요. 앙투아네트 브레아는 12일 전에 오귀스트 수녀에 의해 고용되었소. 다시 말해서 금발의 여인이 내 손아귀에서 빠져나간 바로 다음날이오. 두번째로 그 금발 여인의 머리카락과 이 머리카락은 거의 일치하오. 이 강렬한 빛깔, 순금빛을 방불케 하는 이 금속성의 광채가 말이오」

「그러니까 당신 말은 앙투아네트 브레아가……」

「바로 금발의 여인이라는 거요」

「그리고 결과적으로 뤼팽이 이 두 가지 사건을 조종했다는 겁니까?」

「내 생각엔 그렇소」

그때 누군가 웃음을 터뜨렸다. 경찰청장이 몹시 재미있어하고 있었다.

「뤼팽! 어딜 가나 뤼팽 타령이군! 뤼팽이 어디에나 있어. 뤼팽이 사방에 있다고!」

「그가 있으니까 있다는 겁니다」

가니마르가 발끈해서 대답했다.

「그가 여기에 나타났다면 그럴 만한 이유가 있어야 할 것 아닌가? 그런데 이 경우에는 그 이유가 모호하단 말이야. 범인은 책상을 부수지도 않았고, 지갑을 훔쳐가지도 않았네. 탁자 위의 금화조차 그대로 있었어」

뒤두이 씨가 말했다.

「그렇습니다. 하지만 그 유명한 다이아몬드는 어떨까요?」

가니마르가 외쳤다.

「무슨 다이아몬드 말인가?」

「푸른 다이아몬드 말입니다! 프랑스 왕관에 박혀 있던 그 유명한 다이아몬드는 A공작이 여배우 레오니드 L에게 준 것으로, 레오니드 L이 죽자 도트렉 남작은 자신이 열정적으로 흠모했던 그 아름다운 여배우를 기념해 사들였죠. 제 나이의 파리지앵들이라면 결코 잊을 수 없는 이야기 중의 하나입니다」

예심판사가 말했다.

「그러니까 그 푸른 다이아몬드가 사라졌다면 모든 게 설명되는 셈이군요…….  하지만 어딜 찾아봐야 할까요?」

샤를이 대답했다.

「남작님의 손가락을 보면 됩니다. 그 푸른 다이아몬드를 남작님은 왼쪽 손에서 빼놓으신 적이 없으니까요」

「나는 이미 그 손을 보았소」

가니마르가 시체 쪽으로 다가서며 덧붙였다.

「그리고 여러분이 보시는 대로 그의 손가락엔 알 없는 금반지뿐이오」

「손바닥 쪽을 보시지요」

하인이 말했다.

가니마르는 시체의 오그라든 손가락을 펼쳤다. 반지는 안쪽으로 돌아가 있었고 그 반지 한가운데에 푸른색 다이아몬드가 찬란하게 빛나고 있었다.

「이럴 수가, 정말 당혹스럽군. 더 이상 뭐가 뭔지 모르겠는걸」

가니마르가 중얼거렸다.

「그럼, 이제 자네는 가엾은 뤼팽에 대한 의심을 거둘 수 있겠군?」

뒤두이 씨가 빈정거렸다.

가니마르는 한동안 뜸을 들이며 생각에 잠겼다가 거드름 피우는 듯한 어조로 이렇게 응수했다.

「저로서는 바로 이런 순간이야말로 아르센 뤼팽에 대한 혐의를 확신하게 됩니다」

그 기묘한 범죄가 벌어진 다음날 있었던 사법 당국의 초동 수사는 이렇게 끝났다. 애매하고 앞뒤가 맞지 않는 증언들이 나왔고 그에 뒤이은 예심에서도 그 어떤 맥락이나 확실한 사실이 밝혀지지 않았다. 앙투아네트 브레아는 그날 밤 이후로 행방을 감췄고, 도트렉 남작을 살해하고도 그의 손가락에서 프랑스 왕관에 박혔던 푸른 다이아몬드를 가져가지 않은 베일에 싸인 금발 여인의 신원 역시 알 수 없었다.

그리하여 무엇보다도 그 신비에 싸인 금발의 여인이 불러일으키는 호기심 때문에 이 범죄는 더욱 사람들의 주목을 끌었고, 그에 따라 여론이 들끓고 있었다.

도트렉 남작의 재산 상속자들은 이러한 소동으로부터 경제적 이익을 취할 수 있었다. 그들은 앙리 마르탱 대로에 있는 문제의 저택에서 가구와 기물 전시회를 개최했다. 그 물건들은 나중에 드루오 경매장에서 팔리게 되어 있었다. 조잡한 취향의 가구들, 무가치한 예술품들……. 하지만 방 한가운데 석류빛 벨벳 천이 드리워진 받침대 위에는 두 명의 순경이 지키는 가운데 둥근 유리 상자로 덮인 푸른 다이아몬드 반지가 빛나고 있었다.

그 무엇과도 비교할 수 없는 순수하고 크고 장엄한 다이아몬드였다. 맑은 물에 푸른 하늘이 비친 것 같은 그 깊이 모를 푸른 빛, 리넨의 하얀빛 속에 언뜻 스치는 것과 같은 푸른빛이었다. 사람들은 찬탄을 발하고 황홀경에 빠져들었다……. 그리고 두려움에 찬 눈길로 희생자의 방을 둘러보았다. 시체가 널브러져 있던 장소, 피로 얼룩진 양탄자가 걷히고 난 마룻바닥, 특히 범인이 감쪽같이 사라져버린, 그 누구도 지나갈 수 없도록 견고하게 버티고 선 벽들을. 사람들은 벽난로 앞의 대리석판이 앞뒤로 움직이는 것은 아닌지, 거울의 테두리에 회전용 태엽이 달려 있지는 않은지 확인했다. 사람들은 어딘가에 감추어져 있을 벌어진 구멍들, 터널로 된 출구, 하수구와 지하 동굴로 이어지는 동로 같은 것들을……, 상상했다.

이윽고 푸른 다이아몬드의 경매가 드루오 경매장에서 열렸다. 군중들이 몰려들었고 입찰 열기는 광기에 가까울 정도로 과열되었다.

그곳에는 파리의 모든 저명인사들이 와 있었다. 그 물건을 실제로 사려는 사람들, 그리고 자신들이 그 물건을 살 수 있는 재력가임을 다른 이들이 믿도록 하고 싶어하는 이들이었다. 그들 중에는 은행가들, 예술가들, 세계 전역에서 온 귀부인들, 두 명의 장관, 이탈리아 인 테너 가수, 망명중인 왕도 있었다. 그 왕은 자신의 재정 상태를 과시하기 위하여 극히 태연하지만 떨리는 목소리로 입찰가를 십만 프랑까지 올려놓았다. 십만 프랑! 그 정도의 돈은 간단하게 쓸 수 있다는 것이었다. 이탈리아 인 테너 가수는 용기를 내어 십만 오천 프랑을 불렀고, 프랑스의 한 여배우가 십만 칠천오백 프랑을 불렀다.

하지만 이십만 프랑이 되자 웬만한 애호가들은 기가 꺾였다. 이십오만 프랑이 되자 입찰자는 두 사람으로 좁혀졌다. 유명한 재력가로 금광왕이라 불리는 헤르슈만과 다이아몬드와 보석 수집으로 유명한 드 크로종 백작의 미국인 출신 부인이 그들이었다.

「이십육만……, 이십칠만……, 이십칠만 오천……, 이십팔만……」

진행자가 계속해서 눈으로 두 사람의 입찰자를 바라보며 말하고 있었다.

「이십팔만을 부인께서 부르셨습니다……. 더 부르실 분 없습니까?」

「삼십만」

헤르슈만이 나직하게 말했다.

장내에는 일순 침묵이 감돌았다. 사람들은 드 크로종 백작 부인을 바라보았다. 그녀는 웃으며 서 있었지만 내면의 동요를 드러내는 창백한 표정으로 앞에 놓인 의자의 등받이를 짚었다. 그녀도, 거기 모인 모든 사람들도 알고 있었다. 이 싸움의 결말은 분명했다. 논리적으로, 운명적으로 이 싸움은 그 재력가에게 유리하게 끝나게 되어 있었다. 오억 프랑이 넘는 재산 때문에 그 재력가의 객기는 충족되지 못할 때가 없었다. 하지만 그녀는 이렇게 말했다.

「삼십만 오천」

또다시 침묵이 찾아왔다. 사람들은 틀림없이 더 높은 호가를 부를 것이라고 기대하며 금광왕에게로 몸을 돌렸다. 강력하고 갑작스럽고 결정적인 호가가 나올 것임에 분명했다.

하지만 호가는 나오지 않았다. 헤르슈만은 태연히 앉아 있었다. 그의 두 눈은 오른손를 쥐고 있는 종이에 고정되어 있었고, 왼손은 개봉된 봉투를 들고 있었다.

「삼십만 오천입니다」

진행자가 반복했다.

「하나……?, 둘……? 아직 시간이 있습니다. 더 부르실 분 없습니까……? 반복하겠습니다. 하나……?, 둘……?」

헤르슈만은 아무 말도 하지 않았다. 마지막 침묵이 흘렀다. 이윽고 진행자가 망치를 내리쳤다.

「사십만」

그 망치 소리에 마비 상태에서 깨어나기라도 한 듯 헤르슈만이 소스라쳐 소리쳤다.

하지만 때는 이미 늦었다. 낙찰을 번복할 수는 없었다.

사람들이 그의 곁으로 몰려들었다. 무슨 일일까? 어째서 좀 더 빨리 호가를 하지 않은 것일까?

헤르슈만은 별안간 웃기 시작했다.

「어찌 된 일이냐고요? 도저히 무슨 일인지 모르겠소. 잠시 정신이 멍해졌을 따름이오」

「어떻게 그럴 수가 있습니까?」

「그럴 수 있고말고. 내가 받은 것과 같은 편지를 받아보시오」

「그럼, 이 편지가 당신을……」

「나를 혼란시킨 거요. 그렇소. 그 순간 말이오」

가니마르가 그곳에 와 있었다. 그는 반지의 낙찰 과정을 지켜보았다. 그는 직원 중 하나에게 다가갔다.

「헤르슈만 씨에게 편지를 전달한 게 자네가 틀림없지?」

「그렇습니다」

「누가 보낸 편지인가?」

「어떤 부인이 보내셨습니다」

「그 부인 어디 있나?」

「그 부인이 어디 있느냐고요……? 잠깐만요. 선생님, 저기……, 진보라색 옷을 입은 저 부인입니다」

「그럼, 지금 자리를 뜨는 부인 말인가?」

「그렇습니다」

가니마르는 문 쪽으로 몸을 날렸다. 그는 계단을 내려가는 여자를 발견했다. 그는 달음질을 쳤다. 출구 근처에서 한 무리의 사람들이 그의 앞을 막아섰다. 그가 밖으로 나왔을 때 여자의 모습은 보이지 않았다.

안으로 돌아온 가니마르는 헤르슈만에게 다가가 자신을 소개한 후 문제의 편지에 대해 물었다. 헤르슈만은 그에게 편지를 내밀었다. 편지에는 연필로 서둘러 쓴 다음과 같은 간단한 내용이 적혀 있었다. 재력가는 그 필체의 주인공을 모른다고 했다.

그 푸른 다이아몬드는 불행을 가져옵니다. 도트렉 남작을 기억하세요.

푸른 다이아몬드의 고난은 거기서 끝나지 않았다. 도트렉 남작의 죽음과 드루오 경매장 사건으로 이미 유명해진 푸른 다이아몬드는 그로부터 6개월 후 진짜 유명세를 치러야 했다. 그해 여름 드 크로종 백작 부인은 그토록 힘들여 얻은 귀중한 보석을 도난당했던 것이다.

놀랍고 극적인 주변 상황으로 우리 모두가 열광했던 그 기묘한 사건을 요약해 보자. 마침내 나로서는 사건의 전말을 밝힐 수 있게 되었다.

8월 10일 저녁, 드 크로종 부부는 초대 손님들과 함께 솜 만(灣)을 굽어보는 멋진 성의 응접실에 모여 있었다. 실내에선 음악이 연주되는 중이었다. 피아노 앞에 앉은 백작 부인은 반지들을 빼서 옆에 놓인 작은 가구 위에 내려놓았다. 그중에는 도트렉 남작의 유족들에게서 산 그 반지도 들어 있었다.

한 시간 후 백작은 사촌들인 당델 형제, 백작 부인의 절친한 친구인 드 레알 부인과 함께 자리에서 일어났다. 백작 부인은 오스트리아 영사인 블라이헨 씨 부부와 남아 있었다.

그들은 이야기를 나누었다. 이윽고 백작 부인은 거실 탁자 위에 있는 커다란 전등을 껐다. 그와 거의 동시에 블라이헨 씨가 피아노에 있는 두 개의 등잔을 껐다. 한순간 방 안이 캄캄해졌다.

질겁을 한 영사는 얼른 촛불을 켰다. 세 사람은 각자의 숙소로 돌아갔다. 방에 도착하자마자 백작 부인은 보석들을 두고 왔음을 깨달았다. 그녀는 하녀에게 가서 보석을 찾아오라고 지시했다. 하녀는 돌아와 벽난로 위에 찾아온 보석들을 올려놓았고, 여주인은 그것을 확인하지 않았다. 다음날 드 크로종 부인은 그중에서 문제의 반지, 푸른 다이아몬드 반지가 빠져 있는 것을 발견했다.

그녀는 그 사실을 남편에게 알렸다. 그들은 즉각 결론을 내렸다. 하녀는 의심할 만한 사람이 아니었으므로 범인은 블라이헨 씨가 될 수밖에 없었다.

백작은 아미엥 중앙 경찰서에 사건을 신고했고, 그 수사를 시작한 형사들은 은밀하지만 기민하게 감시를 벌여 오스트리아 영사가 그 반지를 팔 수도, 어딘가로 빼돌릴 수도 없도록 했다.

밤낮으로 경찰들이 그 성을 지키고 있었다.

별다른 사건 없이 두 주가 흘렀다. 블라이헨 씨가 오스트리아로 돌아가겠노라고 알려왔다. 그날 그에 대한 고소가 접수되었다. 경찰이 공식적으로 개입해 그의 짐을 수색했다. 영사가 늘 열쇠를 지니고 다니는 작은 가방 속에 가루 비누 병이 있었고, 그 안에 문제의 반지가 들어 있었다!

블라이헨 부인은 실신했다. 남편이 체포되었던 것이다.

당시 혐의를 받은 영사가 어떤 논리로 자신의 입장을 방어했는지 기억하는 이가 있으리라. 그로서는 그 반지가 자신의 짐 속에 있는 것이 드 크로종 씨의 복수라고밖에는 생각할 수 없다고 말했다. 〈백작은 거친 성격으로 자기 아내를 불행하게 만드는 사람이다. 나는 백작 부인과 오랫동안 알고 지내오면서 이혼할 것을 적극 권해 왔다. 그 사실을 안 백작이 반지를 훔쳐내 출발할 때

내 세면용품 속에 집어넣어 복수했다〉는 것이었다. 백작 부부는 강경하게 그들의 소송을 밀고 나갔다. 백작 부부의 설명과 영사의 설명은 둘 다 개연성이 있었고 논리적이었으므로 사람들은 둘 중 하나를 선택할 수밖에 없었다. 새로운 사실이 드러나 팽팽하게 맞선 두 주장 중 어느 한 쪽으로 힘을 실어주는 일은 일어나지 않았다. 온갖 말들과 추측과 조사로 한 달이 지났지만 확실한 단서는 하나도 없었다.

소동만 피웠지 자신들의 고소를 정당화시켜 줄 수 있는 범죄 사실에 대한 명백한 증거를 찾아낼 수 없게 되자, 드 크로종 부부는 파리 경찰청에 실타래를 풀 수 있는 사람을 보내달라고 요청했다. 그렇게 해서 파견된 사람은 바로 가니마르였다.

나흘 동안 늙은 경감은 여기저기를 탐문하고 이런저런 얘기를 흘렸다. 정원을 돌아다니며 하녀와 운전사, 정원사, 이웃 우체국의 직원들과 오랫동안 이야기를 나누었으며, 블라이헨 부부와 백작의 사촌인 당델 형제들과 드 레알 부인의 숙소를 조사했다. 그러던 어느 날 아침 그는 주인 부부에게 말 한마디 남기지 않고 종적을 감추었다.

1주일 후 주인 부부는 다음과 같은 전보를 받았다.

내일 금요일 오후 다섯시,
부아시 당글라가에 있는 일본식 찻집으로 나와주시기 바람.
—— 가니마르

금요일 정각 다섯시에 백작 부부의 자동차는 부아시 당글라가 9번지 앞에 멈추었다. 인도 위에서 그들을 기다리던 늙은 경감은 한마디 말도 없이 일본식 찻집의 2층으로 그들을 안내했다.

여러 개의 방들 중 한 곳에서 두 사람이 기다리고 있었고, 가니마르는 그들에게 두 사람을 소개했다.

「이분은 베르사유 고등학교 교사인 제르부아 씨입니다. 기억하실 겁니다. 아르센 뤼팽에게 오십만 프랑을 뜯겼지요. 그리고 이분은 도트렉 남작의 조카이자 공동 유산 상속자인 레오니스 도트렉 씨입니다」

네 사람은 자리에 앉았다. 잠시 후 다섯번째 사람이 도착했다. 경찰청장이었다.

뒤두이 씨는 상당히 심기가 불편해 보였다. 그는 인사를 한 다음 말했다.

「그런데 무슨 일인가, 가니마르? 지방 경찰청에서 자네의 전보를 전해 주더군. 중요한 일인가?」

「아주 중요합니다, 청장님. 제가 해왔던 최근의 수사들이 앞으로 한 시간 안에 이곳에서 마무리될 겁니다. 청장님이 이곳에 꼭 계셔야 할 것 같아서요」

「또 디외지와 폴랑팡도 있어야 할 것 같았겠지? 아래층 출입구 근처에서 그들을 보았네」

「그렇습니다, 청장님」

「그런데 도대체 무슨 일인가? 누굴 체포라도 하는 건가? 이게 웬 영화의 한 장면 같은 모임이람! 자, 가니마르, 얘기해 보게」

가니마르는 잠시 망설이더니 좌중을 깜짝 놀라게 하려는 의도가 드러는 목소리로 이렇게 말했다.

「우선 블라이헨 씨는 그 반지의 도난과 아무 관계도 없다는 것을 말씀드립니다」

뒤두이 씨가 빈정댔다.

「오! 오! 이건 아주 단정이군……. 그것도 무척 심각한 단정인걸」

이어 백작이 물었다.

「당신이 알아낸 게……, 그뿐이오?」

「아닙니다, 백작님. 도난 사건이 있던 다음날, 백작님의 손님 세 사람은 자동차로 드라이브를 나갔습니다. 그들 중 두 사람이 유명한 격전지를 방문하는 동안, 한 사람은 서둘러 우체국으로 가서 작은 상자 하나를 규정에 따라 포장하고 묶어 발송했습니다. 내용물의 가치는 백 프랑이라고 적었지요」

드 크로종 씨가 반박했다.

「이상할 거 하나 없는 일이오」

「그 사람은 자신의 진짜 이름을 대는 대신 루소라는 가명을 썼고, 수신인으로 파리에 거주하는 벨룩스라고 적었습니다. 그런데 사람이 그 상자, 곧 반지를 받은 그날 저녁 즉시 그 집을 비우고 이사했다는 말을 들으신다면 이상할 게 하나도 없지는 않을 겁니다」

백작이 물었다.

「그렇다면 그 사람이 내 사촌 당델 형제 중 하나란 말이오?」

「그 신사 분들은 아닙니다」

「그렇다면 드 레알 부인이란 말이오?」

「그렇습니다」

백작 부인이 충격을 받고 소리쳤다.

「지금 당신은 내 친구를 범인으로 모는 건가요?」

「간단한 질문 하나만 하겠습니다, 부인」

「드 레알 부인은 그 푸른 다이아몬드의 경매 과정을 지켜보았지요?」

가니마르가 말했다.

「그래요. 하지만 따로 보았어요. 우리는 함께 있지 않았어요」

「그녀가 부인께 그 반지를 살 것을 권했죠?」

백작 부인은 기억을 더듬는 듯했다.

「그래요. 사실이에요……. 나한테 처음으로 그 반지 얘기를 한 것도 그녀 같아요」

「중요한 얘깁니다, 부인. 바로 그 여자가 그 반지에 대해 이야기하고 그 반지를 사도록 부인을 부추긴 것이 분명합니다」

「하지만, 내 친구가 어떻게……」

「죄송합니다만, 정말 죄송합니다만 드 레알 부인은 부인이 가끔 만나는 친구일 뿐 신문에서 떠들고 있는 대로 부인의 절친한 친구는 아닐 겁니다. 부인의 친구라는 점에서 그녀는 의심을 피할 수 있었지요. 부인께서 그 여자를 아신 건 겨우 지난 겨울부터였을 겁니다. 저는 지금 그 여자가 부인께 사신에 대해, 자신의 과거에 대해, 자신의 친척들에 대해 말한 모든 것이 새빨간 거짓말이라는 사실, 블랑슈 드 레알 부인이란 인물은 부인을 만나기 전에는 존재하지 않았다는 사실, 그리고 현재도 존재하지 않는다는 사실을 분명히 말씀드릴 수 있습니다」

「그래서요?」

「그래서라니오?」

가니마르가 반문했다.

「그래요. 당신이 말한 이야기들은 아주 흥미롭군요. 하지만 그 이야기가 이 사건과 무슨 관계가 있죠? 드 레알 부인이 반지를 가져갔다고 해요. 그 사실도 전혀 증거가 없지만 말이죠. 그런데 그녀는 어째서 그것을 블라이헨 씨의 가루 비누 속에 넣었을까요? 정말 이상하죠! 푸른 다이아몬드를 애써서 훔쳤다면 그것을 내놓을 리가 없죠. 이런 질문에 어떻게 대답하시겠어요?」

「저로서는 할 말이 없습니다. 드 레알 부인에게 직접 들어야겠지요」

「그렇다면 그녀가 존재하나요?」

「그녀는 존재하지 않지만 존재합니다……. 간단히 말하자면 그렇습니다. 사흘 전, 늘 읽는 신문을 읽다가 저는 트루빌의 여행자 명단 맨 윗줄에서 〈드 레알 부인, 보리바주 호텔 체류 등〉이라는 기사를 읽었습니다. 그날 저녁 저는 트루빌에 가서 보리바주 호텔의 지배인을 만났지요. 방명록의 서명을 비롯한 몇 가지 단서로 미루어 저는 그 드 레알 부인이라는 여자가 제가 찾던 사람이라는 것을 알 수 있었습니다. 하지만 그 여자는 콜리제가 3번지라는 자신의 파리 주소만을 남기고 호텔을 나간 다음이었습니다. 어제 저는 그 주소로 찾아가서 그곳에 드 레알 부인이란 사람은 없고, 그저 레알 부인이라는 여자가 3층에 살고 있다는 사실을 알아냈습니다. 그 여자는 다이아몬드 중개업을 하고 있었고 자주 집을 비운다고 했습니다. 그 전날에도 그녀는 여행에서 돌아온 참이었습니다. 어제 저는 그녀의 집 초인종을 눌러, 레알 부인이라는 여자에게 가명을 대고 직업을 보석 중개인이라고 밝혔습니다. 오늘 첫 거래를 위해 이곳에서 만나기로 했습니다」

「뭐라고요! 그 여자가 올 거라고요?」

「다섯시 반에 올 겁니다」

「그런데 어떻게 확신하시나요?」

「그 여자가 드 크로종 성에 머물던 드 레알 부인이라는 사실을 말입니까? 제겐 반박할 수 없는 증거들이 있습니다. 하지만, 가만……, 폴랑팡이 신호를 보내는군요……」

휘파람 소리가 울려퍼졌다. 가니마르가 재빨리 일어섰다.

「우물쭈물할 시간이 없습니다. 드 크로종 씨와 부인은 옆방으로 가주십시오. 도트렉 씨 역시……, 그리고 제르부아 씨, 당신도……. 문은 열려 있을 겁니다. 제가 신호를 보내는 즉시 이리로 오십시오. 청장님, 부디 여기 계셔주십시오」

「그런데 다른 손님들이 오면 어떻게 할 건가?」

뒤두이 씨가 물었다.

「그런 일은 일어나지 않을 겁니다. 이 찻집은 새로 개업한 곳으로, 주인이 제 친구입니다. 그가 그 누구도 올려보내지 않기로 했습니다……. 금발의 여인을 제외하고는요」

「금발의 여인이라고? 자네 지금 무슨 말을 하고 있나!」

「금발의 여인, 바로 그 여자입니다, 청장님. 아르센 뤼팽의 여자 친구이자 공범인 그 베일에 싸인 여인 말입니다. 제게는 그녀를 체포할 수 있는 확실한 증거들이 있지만, 청장님 앞에서 그녀가 피해를 입힌 모든 사람의 증언을 듣고 싶었습니다」

그는 몸을 굽히고 창밖을 내다보았다.

「그녀가 오고 있군요……. 찻집 안으로 들어왔습니다……. 이제 더 이상 빠져나갈 방법이 없습니다. 폴랑팡과 디외지가 문을 지키고 있습니다……. 금발의 여인은 이제 우리 수중에 떨어졌습니다, 청장님!」

그 순간, 여자가 찻집의 문턱에서 걸음을 멈추었다. 키가 크고 날씬하고 새하얀 얼굴에 진한 황금색 머리카락을 한 여자였다.

벅찬 감정에 숨이 막힌 나머지 가니마르는 한마디 말도 하지 못한 채 서 있었다. 그녀가 저기, 자기 앞에, 자기 손안에 있는 것이다! 아르센 뤼팽을 누르고 이런 승리를 거두게 되다니! 이 얼마나 놀라운 반전인가! 동시에 이러한 승리를 너무나도 쉽게 얻었다는 것이 믿기지 않았으므로 그는 혹시 뤼팽이 흔히 쓰는 기적 같은 솜씨에 힘입어 그녀가 자신의 손가락 사이로 빠져나가지 않을지 두려웠다.

여자는 지나치게 조용한 찻집 안의 분위기에 놀란 듯 잠시 그 자리에 서서 불안해하며 주위를 둘러보았다.

〈그녀가 가려고 하는군! 그녀가 또 흔적 없이 사라지려 해!〉

가니마르는 겁에 질린 채 생각했다. 그는 갑자기 그녀와 문 사이를 막아섰다. 그녀는 몸을 돌려 나가려 했다.

「그러지 마십시오. 그러지 말아요. 어째서 가시려는 겁니까?」

가니마르가 말했다.

「하지만 선생님, 저로서는 도대체 왜 이러시는지 이해할 수가 없네요. 그만 가보겠어요」

「지금 가셔야 할 그 어떤 이유도 없습니다, 부인. 반대로, 계셔야 할 이유는 많지요」

「하지만……」

「소용없소. 당신은 나갈 수 없소」

안색이 창백해진 채 그녀는 의자 위에 털썩 주저앉아 더듬거리며 물었다.

「왜 이러시는 거죠?」

가니마르는 의기양양해 있었다. 마침내 금발의 여인을 잡은 것이다. 그는 그녀의 주인이라도 된 것처럼 또박또박 말했다.

「내가 말했던 친구를 소개하겠소. 보석을 사겠다는 친구 말이오……. 그중에서도 특히 다이아몬드를. 약속한 물건을 가져왔소?」

「아뇨……. 아니에요……. 무슨 말씀인지……, 기억이 나지 않는군요」

「기억이 날 거요……. 잘 생각해 보시오……. 당신이 아는 사람 하나가 당신에게 색깔 있는 다이아몬드를 맡겼을 거요……. 〈푸른 다이아몬드 같은 것 말이죠〉 하고 내가 웃으며 말하자 당신은 〈그거라면 하나 구할 수 있을 것 같군요〉라고 대답했소. 이래도 기억 나지 않소?」

그녀는 입을 다물었다. 손에 쥐고 있던 작은 핸드백이 떨어졌다. 그녀는 서둘러 핸드백을 집더니 가슴에 꼭 끌어안았다. 그녀의 손가락이 살짝 떨렸다.

가니마르가 말했다.

「우리를 못 믿으시는 것 같군, 드 레알 부인. 좋은 증거를 보여드리겠소. 내가 갖고 있는 걸 말이오」

그는 지갑에서 종이 한 장을 꺼내 펼쳤다. 그런 다음 머리카락

몇 가닥을 내밀었다.

「우선 이건 앙투아네트 브레아의 머리카락으로 죽은 남작이 뽑아낸 거요. 죽은 이의 손 안에 들어 있었소. 난 제르부아 양을 만났소. 그녀는 이 머리카락이 문제의 금발 여인의 머리카락과 같은 색이라고 대답했소……. 당신의 머리카락과 같은 색이오. 아주 똑같소」

레알 부인은 어리둥절한 표정으로 가니마르를 지켜보았다. 그녀는 그가 무슨 말을 알아듣지 못하는 것 같았다. 가니마르는 말을 계속했다.

「그리고 이건 두 개의 향수병이오. 상표도 없고 내용물도 없소. 하지만 아직도 담겨 있던 향수 냄새가 나고 있소. 오늘 아침 제르부아 양은 이 향수가 자신과 2주일 동안 함께 여행했던 그 금발 여인이 쓰던 것과 똑같다고 증언했소. 이 향수병 중 하나는 드 레알 부인이 드 크로종 성에서 썼던 방에서 가져온 것이고, 다른 하나는 당신이 머물고 있는 보리바주 호텔 방에서 가져온 거요」

「무슨 말씀을 하시는 건가요! 금발의 여인……, 드 크로종 성이라니……」

그 말에는 대답하지 않은 채 가니마르는 탁자 위에 종이 네 장을 늘어놓았다. 그리고 말했다.

「마지막으로 네 장의 서류가 있소. 한 장에는 앙투아네트 브레아의 필적 견본이 있고, 또 한 장은 문제의 푸른 다이아몬드 경매 때 헤르슈만 씨에게 편지를 보낸 여인의 필적이고, 다른 하나는 드 레알 부인이 드 크로종 저택에 머물렀을 때 쓴 것이고, 그리고 네번째는……, 당신 거요, 부인. 이건 당신이 트루빌의 보리바주 호텔 방명록에 남긴 필적이오. 이 네 가지 필적을 비교해

보시오. 동일인의 것이란 말이오」

「제정신이 아니군요, 선생! 당신은 미쳤어요! 이 모두가 뭘 의미하는 거죠?」

가니마르는 과장된 몸짓을 곁들이며 외쳤다.

「이것이 의미하는 건 말이오, 부인. 아르센 뤼팽의 여자 친구이자 공범인 금발의 여인이 바로 당신이라는 거요」

그는 옆방 문을 밀어 열고 제르부아 씨에게 달려가서는 그의 어깨를 붙잡고 레알 부인 앞으로 데려왔다.

「제르부아 씨, 당신 딸을 납치해 간 장본인을 알아보실 수 있겠소? 드티낭 변호사의 집에서 본 그 여자 말입니다」

「아닌데요」

쿵 하고 뭔가 내리치기라도 한 것처럼 모두들 충격을 받았다. 가니마르는 비틀거렸다.

「아니라니……? 그럴 리가……? 이보시오, 잘 생각해 보시오……」

「충분히 생각해 보았소. 이 부인은 그 금발의 여인처럼 금발이고……, 그녀처럼 얼굴이 희죠……. 하지만 생김새는 전혀 닮지 않았소」

「믿을 수가 없어……. 이런 착오는 받아들일 수가 없어……. 도트렉 씨, 앙투아네트 브레아를 알아보시겠소?」

「저는 아저씨 집에서 앙투아네트 브레아를 본 적이 있습니다. 이분은 그 여자가 아닙니다」

「게다가 드 레알 부인도 아니에요」

드 크로종 백작 부인이 잘라 말했다.

그것은 최후의 일격과도 같았다. 가니마르는 어안이 벙벙해져서 고개를 떨구고 눈에 초점을 잃은 채 더 이상 아무 말도 하지 못했다. 그가 취할 방법은 아무것도 없었다. 그의 추리가 허물어 져 내리고 있었다.

뒤두이 씨가 자리에서 일어났다.

「용서하십시오, 부인. 불미스러운 오해가 있었습니다. 부디 잊어주시기 바랍니다. 하지만 제가 이해할 수 없는 건 이곳에 오셔서 왜 그렇게 불안해하시고……, 이상한 태도를 보이셨나 하는 점입니다」

「맙소사, 선생님. 저는 겁이 났어요……. 제 가방 속에는 십만 프랑 이상의 가치가 나가는 보석이 들어 있어요. 그런데 선생님 친구 분의 태도가 상당히 이상했거든요」

「하지만 왜 그렇게 자주 집을 비우시는지?」

「그건 제 직업상 어쩔 수 없는 일이 아니겠어요?」

뒤두이 씨는 대답할 말이 없었다. 그는 자신의 부하에게 몸을 돌렸다.

「유감스럽게도 자넨 너무 경솔하게 정보를 구한 것 같네, 가니마르. 그리고 조금 전 자네가 이 부인에게 취한 태도는 정말 이상하기 짝이 없었네. 나중에 내 방에 와서 그 사실을 해명하게」

취조는 그렇게 끝났다. 경찰청장이 막 자리를 뜨려 할 때였다. 정말 당혹스런 사건이 일어났다. 레알 부인이 가니마르 형사에게 다가가 이렇게 말했던 것이다.

「당신을 가니마르 씨라고 부르던데요……. 혹시 제가 잘못 들었나요?」

「맞소」

「그렇다면 이 편지를 당신에게 드려야 할 것 같군요. 오늘 아침 이 편지를 받았어요. 겉봉에 〈쥐스탱 가니마르 씨, 레알 부인

전교〉라고 쓰어 있더군요. 저는 이게 장난이라고 생각했어요. 왜냐하면 아는 사람 중에 그런 이름을 가진 사람은 없으니까요. 하지만 분명 이 알 수 없는 발신자는 우리가 만나리라는 사실을 알고 있었던 것 같군요」

이상한 예감이 든 쥐스탱 가니마르는 그 편지를 낚아채 없애버리려 했다. 하지만 감히 상관 앞에서 그럴 수는 없었다. 그는 봉투를 찢어 열었다. 그는 겨우 알아들을 수 있는 소리로 더듬거리며 편지의 내용을 읽어 내려갔다.

옛날 옛적에 금발의 여인과 뤼팽이라는 사람과 가니마르라는 사람이 살고 있었소. 그런데 못된 가니마르는 아름다운 금발의 여인을 괴롭히고 싶어했소. 하지만 마음씨 착한 뤼팽은 그걸 바라지 않았지. 금발의 여인이 드 크로종 백작 부인과 친하게 지내기를 바란 착한 뤼팽은 그녀에게 드 레알 부인이라는 이름을 쓰게 했소. 그건 황금빛 머리카락과 하얀 얼굴을 가진 (조금 다르게 생기긴 했지만) 어떤 정직한 여류 보석상의 이름이었소. 착한 뤼팽은 이렇게 생각했소. 〈이러면 못된 가니마르가 금발 여인의 뒤를 쫓을 수 없을 거야. 대신 엉뚱하게 정직한 여류 보석상의 뒤를 쫓게 될 테니 얼마나 재미있을까〉. 현명한 배려는 열매를 맺는 법. 못된 가니마르가 늘 보는 신문에 몇 줄 광고를 내고 진싸 금발의 여인이 보리바주 호텔에 일부러 남겨둔 향수병, 진짜 금발의 여인이 호텔의 방명록에 써놓은 레알 부인의 주소면 모든 게 끝이었지. 어떻게 생각하시오, 가니마르? 이 모험담을 당신에게 자세히 말해주고 싶었소. 재치 있는 당신이라면 제일 먼저 웃어주리라는 사실을 잘 알고 있으니 말이오. 실제로 이 사건은 흥미진진했소. 그리고 고백하건대 나로서는 정말이지 즐거운 시간이었다오.

감사를 보내오, 친애하는 친구. 탁월하신 뒤두이 씨에게도 안부 전해 주시오.

—— 아르센 뤼팽


웃을 생각 같은 것은 꿈에도 하지 못한 채 가니마르가 신음하듯 중얼거렸다.

「아니, 뤼팽이 모든 것을 꿰뚫고 있었잖아! 내가 아무에게도 이야기하지 않은 것들까지 알고 있었단 말입니다! 어떻게 청장님을 부르리라는 것까지 알았을까요, 청장님? 어떻게 그는 내가 그 향수병을 발견하리라는 것을 알았을까요……? 도대체 어떻게?」

가니마르는 지독한 열패감에 빠져 발을 구르고 머리카락을 쥐어뜯었다.

뒤두이 씨는 그런 그에게 연민을 느꼈다.

「자, 자, 가니마르. 너무 속상해하지 말게. 다음번에는 잘할 수 있을 거야」

그런 다음 경찰청장은 레알 부인과 함께 자리를 떴다.

십 분이 흘렀다. 가니마르는 뤼팽의 편지를 읽고 또 읽고 있었고, 한쪽 구석에서는 드 크로종 백작 부부와 도트렉 씨, 제르부아 씨가 열심히 이야기를 나누고 있었다. 이윽고 백작이 가니마르에게 다가오더니 이렇게 말했다.

「결론을 내리자면, 친애하는 형사 양반, 모든 게 원점으로 돌아간 셈이오」

「죄송합니다. 하지만 제 조사 결과 문제의 금발 여인이 이 사건들의 주인공임이 분명하고, 뤼팽이 그녀를 조종하고 있다는 사실이 밝혀졌습니다. 그것만 해도 커다란 진전입니다」

「하지만 그건 아무 소용 없소. 사태는 더 미궁으로 빠져든 것 같소. 그 금발의 여인은 푸른 다이아몬드 때문에 살인을 했으면서도 그것을 가져가지 않았소. 뿐만 아니라 나중에는 그것을 훔쳐냈지만 다른 사람에게 넘겨주기까지 했소」

「저로서는 그 문제를 풀 길이 없습니다」

「당연하오. 하지만 그 문제를 풀 수 있는 사람이 있다면……」

「무슨 말씀을 하시고 싶으신 겁니까?」

백작이 망설이자 백작 부인이 또렷하게 말했다.

「제 생각에 경감님의 뒤를 이어 뤼팽과 싸우고 그를 휘어잡을 수 있는 사람은 단 한 사람밖에 없는 것 같아요. 가니마르 씨, 우리가 헐록 숌즈에게 도움을 청한다면 불쾌하시겠어요?」

가니마르는 당황했다.

「그럴 리가…… 다만……, 무슨 말씀인지 잘……」

「말 그대로예요. 이 모든 의문들이 저를 짜증나게 해요. 저는 사태를 명확히게 알고 싶어요. 제르부아 씨와 도트렉 씨 역시 같은 생각이세요. 그래서 우리는 그 유명한 영국인 탐정에게 도움을 청하기로 뜻을 모았어요」

「옳은 말씀입니다, 부인」

가니마르는 진심으로 말했다. 그의 그런 태도는 칭찬을 받아 마땅할 터였다. 그가 덧붙였다.

「부인 말이 맞습니다. 이 늙은 가니마르에겐 아르센 뤼팽과 맞서 싸울 힘이 없습니다. 헐록 숌즈는 할 수 있을까요? 그러기를 바랍니다. 왜냐하면 저는 그를 굉장히 존경하고 있으니까요……. 하지만……, 거의 가능성이 없을 겁니다……」

「그도 별수 없을 거란 말씀이신가요?」

「제 생각일 뿐입니다. 사실 헐록 숌즈와 아르센 뤼팽의 대결은 이미 정해진 수순이겠지요. 하지만 결국은 그 영국인 탐정이 패배하겠죠」

「어쨌든 형사님은 그분을 도와주실 수 있죠?」

「돕고말고요, 부인. 제 수사 결과를 아낌없이 그에게 제공하겠습니다」

「그의 주소를 아시나요?」

「압니다. 런던 파커가 219번지죠」

그날 저녁 드 크로종 백작 부부는 블라이헨 영사에 대한 고소를 취하했다. 그리고 공동 발신자가 보낸 편지 한 통이 헐록 숌즈에게 배달되었다.

# 헐록 숌즈, 싸움을 시작하다

「두 분, 뭘 드시겠습니까?」

「아무거나 가져오게」

아르센 뤼팽은 시시콜콜하게 메뉴 이것저것을 챙겨먹는 데에는 아무 관심 없는 사내처럼 대답했다. 그러고는 이렇게 덧붙였다.

「하지만 고기와 술은 곤란하네」

그러자 웨이터는 다소 경멸하는 듯한 표정을 지으며 물러났다. 내가 소리쳤다.

「무슨 소린기? 자네 아직도 채식주의를 고수하나?」

「점점 더 그렇게 되어간다네」

뤼팽이 대답했다.

「취향 때문인가? 신앙 때문에? 아니면 습관에서?」

「건강을 위해서지」

「그렇다면 한번도 어긴 적이 없나?」

「오! 있지……. 사교계 모임에서는……, 별종 취급을 받지 않으려고 말일세」

우리는 파리 북역 근처에 있는 조그마한 식당 한구석에서 함께 저녁 식사를 하고 있었다. 아르센 뤼팽이 그곳으로 나를 불러냈던 것이다. 이따금 그는 그렇게 아침에 전보를 보내와 파리 어딘가에서 만날 약속을 정하곤 했다. 그는 언제나 사는 게 행복한 듯한 아이 같은 모습으로 내가 모르는 모험담이나 후일담 또는 뜻밖의 일화를 가지고 흥에 겨워 나타났다.

그날 저녁 그는 평소보다 더 원기 왕성해 보였다. 그는 다소 들뜬 기분으로 특유의 세련된 유머, 경쾌하고 즉흥적이면서도 악의 없는 빈정거림을 곁들여 웃고 이야기했다. 그런 그를 대하는 것은 기쁜 일이었다. 나는 그런 내 기분을 그에게 말했다.

그는 외쳤다.

「오! 그렇다네. 요즘은 모든 일이 너무나 감미롭게 여겨진다네. 퍼내도 퍼내도 줄곧 채워지는 끝없는 보물처럼 내 안에서 생명력이 솟구치는 것 같네. 내가 얼마나 아낌없이 열정적으로 살고 있는지 아무도 모를걸세!」

「좀 지나치게 열정적인 것 같은데」

「보물이 무한히 나오고 있다고 하지 않았나! 충분히 사용하고 낭비해도 된다네. 힘과 젊음을 사방에 흩어버려도 괜찮다구. 그 즉시 더욱 생생하고 더욱 젊은 힘이 솟구치거든……. 그러니 정말이지 내 삶은 멋지지 뭔가……! 바라는 게 있다면 내일이라도 당장 그렇게 될 수 있을 것 같네……! 정치가, 사업가, 웅변가, 무엇이든 말일세……. 하지만 단언하건대 그런 일은 결코 없을걸세! 나는 아르센 뤼팽이고, 앞으로도 아르센 뤼팽으로 남을 테니까. 역사적인 인물 가운데 내 삶과 비교할 만한 그런 삶, 더 충만하고 더 강렬한 삶을 산 사람을 찾아보았지만 찾지 못했다네⋯⋯. 나폴레옹 정도를 들 수 있을까? 그럴지도 모르지⋯⋯. 하지만 나폴레옹도 말년에는 전 유럽과 싸우면서 패색이 짙어지자 전투를 치를 때마다 그것이 자신의 마지막 전투가 되지 않을까 하고 전전긍긍했다잖나」

진심에서 저런 말을 하고 있는 것일까? 농담을 하고 있는 것일까? 그의 어조는 흥분되어 있었다. 그는 말을 계속했다.

「보게. 도처에 위험이 도사리고 있네! 끊임없이 다가오는 위험을 느낀다네! 공기를 호흡하듯 나는 위험을 들이마시고 근처에서 헐떡거리고 포효하고 엿보고 다가오는 위험을 감지한다네⋯⋯. 하지만 폭풍우 가운데에서도 언제나 침착해야 하네⋯⋯. 흔들려선 안 되지⋯⋯! 그래, 그랬다가는 지는 거야⋯⋯. 이런 느낌에 비길 만한 건 오직 자동차 경주 중에 운전자가 느끼는 느낌뿐일세! 하지만 자동차 경주는 기껏해야 한나절 동안만 열리지만 내 경주는 평생을 지속된다네!」

내가 말했다.

「정말 시적인 표현이군! 그러니까 자네가 그렇게 흥분한 게 특별한 이유가 있어서가 아니라는 걸 나보고 믿어달란 건가!」

뤼팽이 빙그레 웃었다.

「자네의 심리 분석은 정말 탁월하군. 사실 그럴 만한 이유가 있다네」

그는 커다란 잔에 생수를 따라 마신 다음 나에게 말했다.

「자네, 《르 탕》오늘자 신문을 읽어보았나?」

「아니, 못 읽었네」

「헐록 숌즈가 오늘 오후에 영불 해협을 건너 여섯시경 여기 도착한다네」

「맙소사! 도대체 왜?」

「드 크로종 부부와 도트렉 남작의 조카, 제르부아 씨가 그를 초청했다는군. 그들은 파리의 북역에서 만날 것이고, 그곳에서 가니마르와 합류할걸세. 지금 이 시간 그들 여섯은 함께 모여 있을걸세」

호기심을 억누르는 것이 아무리 어렵다 하더라도, 아르센 뤼팽 자신이 말해 주기 전에 내가 그의 사생활에 관한 것을 물어볼 수는 없었다. 그런 신중함을 나는 결코 깨지 않았다. 게다가 아직까진 푸른 다이아몬드 사건에서 공식적으로 그의 이름은 언급되지 않고 있었다. 그래서 나는 잠자코 있었다. 그가 말을 이었다.

「《르 탕》에는 또한 그 잘난 가니마르의 인터뷰 기사가 실렸다네. 그 기사에 따르면 내 여자 친구인 금발의 여인이 도트렉 남작을 살해하고 드 크로종 부인에게서 유명한 푸른 다이아몬드 반지를 훔치려고 했다는 거네. 물론 그는 이 두 사건의 배후 인물로 나를 지목하고 있지」

가벼운 경련이 내 몸을 훑고 지나갔다. 그게 사실일까? 그의 도벽, 그의 기질, 사건의 추이 자체가 이 사내로 하여금 그런 범죄까지 저지르게 한 것일까? 나는 그를 찬찬히 살펴보았다. 그는 너무나도 침착해 보였고 그의 두 눈은 너무나도 솔직하게 이쪽을 바라보고 있었다!

나는 그의 두 손을 꼼꼼히 살펴보았다. 너무나도 섬세한, 그 누구도 해치지 못할 예술가의 손이 아닌가…….

「가니마르란 친구가 정신이 나갔군」

내가 중얼거렸다. 그가 반박했다.

「천만에, 그렇지 않네. 가니마르는 날카로운 데가 있다네……. 때로는 재치까지 있지」

「재치라!」

「그렇지, 그렇고말고. 예를 들자면, 이 인터뷰는 대가의 솜씨를 보여주고 있네. 첫번째로 그는 자신의 경쟁자인 그 영국인의 도착을 널리 알림으로써 내게 경각심을 불러일으켜서 그 영국인의 일을 더욱 어렵게 만들고 있네. 두번째로 그는 자신이 이제까지 이 사건을 수사해 왔고 숌즈는 자신의 수사 결과를 바탕으로 일하는 것뿐이라는 사실을 분명히하고 있다네. 멋진 전술이지」

「가니마르가 어떻든 간에 자네 입장에선 이제 두 명의 적을 상대해야 하는 것 아닌가. 게다가 얼마나 대단한 적들인지!」

「오! 한쪽은 별로 대단할 것 없네」

「그렇다면 다른 한쪽은?」

「숌즈 말인가? 오! 그가 대단한 인물이라는 것은 인정할 수밖에 없군. 하지만 바로 그 점이 나를 흥분시킨다네. 그 때문에 내 기분이 이렇게 좋은 거라네. 우선 이건 자존심의 문제지. 사람들이 나를 상대하려면 그 유명한 영국인 정도는 나서야 한다고 판단한 것이지. 그리고 헐록 숌즈와 대결한다는 생각에 나 같은 투지 만만한 인물이 어떤 기쁨을 느끼는지 상상해 보게나. 드디어 기회가 온걸세! 나는 온 힘을 다 기울여 애써야 할걸세! 왜냐하면 난 그 친구가 어떤 사람인지 알거든. 그는 한 걸음도 물러서지 않을 거야」

「대단한 사람이군」

「정말 대단하지. 내 생각에 그만한 탐정은 과거에도 없었고 지금도 없네. 다만 내 입장은 그에 비해 유리하지. 그는 공격하지만 나는 방어하는 쪽이니까. 내 역할이 좀 더 쉽지. 게다가……」

그는 보일 듯 말 듯 미소를 짓고는 하던 말을 마쳤다.

「게다가 나는 그가 싸우는 방식을 알고 있지만 그는 내 방식을 모른다네. 그래서 나는 그에게 몇 가지 함정을 준비해 둘 것이고 그것 때문에 그는 골머리 좀 썩일걸세……」

그는 손톱 끝으로 탁자를 한두 번 톡톡 두드리고 나서는 유쾌하게 말했다.

「아르센 뤼팽 대 헐록 숌즈라……, 프랑스 대 영국이라……. 마침내 트라팔가 해전에서 패한 설욕을 할 수 있게 됐군……! 아! 가엾은 친구 같으니라고……. 그는 내가 대비하고 있다는 사실을 전혀 모르고 있겠지……. 뤼팽 같은 인물이 일단 정보를 미리 입수하게 되면……」

뤼팽은 갑자기 말을 끊었다. 그는 한 차례 기침을 하고 뭔가 목에 걸린 사람처럼 냅킨으로 얼굴을 가렸다.

「빵 조각이 걸렸나? 그렇다면 물을 좀 마시게」

내가 물었다.

「아닐세. 그런 게 아니라고」

그가 숨이 막힌 듯한 목소리로 대답했다.

「그렇다면……, 뭔가?」

「숨이 막히는군」

「창문을 좀 열까?」

「아닐세. 여기서 나가야겠네, 얼른. 내 외투와 모자를 주게. 어서 나가야……」

「도대체 왜 그러나?」

「지금 막 들어온 저 두 사람……, 키가 큰 쪽이 보이지……? 나갈 때, 저 사내가 나를 알아볼 수 없도록 내 왼쪽으로 서서 걸어가 주게」

「자네 뒷자리에 앉은 사내 말인가……?」

「그래……. 개인적인 이유에서 그래 줬으면 하네……. 나가서 설명하겠네……」

「그런데 도대체 저 사람이 누군가?」

「헐록 숌즈일세」

그는 자신이 당황했다는 사실이 수치스러운 듯 안간힘을 써서 감정을 다스리고는 냅킨을 내려놓았다. 그는 물을 한 잔 마시고는 침착을 되찾은 모습으로 웃으며 내게 말했다.

「우습잖은가? 나는 쉽게 당황하는 편은 아니지만 이렇게 만나게 되니 너무 뜻밖이라서……」

「뭘 걱정하나? 그렇게 변장한 자넬 알아볼 사람은 아무도 없네. 나조차도 자넬 만날 때마다 전혀 모르는 사람 앞에 와 있는 것 같은 느낌이 든다네」

「〈그〉는 날 알아볼걸세」

아르센 뤼팽은 말했다.

「〈그〉는 나를 딱 한 번 본 적이 있네(『괴도 신사 뤼팽』, 제9장 「한 발 늦은 헐록 숌즈」에서——편집자 주). 하지만 나는 그가 언제든 나를 알아보리라는 것을 느낄 수 있었네. 그는 줄곧 달라지는 나의 겉모습이 아니라 나의 본질 자체를 꿰뚫어보았다네……. 그리고……, 그리고……, 나는 예상하지 못했네. 이런……! 얼마나 기묘한 만남인지……! 이런 조그만 식당에서!」

「자, 그러면, 나갈까?」

내가 그에게 말했다.

「아니……, 아닐세……」

「어쩌려고 그러나?」

「지금은 솔직하게 행동하는 것이 최선이네……. 그를 믿어보는 거야……」

「설마 자네 지금?」

「그렇다네. 그럴 생각이라네……. 그렇게 되면 그에게 질문을 던져 지금 그가 무엇을 알고 있는지 알아볼 수 있다는 이점이 있네……. 아! 이런, 그의 눈길이 내 목덜미에, 내 어깨에 와닿는 것이 느껴지는군……. 그는 찾고 있어……. 기억을 더듬는걸세」

뤼팽은 잠시 생각에 잠겼다. 나는 그의 입가에 장난기 서린 웃음이 번지는 것을 보았다. 상황의 요구보다는 충동적인 본능에 따르기로 한 듯 그는 갑자기 자리에서 일어나 몸을 돌리더니 고개를 숙이며 쾌활하게 말을 건넸다.

「이게 웬 우연입니까? 정말 운이 좋군요……. 제 친구를 소개하게 해주십시오……」

한순간 영국인은 당황한 듯했다. 이윽고 그는 본능적으로 아르센 뤼팽에게 달려들려 했다. 하지만 아르센 뤼팽이 고개를 내저었다.

「그러시면 안 되지요……. 점잖지 못한 행동이라는 걸 잊으시다니……. 게다가 아무 소용도 없을 텐데!」

영국인은 도와줄 사람이라도 찾는 듯 좌우를 두리번거렸다.

「그것 역시 소용없습니다. 설마 근방에 저를 체포할 만한 힘을 가진 사람이 있다고 생각하시는 건 아니겠죠? 자! 점잖게 행동하시지요」

뤼팽이 말했다.

이 경우 점잖게 행동하는 것이 그다지 권할 만한 일은 아니었다. 하지만 영국인에게는 그 편이 가장 좋은 방법으로 여겨진 모양이었다. 그 역시 반쯤 일어나 차가운 목소리로 이렇게 말했던 것이다.

「이쪽은 윌슨 씨. 내 친구이자 조수요. 그리고 이쪽은 아르센 뤼팽 씨일세」

윌슨의 어리둥절한 모습은 폭소를 자아내기에 충분했다. 넋이 나간 듯한 얼굴에서 휘둥그레진 두 눈과 벌어진 입이 두드러져 보였다. 사과처럼 팽팽하고 반짝이는 그의 얼굴을 짧고 곤두선 머리카락과 잔디처럼 촘촘하고 뻣뻣한 짧은 턱수염이 에워싸고 있었다.

「윌슨, 자네는 극히 자연스러운 일 앞에서 지독히도 놀라는군」

헐록 숌즈가 빈정대는 투로 내뱉었다.

윌슨이 더듬거리며 말했다.

「어째서 자네는 저자를 체포하지 않나?」

「자네는 못 본 모양이군, 윌슨. 저분이 문과 나 사이, 출입구 바로 곁에 앉아 있다는 걸 말일세. 내가 손가락 하나 까딱하기도 전에 저분은 이미 밖으로 나가 있을걸세」

「그런 건 신경 쓰지 않으셔도 좋습니다」

뤼팽이 말했다.

그는 일부러 탁자를 한 바퀴 돌아 영국인이 문 쪽에 있도록 반대편에 가서 앉았다. 자신의 처분을 상대에게 맡긴다는 뜻이나 다름없었다.

윌슨은 이런 대담한 행동에 숌즈가 감탄하는지 확인하기 위해 그를 바라보았다. 그러나 영국인은 전혀 동요하지 않았다. 잠시 후 그가 소리쳤다.

「여기!」

종업원이 재빨리 달려왔다. 숌즈가 주문했다.

「소다수와 맥주, 그리고 위스키를 주시오」

휴전 협정이 조인되었다……. 새로운 조치가 나오기 전까지는. 잠시 후 우리 네 사람은 같은 탁자에 앉아서 차분하게 이야기를 나누고 있었다.

헐록 숌즈는 그러니까……, 겉모습은 어디에서나 만날 수 있는 그런 신사였다. 오십대쯤 된 나이에 책상 앞에서 장부를 보면서 평생을 보낸 듯한 고지식한 중산층 시민의 모습이었다. 다갈색 구레나룻, 깔끔하게 면도한 턱, 약간 과묵한 태도 등 모든 것이 런던의 보통 시민과 다를 바 없었다. 다만 두 눈빛만은 무서울 정도로 날카롭고 기민해서 사람을 꿰뚫어보는 듯했다.

그가 바로 헐록 숌즈였다! 다시 말해서 직관력과 관찰력과 명징함과 재능을 겸비한 하나의 현상이 사람으로 변해 눈앞에 있는 것이었다. 인간의 상상력이 만들어낼 수 있는 가장 탁월한 두 유형의 탐정들, 곧 애드거 앨런 포의 뒤팽과 가보리오의 르콕을 자연이 자신의 방식대로 뒤섞어 더욱 탁월하고 더욱 비현실적인 존재로 만들어내기라도 한 것 같았다. 그래서 그를 세계적으로 유명하게 만든 무용담 중의 하나를 들을 때면, 사람들은 헐록 숌즈라는 인물이 실재하는 신화가 아니라, 예를 들어 코난 도일이라는 위대한 소설가가 탄생시킨 작중 인물이 아닐까 하고 자문하게 되는 것이다.

이윽고 아르센 뤼팽은 숌즈에게 프랑스에 얼마나 머물 것인지를 물었다. 대화는 본론으로 들어갔다.

「내 체류 기간은 당신에게 달렸소, 뤼팽 씨」

상대는 웃으며 소리쳤다.

「오! 만약 그게 저한테 달린 문제라면 바라건대 오늘 저녁 다시 배를 타고 돌아가 주시죠」

「오늘 저녁은 너무 이르다오. 여드레나 열흘 정도면……」

「그렇게 바쁘신가요?」

「하던 일이 무척 많소. 영중(英中) 은행 강도 사건, 에클레스턴 부인 납치 사건 등……. 이보시오, 뤼팽 씨. 일 주일이면 충분할 것 같지 않소?」

「대충 그 정도면 되겠죠. 당신이 푸른 다이아몬드를 둘러싼 두 가지 사건을 해결하기 위해서는 말입니다. 한편 그동안 저는 당신이 그 두 가지 사건을 해결해 제 안전을 위협할 경우에 대비해 일련의 조치를 취해야겠죠」

「내가 여드레에서 열흘이라고 말한 것은 바로 그 일까지 고려해서라오」

영국인이 말했다.

「그렇다면 열하루째에는 저를 체포하시겠다는 겁니까?」

「열흘째가 마지막 선이오」

뤼팽은 잠시 생각에 잠겼다가 고개를 내저었다.

「어려울걸요……. 어려울 겁니다……」

「어려울 거요. 하지만 가능하오. 아니 틀림없소⋯⋯」

「틀림없고말고」

윌슨이 맞장구쳤다. 친구가 그렇게 말하기까지 거친 일련의 긴 추론 과정을 꿰뚫어보기라도 한 것처럼.

헐록 숌즈가 빙그레 웃었다.

「여기 그런 일에 달통한 윌슨이 맞다는군요」

그런 다음 그는 말을 이었다.

「물론 지금 난 모든 패를 손에 갖고 있진 않소. 이 사건들은 이미 여러 달 전에 일어났으니, 여러 가지 정보와 단서들이 부족할 거요. 내가 조사를 진행하는 데 대개 필요한 것들 말이오」

「흙 묻은 발자국이나 담뱃재 같은 것 말입니다」

윌슨이 전문가 같은 말투로 권위 있게 부언했다.

「하지만 가니마르 형사의 탁월한 수사 결과 이외에도 이 모든 일의 정황과 수집된 자료와 모든 사건 기록을 이용할 수 있을 거요. 또 이 사건에 관한 개인적인 견해들도 말이오」

「분석에 의한 것이든 가설에 의한 것이든 간에 제시된 자료들을 이용할 수 있는 거죠」

윌슨이 결연히 덧붙였다.

아르센 뤼팽이 숌즈에게 정중한 어조로 물었다.

「죄송하지만 당신이 이 사건을 전체적으로 어떻게 보고 계시는지 물어봐도 되겠습니까?」

맞수인 두 사내가 같은 탁자에 팔꿈치를 괸 채 마주보고 앉아 마치 까다로운 문제를 함께 해결하거나 논쟁에서 같은 결론에 도달해야 한다는 듯 진지하고 정중하게 이야기를 나누는 모습은 정말이지 흥미진진한 장면이었다. 그리고 그것은 또한 격조 있는 유머이기도 했다. 예술 애호가로서, 또한 예술가로서 그들은 둘 다 그런 유머를 몹시 즐기고 있었다. 그 때문에 윌슨은 긴장이 편안하게 풀어지는 것을 느꼈다.

헐록은 천천히 파이프에 담뱃잎을 채워넣은 다음 불을 붙이고 말을 시작했다.

「내 생각에 이 사건은 곁에서 보기보다 훨씬 단순하오」

「실제로 훨씬 단순하죠」

윌슨이 그의 말을 충실히 되풀이했다.

「이 사건이라고 말한 건 내가 보기에 이건 한 가지 사건일 뿐이기 때문이오. 도트렉 남작의 죽음과 푸른 다이아몬드 반지 사건, 그리고 23조 514번 복권의 비밀 등은 이른바 〈금발의 여인〉을 둘러싼 하나의 수수께끼가 보여주는 여러 단면에 지나지 않소. 문제는 뿌리가 같은 이 세 가지 사건들을 연결하는 끈, 세 가지 방식의 연결 고리를 찾아내야 하는 것뿐이오. 가니마르의 판단은 조금 피상적이오. 그는 이러한 연결 고리가 신출귀몰한 능력, 곧 사람 눈에 띄지 않고 자유롭게 왔다갔다할 수 있는 능력이라고 보고 있으니 말이오. 기적의 개입이라고 뭉뚱그리는 데 나는 만족할 수 없소」

숌즈는 힘주어 말했다.

「이들 세 사건의 특징은, 아직은 드러나지 않고 있지만, 이 사건들이 일어난 장소들을 당신이 확고한 의도 아래 미리 직접 선택했다는 데 있소. 당신 쪽에서 보자면 그렇게 한 데에는 단순한 계획 이상의 어떤 이유가 있었소. 다시 말해서 그게 성공의 〈필수 조건〉이었던 셈이오」

「좀 더 자세히 말씀해 주실 수 있겠습니까?」

「어렵지 않소. 제르부아 씨와 싸움이 시작되었을 때부터 당신이 선택한 장소는 드티낭 변호사의 아파트였지 않소? 당신의 작전이 성공하기 위해서는 그곳이 꼭 필요했소. 당신이 보기에 약속을 해도 좋은 확실한 장소는 그곳뿐이었소. 금발의 여인과 쉬잔 양을 만날 공식적인 약속 장소 말이오」

「교사의 딸 말입니다」

월슨이 설명했다.

「이제 그 푸른 다이아몬드 애기로 들어가겠소. 도트렉 남작이 그 다이아몬드를 구입하자마자 당신이 그걸 손에 넣으려 했을까? 아니오. 그런데 남작이 형으로부터 그 저택을 물려받았소. 그로부터 6개월 후 앙투아네트 브레아의 개입 아래 첫번째 시도가 있었소. 그 시도는 빗나갔고, 다이아몬드는 드루오 경매장에서 성황리에 경매에 붙여졌소. 그 경매가 자유롭게 치러졌을까? 가장 돈 많은 애호가가 그 보석을 손에 넣었을까? 결코 그렇지 않소. 은행가 헤르슈만이 승리를 거두려는 순간 어떤 여인이 보낸 협박장이 그에게 건네졌소. 그래서 바로 그 여인이 미리 공을 들여온 드 크로종 백작 부인이 그 다이아몬드를 손에 넣었소. 그런 다음 그 다이아몬드가 바로 없어졌을까? 아니오. 당신에겐 아직 적절한 수단이 준비되지 않았던 거요. 그러니까 내개물이 없었던 거요. 그런데 백작 부인이 자신의 성에 머물게 되었소. 그것이야말로 당신이 기다리던 거였소. 그 후에 결국 다이아몬드는 사라졌소」

「그런데 그 다이아몬드가 블라이헨 영사의 가루 비누 속에서 다시 발견되다니, 정말 이상하군요」

뤼팽이 반박했다.

그러자 헐록이 주먹으로 탁자를 내리치며 소리쳤다.

「여보시오, 그런 한심한 얘길랑 나한테 하지 마시오. 바보들은 그런 소리를 믿겠지만 나 같은 늙은 여우에게는 통하지 않소」

「그 말은 그러니까?」

「그 말은 그러니까……」

숌즈는 자기 말의 효과를 극대화하려는 듯 잠시 뜸을 들였다. 이윽고 그는 입을 열었다.

「그 가루 비누 속에서 발견된 푸른 다이아몬드는 가짜요. 진짜는 당신이 갖고 있소」

아르센 뤼팽은 한순간 아무 말도 하지 않았다. 이윽고 그는 그저 가만히 영국인을 뚫어져라 응시했다.

「당신은 정말이지 대단한 사람이군요, 선생」

「대단한 사람이고말고. 그렇잖소?」

찬탄으로 입을 벌린 채 윌슨이 동의했다.

뤼팽이 대답했다.

「그렇소. 모든 게 밝혀졌군요. 사건이 이제야 제 의미를 찾았군요. 이 사건을 악착같이 조사한 담당 기자들 중 누구도, 예심 판사들 중 누구도 이렇게까지 진실에 접근하지 못했습니다. 이건 직관과 논리가 이루어낸 기적입니다」

그 영국인은 자신을 알아주는 상대의 칭찬에 우쭐해져서 대답했다.

「무슨! 곰곰이 생각만 하면 충분히 알 수 있는 일이오」

「〈생각할 줄만 안다면〉 충분히 알 수 있겠죠. 하지만 그럴 줄 아는 사람이 얼마나 될지! 이제 추측의 범위가 훨씬 좁아지고 거치적거리는 것들도 제거되었으니……」

「그러니까 이제 내가 밝혀내야 할 것은 어째서 이들 세 사건이 클라페이롱가 25번지, 앙리 마르탱 대로 134번지, 드 크로종 성에서 일어났는지를 밝혀내는 것뿐이오. 이 사건의 핵심은 거기 있소. 나머지는 허튼소리나 애들 장난에 지나지 않소. 그렇잖소?」

「그렇습니다」

「상황이 이런데, 뤼팽 씨, 내 일이 열흘 안에 끝난다고 말하는 게 잘못이오?」

「열흘 안에, 그렇습니다, 당신은 모든 진실을 알아낼 겁니다」

「그리고 당신은 체포될 거요」

「그렇지 않습니다」

「그렇지 않다니?」

「제가 체포되기 위해서는 있을 수 없는 상황들이 일어나고 말도 안 되는 불운이 겹쳐야 합니다. 저로서는 그런 가능성을 받아들일 수 없습니다」

「상황이나 운이 할 수 없는 것을 인간의 집념과 의지는 할 수 있다오, 뤼팽 씨」

「만약 또다른 인간의 집념과 의지가 그러한 시도에 뛰어넘을 수 없는 장애물을 만들어놓지 않는다면 말이죠, 숌즈 씨」

「뛰어넘을 수 없는 장애물이란 없소, 뤼팽 씨」

그들은 의미심장한 눈길을 교환했다. 두 사람의 시선은 서로를 도발하려는 기색 없이 오직 차분하고 대담했다. 마치 두 개의 검이 칼날을 부딪는 것 같았다, 맑고 거침없는 소리를 내면서.

뤼팽이 외쳤다.

「정말 잘됐군요! 여기 만만찮은 인물이 있습니다! 적이긴 하지만 비범한 인물이죠. 그리고 그 맞은편에 앉은 사람은 헐록 숌즈입니다. 일이 재미있어지겠군요」

「당신은 겁나지 않습니까?」

윌슨이 물었다.

「정말 겁이 날 지경입니다, 윌슨 씨. 그리고 그 증거로」

이렇게 말하며 뤼팽은 자리에서 일어섰다.

「얼른 일어나야겠습니다……. 그렇지 않았다간 꼼짝없이 잡힐지도 모르니까요. 그러니까 열흘이라고 했습니까, 숌즈 씨?」

「열흘이오. 오늘이 일요일이니 8일, 수요일에는 모든 게 끝날거요」

「그럼 난 철창에 갇히는 겁니까?」

「틀림없이 그렇게 될 거요」

「이런! 그동안 평온한 생활을 즐기고 있었지요. 걱정거리 하나 없이 순풍을 타고 있었단 말입니다. 경찰은 멀찌감치 떨어져 있고, 모두들 한결같이 내게 우호적이고……. 그 모든 것이 바뀌겠군요! 요컨대 동전의 이면이 나온 거죠……. 좋은 날이 있으면 궂은 날도 있게 마련……. 이제 웃는 것도 끝났군요. 그럼 안녕히 계십시오!」

윌슨이 숌즈를 알아주는 상대에 대한 배려로 조바심을 내며 충고했다.

「서두르시구려. 단 한순간도 낭비하지 마시구려」

「한순간도 낭비하지 않겠습니다, 윌슨 씨. 다만 제가 이 만남에 얼마나 기뻐하고 있는지, 당신처럼 훌륭한 조수를 가진 분을 얼마나 부러워하고 있는지는 말씀드려야겠군요」

그들은 정중하게 작별 인사를 나누었다. 서로에 대해 그 어떤 증오도 없지만 가차 없이 서로 싸워야 할 운명인 두 적수처럼. 이

으고 뤼팽은 내 팔을 잡더니 나를 식당 밖으로 이끌었다.

「어떻게 생각하나, 친구? 자네가 준비하고 있는 내 회고록에 중요한 정보를 제공할 만남이었을걸세」

그는 식당문을 닫고 거리를 몇 걸음 걷다가 걸음을 멈추었다.

「담배 피우겠나?」

「아니. 자네도 안 피우는 걸로 알고 있는데」

「나도 원래는 안 피우네」

그는 담배에 불을 붙인 다음 초성냥을 여러 차례 흔들어 불을 껐다. 그는 담배를 입에 물었지만 즉각 던져버리더니 뛰어서 길을 건너 두 사내와 합류했다. 그의 신호에 따라 어둠 속에서 불려나온 모양이었다. 그는 잠시 반대편 인도에 서서 그들과 이야기를 나눈 다음 내게로 돌아왔다.

「이만 실례해야겠네. 저 고약한 숌즈라는 자가 나를 골탕먹일 것 같군. 하지만 단언하건대 뤼팽에게는 통하지 않을걸세……. 오! 그 친구는 내 활약상을 구경하게 될 거야……. 또 봅세나……. 그 대책 없는 월슨 말이 옳아. 단 1분도 낭비할 수 없지」

그는 재빨리 모습을 감추었다.

이렇게 기묘한 저녁 나절이 끝났다. 아니, 적어도 내가 관여했던 그 저녁 나절의 일부는 끝났다고 해야 할 것이다. 왜냐하면 그 후 몇 시간 동안 또다른 일들이 이어졌던 것이다. 그 식낭에 있던 다른 이들을 통해 다행히 나는 그 일의 이모저모를 들을 수 있었다.

뤼팽과 내가 헤어진 그 순간, 헐록 숌즈는 시계를 꺼내 보고는 자리에서 일어섰다.

「아홉시 이십 분 전이군. 아홉시에 역에서 백작 부부를 만나기로 했네」

「가세나!」

그렇게 말하며 윌슨은 숌즈의 것까지 두 잔의 위스키를 차례로 비웠다.

그들은 밖으로 나왔다.

「윌슨, 돌아보지 말게……. 누군가 우리를 미행하고 있을걸세. 이런 경우 전혀 상관없다는 듯이 행동하는 게 상책이네……. 이제 말해 보게, 윌슨. 자네 생각을 들려주게나. 어째서 뤼팽이 저 식당에 온 것 같나?」

윌슨은 주저 없이 대답했다.

「뭔가 먹으려고 왔겠지」

「윌슨, 함께 일하면 할수록 자네 실력이 점점 더 느는 걸 느끼네. 단연코 자네는 놀라운 발전을 하고 있군」

어둠 속에서 윌슨이 좋아서 얼굴을 붉히는 게 보였다. 숌즈가 다시 말했다.

「뭘 먹기 위해서였을 수도 있지. 또 가니마르가 인터뷰에서 밝힌 대로 내가 정말 드 크로종 성으로 가는지 확인하기 위해서였을 수도 있고. 그러니까 그의 예측을 거스르지 않기 위해서는 거기에 가야겠지. 하지만 그 친구보다 시간을 벌어야 하니까 거기까지 말아야겠네」

「어!」

윌슨이 무슨 말인지 못 알아듣겠다는 듯한 소리를 냈다.

「이보게, 친구. 이 길로 가서 삯마차를 타게. 두 번, 세 번 갈아타게. 그런 다음 우리가 물품 보관함에 맡겨둔 짐가방을 찾게. 그러고는 전속력으로 엘리제 팔라스 호텔까지 달리게」

「엘리제 팔라스 호텔에 도착해서는?」

「방을 하나 달라고 해서 자리에 누워 푹 자게. 그런 다음 내 지시를 기다리게나」


자신에게 맡겨진 그 중요한 임무에 우쭐해진 윌슨은 서둘러 걸음을 옮겼다. 헐록 숌즈는 표를 사서 아미앵발 급행 열차에 올랐다. 드 크로종 백작 부부는 이미 좌석에 앉아 있었다.

그는 그들에게 인사만 한 채 두번째 파이프에 불을 붙인 다음 복도에 서서 조용히 담배를 피웠다.

기차가 출발하느라 덜컹거렸다. 십 분 후 그는 백작 부인 곁에 와서 앉으며 그녀에게 말했다.

「그 반지를 가지고 계신가요, 부인?」

「그런데요」

「제게 잠시 보여주십시오」

그는 반지를 받아들어 살펴보았디.

「제가 생각했던 대로군요. 이건 재생 다이아몬드입니다」

「재생 다이아몬드라뇨?」

「새로운 제조 방법이죠. 다이아몬드 부스러기에 고열을 가해 다시 용해시키는 겁니다……. 그렇게 하면 그 부스러기들로 덩어리를 만들 수 있습니다」

「뭐라고요! 하지만 내 다이아몬드는 진짜예요」

「부인의 다이아몬드는 그렇죠. 하지만 이건 부인의 다이아몬드가 아닙니다」

「그렇다면 내 건 어디 있죠?」

「아르센 뤼팽의 수중에 있습니다」

「그렇다면 이건?」

「이건 부인 것과 바꿔치기해서 블라이헨 씨의 가루 비누 병 속에 넣은 겁니다. 부인이 거기서 찾으신 겁니다」

「그럼 이게 가짜란 말인가요?」

「틀림없는 가짜입니다」

당황하고 흥분한 백작 부인이 입을 다물고 있는 동안 그의 남편은 못 믿겠다는 듯 그 보석을 이쪽저쪽으로 돌려보았다. 마침내 백작 부인이 더듬거리며 말했다.

「이럴 수가! 하지만 왜 이런 번거로운 짓을 했을까요? 그리고 어떻게 진짜 보석을 훔칠 수 있었을까요?」

「바로 그것이 내가 밝혀내야 할 일입니다」

「드 크로종 성에서 말인가요?」

「아닙니다. 저는 크레유에서 내려서 파리로 돌아갑니다. 아르센 뤼팽과 저의 싸움터는 거깁니다. 싸움이야 여기서 하든 저기서 하든 마찬가집니다만, 뤼팽에게는 제가 성으로 가고 있다고 믿게 하는 편이 좋겠지요」

「하지만……」

「중요한 게 뭡니까, 부인? 중요한 건 부인의 다이아몬드 아닙니까?」

「맞아요」

「그렇다면 걱정 마십시오. 저는 조금 전에 그것보다 훨씬 더 지키기 어려운 약속을 했습니다. 헐록 숌즈의 명예를 걸고 드리는 말씀인데 진짜 다이아몬드를 부인께 가져다드리겠습니다」

기차가 속도를 늦추고 있었다. 숌즈는 가짜 다이아몬드를 주머니에 넣고 열차문을 열었다. 백작이 소리쳤다.

「그쪽은 플랫폼 반대편이오!」

「만약 뤼팽이 저에게 미행을 붙여놓았다면 이렇게 따돌릴 수 있습니다. 안녕히 가십시오」

역무원 하나가 그를 제지했지만 소용없었다. 영국인은 역장실로 갔다. 그로부터 오십 분 후, 그는 자정이 조금 못 된 시각에 타고 온 파리행 열차에서 뛰어내렸다.

그는 파리에 내리자마자 역을 가로질러 주점으로 들어갔다가 또다른 문을 통해 나와 마차로 뛰어들었다.

「마부 양반, 클라페이롱가로 갑시다」

미행하는 사람이 없음을 확신한 그는 길이 시작되는 곳에서 마차를 세우고 드티낭 변호사의 집과 인접한 두 집을 세밀하게 조사하기 시작했다. 일정한 보폭으로 그는 몇 군데의 거리를 잰 다음 그 수치를 수첩에 기록했다.

「마부 양반, 앙리 마르탱 대로로 갑시다」

앙리 마리탱 대로와 라 퐁프가 모퉁이에서 마차를 세운 그는 인도를 따라 134번지까지 걸었다. 도트렉 남작의 저택과 그것을 둘러싼 두 개의 인접 건물들 앞에서 그는 클라페이롱가에서 했던 것과 같은 작업을 했다. 각 건물 전면의 폭을 재고 그 앞에 있는 작은 뜰의 폭을 가늠했다.

앙리 마르탱 대로에는 네 줄로 늘어선 가로수들뿐 행인도 없고 아주 어두웠다. 가로수들 사이 여기저기를 가스등 불빛이 비추고 있었지만 짙은 어둠을 밝히기에는 부족했다. 가스등 하나가 도트렉 저택 일부에 희미한 빛을 던지고 있었으므로, 숌즈는 철책에 걸린 〈세놓음〉이라고 씌어진 푯말과 초라한 잔디밭을 에둘러 난 두 개의 황폐한 오솔길과 사람이 살지 않는 저택의 넓고 휑뎅그렁한 창문들을 볼 수 있었다.

〈그래, 맞아! 남작이 죽은 후 사는 사람이 없겠군……. 이런! 한번 들어가 볼 수도 있겠는걸!〉

이런 생각이 머리를 스침과 동시에 그는 이미 그것을 행동에 옮기고 있었다. 하지만 어떻게? 철책이 어떤 방법으로도 넘어갈 수 없을 만큼 높았으므로, 그는 늘 몸에서 떼놓지 않는 만능 열쇠와 손전등을 주머니에서 꺼냈다. 그런데 정말 놀랍게도 두 개의 여닫이문 중 하나가 조금 열려 있는 것이 아닌가. 그는 그 문이 도로 닫히지 않도록 조심하면서 뜰 안으로 들어갔다. 하지만 세 걸음도 못 가서 그 자리에 얼어붙은 듯 멈춰섰다. 3층 창문들 중 하나에 희미한 빛이 지나갔던 것이다.

그 빛은 두번째 창으로, 세번째 창으로 이어졌다. 그가 볼 수 있는 것은 방의 벽 위에 어른거리는 그림자뿐이었다. 이윽고 그 희미한 빛은 3층에서 2층으로 내려와 오랫동안 이 방 저 방을 돌아다녔다.

「도대체 누가 새벽 한시에 도트렉 남작이 살해된 집 안을 돌아다닌단 말인가」

숌록은 비상한 호기심을 느끼며 혼잣말로 중얼거렸다.

그것을 알아내기 위한 방법은 하나밖에 없었다. 그 자신이 직접 들어가 보는 것뿐! 그는 망설이지 않았다. 하지만 그가 현관을 향해 뜰을 가로지르는 순간 가스등에서 나오는 한줄기 빛 때문에 집 안에 있던 사람이 숌즈를 발견한 모양이었다. 희미한 빛이 갑자기 꺼지고 다시는 그의 모습이 나타나지 않았던 것이다.

숌즈는 현관문을 가만히 밀어보았다. 그 문 역시 열려 있었다. 아무 소리도 들리지 않자 그는 용기를 내어 어둠 속으로 발을 내디뎠다. 계단 난간의 둥근 장식과 부딪친 그는 조심스레 계단을 올라갔다. 여전히 똑같은 침묵, 똑같은 어둠뿐이었다.

계단 끝에 도착한 그는 그중 한 방으로 들어가 밖의 빛을 받아 희뿌옇게 보이는 창가로 다가갔다. 그때 그는 집 안에 있던 사람이 건물 밖 왼쪽으로, 이 집과 옆집에 딸린 두 개의 정원을 가르는 벽 역할을 하는 관목을 따라 도망치는 것을 보았다. 다른 계단을 통해 내려가 다른 문을 통해 나간 모양이었다.

숌즈는 중얼거렸다.

「빌어먹을! 이러다가 놓치겠는걸!」

그는 계단을 구르듯이 달려 내려가 도망자의 퇴로를 차단하기 위해 층계를 건너뛰었다. 하지만 아무도 없었다. 그러나 잠시 후 숌즈는 관목 덤불 속에서 아주 조금씩 움직이는 시커먼 형체를 발견했다.

영국인은 생각에 잠겼다. 어째서 저 사람은 충분히 그럴 시간이 있었는데도 도망치려 들지 않는 것일까? 자신이 하던 모종의 일을 방해한 침입자를 이번에는 자신이 감시하려는 것일까?

그는 생각했다.

〈뤼팽은 아냐. 뤼팽이라면 훨씬 영리할 테니까. 그의 패거리들 중 하나겠군.〉

긴 시간이 흘렀다. 헐록은 자신을 엿보는 상대에게 시선을 고정시킨 채 움직이지 않았다. 하지만 상대 역시 꼼짝하지 않고 있었다. 영국인은 한자리에서 목 빠지게 기다리는 그런 성격의 인물이 아니었다. 그는 권총의 탄창을 확인하고 칼집에서 단도를 뽑은 다음, 그에게 명성을 가져다준 위험을 가볍게 여기는 태도와 냉정할 정도의 대담함에 걸맞게 적을 향해 곧장 걷기 시작했다.

순간 딸깍 하는 건조한 소리가 들려왔다. 상대가 권총을 장전한 모양이었다. 헐록은 순식간에 그 검은 형체에게 달려들었다. 상대로선 몸을 돌릴 시간이 없었다. 영국인이 이미 그를 덮쳤던 것이다. 격렬하고 필사적인 몸싸움 가운데 헐록은 사내가 칼을 꺼내려 하는 것을 눈치챘다. 하지만 곧 다가올 성공에 대한 기대감과 아르센 뤼팽의 공범을 즉각 제압하고 말겠다는 광포한 욕망에 사로잡힌 숌즈는 자신의 내부에서 억누를 수 없는 힘이 솟구치는 것을 느꼈다. 그는 상대를 쓰러뜨리고 그의 몸 위로 온 체중을 실었다. 그러고는 그는 한쪽 손의 다섯 손가락을 독수리 발톱처럼 목에 박아넣어 그 가엾은 자를 옴짝달싹 못하게 하고 또다른 손으로는 손전등을 찾아 스위치를 켜서 포로가 된 사내의 얼굴에 비추었다.

「윌슨!」

그가 깜짝 놀라 외쳤다.

「헐록 숌즈!」

목이 졸린 듯한 쉰 목소리가 더듬거리며 외쳤다.

머릿속이 텅 비고 어리둥절해진 그들은 서로 한마디도 나누지 않고 오랫동안 그 자세로 있었다. 자동차의 경적 소리가 주변의 침묵을 깨뜨렸고, 한줄기 바람이 나뭇잎을 흔들었다. 하지만 숌즈는 움직이지 않았다. 그의 다섯 손가락은 여전히 윌슨의 목을 움켜쥐고 있었고 윌슨의 헐떡거림은 점점 더 기운이 빠져가고 있었다.

　　이윽고 헐록은 친구를 놓아주었다. 하지만 갑자기 화가 치밀어올라 이번에는 그의 어깨를 붙잡고 미친 듯이 흔들어댔다.

　　「여기서 뭘 하고 있는 건가? 대답하게……. 뭘 하고 있는 거냐고……. 내가 자네에게 이 덤불 속에 숨어 나를 엿보라고 했나?」

　　윌슨이 신음소리를 내면서 간신히 말했다.

　　「내가 엿보는 게……, 그게 자네인 줄은 몰랐다네」

　　「그럼 뭔가? 여기서 뭘 하고 있는 건가? 자네는 지금 자고 있어야 할 게 아닌가」

　　「난 잠자리에 누웠네」

　　「잠을 잤어야지!」

　　「잠을 잤네」

　　「깨지 말았어야지!」

　　「자네 편지가……」

　　「내 편지?……」

　　「그렇다네. 호텔 종업원이 자네 편지를 가지고 왔더군」

　　「내가 보낸 편지? 자네 미쳤나?」

　　「정말이라네」

「그 편지 어디 있나?」

친구는 종이 한 장을 내밀었다. 어리둥절한 채 숌즈는 손전등을 비추어 그 내용을 읽었다.

윌슨, 침대에서 나와 앙리 마르탱 대로로 가게. 그 집은 비어 있네. 안으로 들어가 조사를 실시해 정확한 도면을 작성하게. 그런 다음 돌아와서 잠자리에 들게.

—— 헐록 숌즈

윌슨이 말했다.

「방들의 크기를 재고 있는데. 뜰에서 그림자 하나가 보이더군. 내 머릿속에는 그저……」

「그저 어둠 속에 숨어서 살펴봐야겠다는 생각이었겠지……. 생각은 좋았네……. 그런데, 이것 보게」

친구가 일어나는 것을 도와준 다음 숌즈는 다시 한번 그를 잡아당기며 말했다.

「윌슨, 편지를 받으면 그게 내 필적인지부터 확인하게」

비로소 사태를 파악하기 시작한 윌슨이 말했다.

「그렇다면 그 편지가 자네가 보낸 게 아니란 말인가?」

「불행히도! 아니라네」

「그럼 누가 보낸 건가?」

「아르센 뤼팽이지」

「하지만 무엇 때문에 내게 그런 편지를 썼단 말인가?」

「아! 그건 나도 전혀 모르겠네. 바로 그 점이 불안하다네. 도대체 어째서 그자는 자네를 불러내는 수고를 했을까? 또 나를 불러낸 거라면 이해가 가지만 자네를 불러내다니. 도대체 무슨 목적에서……」

「아무래도 빨리 호텔로 돌아가야겠네」

「나도 가겠네, 윌슨」

그들은 철책 대문 앞에 이르렀다. 앞서 걸어간 윌슨이 손잡이를 잡아당겼다.

그가 말했다.

「이런, 자네 이 문을 닫았나?」

「그럴 리가 있나. 한쪽 문이 닫히지 않도록 해두었다네」

「하지만……」

이번에는 헐록이 손잡이를 당겨보았다. 불안한 마음에 그는 잠금 장치를 살펴보았다. 그의 입에서 욕설이 터져나왔다.

「빌어먹을……. 문이 잠겼어! 잠겨버렸다고!」

그는 힘껏 문을 잡아 흔들었다. 마침내 그런 노력이 쓸데없는 것임을 깨달은 그는 힘없이 두 팔을 늘어뜨리고 토막토막 끊어서 이렇게 말했다.

「이제 모든 걸 알겠어. 바로 그자야! 그자는 내가 크레유에서 내릴 줄 알고 있었어. 오늘 저녁 바로 조사에 착수할 경우에 대비해 여기에 이런 덫을 놓은 거지. 게다가 친절하게도 같이 있을 친구까지 보내주었군. 내 시간을 하루 뺏으면서 동시에 남의 일에 간섭 말고 내 일이나 잘하라고 충고하려는 거지……」

「다시 말해 우린 그의 포로가 된 거로군」

「말 한번 잘했네. 헐록 숌즈와 윌슨이 아르센 뤼팽의 포로가 된 거야. 정말 어이없는 일이군……. 천만에, 천만에. 도저히 받아들일 수가 없어……」

그때 손 하나가 그의 어깨를 두드렸다. 윌슨의 손이었다.

「저 위……, 저 위를 보게……. 불빛이……」

2층 창문 중 하나에서 불빛이 새어나오고 있었다.

그들은 각자 다른 층계로 달려갔다. 두 사람은 동시에 불켜진 방 앞에 이르렀다. 방 한가운데에 불 켜진 토막 초가 놓여 있었다. 그 옆에는 포도주 병 주둥이, 닭다리, 빵이 반쯤 비어져 나온 바구니가 놓여 있었다.

숌즈가 웃음을 터뜨렸다.

「대단하군. 밤참까지 제공하다니. 마법의 궁전이 따로 없네. 진짜 동화 같지 않나! 자, 윌슨, 장례식에 온 것 같은 그런 얼굴 하지 말게. 모든 게 너무나도 재미있잖은가」

「자넨 정말 그렇게 즐거운 건가?」

윌슨이 침통한 표정으로 물었다.

숌즈는 어색할 정도로 너무 수선스럽게 즐거워하며 소리쳤다.

「그럼, 정말이고말고! 이보다 더 재미난 일은 난생 처음일세. 정말이지 대단한 코미디일세……! 그자가 사람을 골탕먹이면서도 깍듯이 예를 갖추는 걸 보게나……! 이 세상 황금을 다 준대도 나는 이 만찬을 양보하지 않겠네……. 윌슨, 이 친구야, 자네가 날 서글프게 하는군. 내가 자책감에 빠졌으면 좋겠나. 불행에 빠진 나의 용기를 북돋워줄 고상한 마음이 자네에겐 없단 말인가? 뭘 불평하고 있는 건가? 지금쯤 자네의 가슴팍에 내 단도가 꽂혀 있을지도 모르는데……, 아니면 내가 자네의 칼을 맞았겠지……. 그게 바로 자네가 하려던 일이었으니까 말이네, 고약한 친구 같으니라고」

우스갯소리와 빈정거림을 섞어 숌즈는 마침내 울상이 된 윌슨

의 기분을 풀어줘 그에게 닭다리와 포도주 한 잔을 마시게 하는
데 성공했다. 하지만 초가 다 타고 나자 그들은 마룻바닥에 길게
누워 벽을 베개 삼아 잠을 청할 수밖에 없었다. 우스꽝스럽고 고
통스러운 상황이었다. 정녕 서글픈 잠자리였다.

다음날 아침 윌슨은 관절이 쑤시고 온몸이 얼어붙은 가운데 잠
에서 깼다. 작은 인기척에 고개를 이리저리 돌려보니 헐록 숌즈
가 바닥에 주저앉아 몸을 굽힌 채 돋보기로 먼지를 살펴보고 있
었다. 그는 거의 지워지다시피 한, 하얀 분필로 씌어진 숫자를
면밀히 살피고는 그것을 자신의 수첩에 옮겨적었다.

그 일에 관심을 보이는 윌슨을 데리고 숌즈는 모든 방을 조사
했다. 두 개의 방에서 똑같은 분필 표시가 발견되었다. 또한 참나
무 판자 위에는 두 개의 동그라미 표시가 되어 있었고, 대리석
위에는 화살표 표시가, 그리고 층계의 네 계단에 각각 숫자가 씌
어 있었다.

한 시간 후 윌슨이 그에게 말했다.

「정확하지, 그렇지 않은가?」

무언가 발견했다는 기쁨 때문에 밝은 기분을 되찾은 헐록이 대
답했다.

「정확하네. 뭔지는 모르겠지만 어쨌든 어떤 의미가 있는 게 분
명해」

「아주 분명한 의미가 있지. 그 숫자들은 마루널의 숫자라네」

윌슨이 말했다.

「아!」

「그렇다네. 확인해 보면 알겠지만 두 개의 동그라미 표시는 그
판자들이 가짜라는 걸 뜻하는걸세. 그리고 화살표는 식기 운반용

승강기의 방향을 가리킨다네」

헐록 숌즈는 깜짝 놀라 그를 바라보았다.

「아, 그렇군! 그런데 이 친구야. 어떻게 그걸 알아냈나? 자네의 뛰어난 머리에 내가 부끄러울 지경일세」

「오! 그건 아주 간단하다네. 내가 어제 저녁 그 표시들을 해놓았거든. 자네의 지시……, 아니, 그 편지가 자네의 말대로 뤼팽에게서 온 거라면 그의 지시에 따라서 말일세」

윌슨이 기뻐하며 말했다.

윌슨은 그 순간 덤불 속에서 숌즈와 싸울 때보다 더 큰 위험에 직면한 것이 분명했다. 숌즈는 그를 목 졸라 죽이고 싶은 광포한 욕망을 느꼈던 것이다. 가까스로 감정을 다스린 그는 미소를 지으려 했으나 얼굴이 찌푸려질 뿐이었다. 숌즈가 말했다.

「잘했네, 정말 잘했어. 이 탁월한 작업으로 수사에 커다란 진전을 보겠군. 자네의 놀라운 분석력과 관찰력으로 해놓은 다른 일은 없나? 그 도움 좀 받아야겠네」

「안됐지만 없네. 그게 전부일세」

「저런! 안됐군! 시작은 좋았는데 말이야. 그렇다면 이제 우리에게 남은 일은 여기서 나가는 것뿐이군」

「여길 나간다고! 그런데 어떻게 말인가?」

「점잖은 사람들이 쓰는 정상적인 방법으로 말일세. 문으로 나가는 거지」

「문은 잠겨 있네」

「열면 되지」

「누가 말인가?」

「길에서 순찰중인 저 두 명의 순경을 불러주게」

「하지만……」

「하지만 뭔가?」

「그건 너무 굴욕적이라……. 자네, 헐록 숌즈와 나, 윌슨이 아르센 뤼팽의 포로가 되었다는 사실을 알면 사람들이 뭐라고 하겠는가?」

「무슨 말을 하고 싶은가, 이 친구야. 배꼽을 잡고 웃겠지. 하지만 이 집에서 계속 눌러살 수는 없지 않은가」

헐록이 굳어진 얼굴로 냉담하게 대답했다.

「그럼 자네는 다른 시도는 해보지 않겠다는 건가?」

「그렇다네」

「하지만 음식 바구니를 가져온 사람은 올 때도 그렇고 갈 때도 그렇고 뜰을 통하지 않았네. 그렇다면 또다른 출구가 있지 않을까? 그걸 찾아보세. 경찰관에게 도움을 청할 필요 없이 말일세」

「정말 그럴듯한 얘기야. 다만 자네는 그 출구를 파리의 경찰 전체가 6개월 전부터 찾아왔고 나도 자네가 자고 있는 동안 이 저택을 샅샅이 살펴보았다는 사실을 모르고 있네. 아! 친애하는 윌슨, 아르센 뤼팽은 우리가 알고 있는 그저 그런 흔한 사냥감이 아닐세. 전혀 흔적을 남기지 않는다네, 그자는……」

오전 열한시, 헐록 숌즈와 윌슨은 밖으로 나올 수 있었다……. 그리고 가장 가까운 경찰서에 소환되었다. 경찰서장은 그들을 까다롭게 심문한 후 풀어주며 뻔히 속이 들여다보이는 위로의 말을 늘어놓았다.

「정말 유감입니다, 두 분. 그런 일이 일어나다니 말입니다. 우리 나라의 손님 대접을 좋지 않게 생각하시겠군요. 맙소사, 얼마나 고통스러운 밤을 보내셨을까! 아! 이 뤼팽이라는 자는 정말이지 경우가 없다니까요」

삯마차가 그들을 엘리제 팔라스 호텔까지 데려다주었다. 카운터에서 윌슨은 방 열쇠를 달라고 했다.

종업원은 잠시 열쇠를 찾아보더니 깜짝 놀란 얼굴로 대답했다.

「하지만 선생님, 그 방을 이미 비우셨는데요」

「내가, 도대체 어떻게?」

「오늘 아침 선생님 친구 분이 가져온 편지에 따라 그렇게 했죠」

「무슨 친구 말인가?」

「어떤 신사 분이 선생님 편지를 가져왔더군요……. 자, 선생님의 명함이 아직도 붙어 있군요. 여기 있습니다」

윌슨은 편지를 받아들었다. 그것은 틀림없는 그의 명함이었고 편지의 필적은 자신의 것이었다. 그가 중얼거렸다.

「맙소사, 이것도 그자 짓이야」

그런 다음 그는 걱정스럽게 덧붙였다.

「그럼 짐은?」

「친구 분께서 가져가셨는데요」

「아……! 그럼 그걸 내줬단 말인가?」

「물론이죠. 선생님의 명함이 있었는걸요」

「그랬겠지……. 그랬겠지……」

두 사람은 상젤리제 대로를 따라 말없이 천천히 걸음을 옮겨놓았다. 가을의 아름다운 햇살이 거리를 비추고 있었다. 공기는 가볍고 포근했다.

네거리에 이르자 헐록은 파이프에 불을 붙이고 기운 차게 걷기 시작했다. 윌슨이 소리쳤다.

「난 자넬 이해할 수가 없네, 숌즈. 어떻게 그렇게 태연할 수가 있나! 그자는 우릴 조롱하고, 고양이가 쥐를 가지고 놀 듯이 마음대로 놀고 있네…… 그런데도 자네는 한마디도 안 하는군!」

숌즈는 걸음을 멈추고 그에게 말했다.

「윌슨, 난 자네의 명함을 생각하고 있었네」

「그래서?」

「그러니까 그자는 우리와 싸울 것에 대비해 자네와 내 필적 견본을 손에 넣고 지갑 속에 자네 명함까지 가지고 다니는 인물이란 말일세. 그만큼 신중하고 치밀하며 통찰력 있는 방법과 조직을 갖춘 적수를 생각해 봤나?」

「그 말은 곧……」

숌즈는 웃으며 덧붙였다.

「그 말은 곧 윌슨, 그렇게 완전 무장이 된 적, 그토록 완벽하게 대비가 된 적과 싸우기 위해서는, 그리고 이기기 위해서는 반드시……, 반드시 내가 필요하다는걸세. 그런데 자네도 알다시피, 윌슨, 첫 판은 우리가 졌네」

오후 여섯시, 《에코 드 프랑스》의 석간 신문에는 다음과 같은 짤막한 기사가 실렸다.

　오늘 아침 파리 16구 경찰서의 테나르 서장은 아르센 뤼팽에 의해 고 도트렉 남작의 저택에 갇혀 있던 영국인 헐록 숌즈 씨와 윌슨 씨를 풀어주었다. 그들은 그곳에서 멋진 밤을 보냈다고 한다.
　또한 두 사람은 자신들의 짐가방을 탈취한 혐의로 아르센 뤼팽을 고소했다.
　아르센 뤼팽은 이번에는 그들에게 조그마한 교훈을 주는 데 그쳤다면서 자신이 더 심각한 조치를 취하게 하지 말아달라고 당부했다.

헐록 숌즈는 신문을 구기며 중얼거렸다.
「이런! 철부지 장난꾸러기 같으니라고! 뤼팽에게 해줄 말은 이것뿐이야……. 좀 지나치게 유치하다고……. 이곳 사람들은 그에게 너무 매료되어 있어……. 이자 속에는『레 미제라블』에 나오는 가브로슈 같은 반항아가 들어 있다니까!」
「이런데도 헐록, 여전히 가만히 있을 건가?」
「계속 가만히 있을걸세! 흥분해서 무슨 소용이 있겠는가? 최후의 승자는 결국 내가 될 텐데!」
숌즈는 극도의 분노를 삼킨 듯한 어조로 대답했다.

# 어둠 속의 한줄기 빛

아무리 강인한 성격의 소유자라 하더라도(숌즈가 바로 그런 사람이었다. 그는 사소한 불운에 흔들릴 사람이 아니었다), 싸움터에 나가 새로운 운을 시험하기에 앞서 자신의 힘을 추슬러야 할 필요성을 절실히 느끼는 때가 있는 법이다.

「난 오늘 좀 쉴 생각이네」

숌즈가 말했다.

「그럼 난?」

「자네는 말일세, 윌슨. 우리가 갈아입을 겉옷과 속옷을 좀 사게. 그동안 나는 좀 쉬겠네」

「그럼 쉬게나, 숌즈. 내가 알아서 하겠네」

윌슨은 위험하기 짝이 없는 최전방에 배치된 초병처럼 결연하게 대답했다. 그의 윗몸이 팽팽하게 부풀어오르고 근육이 긴장했다. 그는 날카로운 눈길로 자신들이 거처로 선택한 작은 호텔 방을 샅샅이 둘러보았다.

「부탁하네, 윌슨. 그동안 난 우리가 싸워야 할 상대에게 걸맞은 좀 더 나은 전투 계획을 세우겠네. 알다시피, 윌슨, 우리는 뤼팽에 대해 잘못 알고 있었네. 사건을 처음부터 다시 살펴봐야 할 것 같네」

「일찌감치 그랬어야지. 하지만 우리에겐 아직 시간이 있지 않은가?」

「아흐레가 남아 있네, 이 친구야! 그중 닷새는 남을걸세」

그날 오후 내내 영국인은 담배를 피우기도 하고 잠을 자기도 하면서 보냈다. 그가 활동을 개시한 것은 그 다음날이 되어서였다.

「윌슨, 난 준비됐네. 이제 출발할까?」

「출발하세. 고백하건대 그동안 난 다리에서 쥐가 날 지경이었다네」

윌슨이 군인처럼 패기 있게 외쳤다.

숌즈는 세 건의 긴 면담으로 일을 시작했다. 그는 먼저 드티낭 변호사와 만났고 그의 아파트를 세밀하게 조사했다. 이어 전보로 쉬잔 제르부아를 불러 문제의 금발 여인에 대해 물었다. 마지막으로 그는 도트렉 남작이 암살된 이후 성모 방문회 수녀원에 은거하고 있는 오귀스트 수녀를 만났다.

그들을 만날 때마다 윌슨은 밖에서 기다리고 있다가 이렇게 물었다.

「만족스러운가?」

「아주 만족스럽다네」

「그럴 줄 알았네. 이제 우리 앞길은 탄탄대로일 거야. 가세나」

그들은 많이 걸었다. 앙리 마르텡 대로로 가서 문제의 저택을 둘러싸고 있는 두 채의 저택을 살펴본 다음 클라페이롱가로 향했다. 25번지 저택의 전면을 조사하면서 숌즈가 말했다.

「이 건물들 사이에 비밀 통로가 있는 게 분명해……. 하지만 도무지 알아낼 수가 없어……」

평생 처음으로 윌슨은 마음속 깊은 곳에서 동료의 전지전능했던 천재성에 의심이 가는 것을 느꼈다. 어째서 이번엔 말만 많고 행동은 없는 것일까?

숌즈는 윌슨의 속내 생각을 알아채기라도 한 듯 말했다.

「어째서냐고? 그것은 뤼팽같이 고약한 자를 상대하려면 모든 걸 무(無)로 돌리고 본능에 따라 되는 대로 움직여야 하기 때문이라네. 사실들로부터 진실을 끌어내는 것이 아니라 먼저 머릿속에서 진실을 추론한 다음 그것이 실제 사건들과 부합하는지 확인해 봐야 한다네」

「그렇다면 비밀 통로는 어떻게 된 건가?」

「그게 어떻다는 건가! 내가 비밀 통로를 알아냈다고 하세. 뤼팽이 변호사의 집에 감쪽같이 드나들고 문제의 금발 여인이 도트렉 남작을 살해한 다음 도망친 그 비밀 통로를 알아냈다 한들 무슨 큰 진전이 있겠나? 그것을 무기 삼아 내가 그자를 공격할 수 있을까?」

「그래도 공격해야 하네」

윌슨이 소리쳤다.

그러나 윌슨은 그 말을 채 마치지 못하고 비명을 지르며 뒤로 물러섰다. 뭔가가 그들의 발치에 떨어졌기 때문이다. 모래가 반쯤 들어 있는 주머니였다. 잘못했으면 커다란 상처를 입었을 수도 있었다.

숌즈는 고개를 들었다. 건물 6층 발코니에 설치된 비계 위에서 일꾼들이 일을 하고 있었다. 그가 외쳤다.

「이런, 정말 운이 좋았네! 한발만 더 앞으로 갔으면 저 부주의한 일꾼들이 떨어뜨린 모래 주머니를 정통으로 맞을 뻔했네. 정말 우린……」

거기까지 말을 하다가 그는 별안간 그 건물로 뛰어들어 갔다. 그는 단숨에 다섯 개 층을 올라가서는 벨을 누르고 집사의 겁에 질린 태도에도 아랑곳없이 아파트 안으로 들어가 발코니로 갔다. 거기에는 아무도 없었다.

「이곳에 있던 일꾼들은 어디 있소……?」

그는 집사에게 다급한 목소리로 물었다.

「금방 돌아갔는데요」

「어디로 말이오?」

「뒷 계단으로요」

숌즈는 아래를 내려다보았다. 두 명의 사내가 건물을 빠져나가서 자전거를 끌고 가고 있었다. 그들은 자전거에 올라타고는 곧 그의 시야에서 사라졌다.

「여기서 일한 지 오래된 사람들이오?」

「저 사람들이오? 오늘 아침부터 일했는걸요. 새로 온 사람들입니다」

숌즈는 윌슨이 있는 곳으로 돌아왔다.

그들은 우울한 기분으로 숙소로 돌아왔다. 침울한 침묵 가운데 두번째 날이 저물고 있었다.

다음날도 똑같았다. 그들은 전날 앉았던 앙리 마르탱 대로의 벤치 위에 앉아 있었다. 그 일을 몹시 싫어하는 윌슨은 낙담한 듯 보였지만 숌즈는 거기서 세 개의 건물들을 바라보며 끝없이 기다리고 있었다.

「뭘 기다리고 있는 건가, 숌즈? 저 집들 중 하나에서 뤼팽이 나오기를 기다리고 있는 건가?」

「아닐세」

「그럼, 금발의 여인이 나타나기를?」

「아닐세」

「그렇다면?」

「그러니까 나는 뭔가 작은 사건이 일어나기를 바라고 있다네. 나에게 출발 신호가 되어줄 아주 작은 사건 말일세」

「그런 일이 일어나지 않는다면?」

「그럴 경우엔 내 마음속에서 그런 일이 일어나겠지. 화약에 불을 댕길 불씨 같은 것 말일세」

잠시 후 아침 나절의 그 단조로움을 깨뜨리는 사건이 일어났다. 몹시 불쾌한 사건이었다.

어떤 신사를 태우고 양쪽 차도 사이에 있는 승마용 도로를 가던 말이 길에서 벗어나 그들이 앉아 있는 벤치로 와서 부딪치는 바람에 말의 엉덩이가 숌즈의 어깨를 스쳤던 것이다.

「어! 어! 조금만 더 다가왔으면 내 어깨가 부서질 뻔했소!」

숌즈가 외쳤다.

신사는 말을 달래느라 애쓰고 있었다. 순간 영국인은 권총을 뽑아들어 그를 겨누었다. 하지만 윌슨이 재빨리 그의 팔을 붙잡았다.

「자네 미쳤군, 헐록! 나 좀 보게……. 뭐하는 건가……! 저 신사를 죽이려는 건가!」

「이 팔 놓게, 윌슨……, 날 놔줘」

둘 사이에 몸싸움이 벌어졌다. 그동안 신사는 말을 달래서는 삽시간에 사라져버렸다.

「이제 쏴보시지 그래」

말 탄 사람이 멀어지고 나자 윌슨이 의기양양하게 소리쳤다.

「어리석은 친구 같으니라고. 자넨 저자가 아르센 뤼팽의 공범이라는 것을 모르겠나?」

숌즈는 치미는 화를 이기지 못해 부르르 몸을 떨었다. 윌슨은 딱하게도 말을 더듬었다.

「무, 무슨 말인가? 그, 그럼 그 사람이……?」

「뤼팽의 공범일세. 우리 머리 위로 모래 주머니를 내던진 일꾼들처럼 말일세」

「설마?」

「설마든 아니든 최소한 증거를 손에 쥘 수 있었단 말일세」

「그 사람을 죽여서 말인가?」

「그의 말을 쓰러뜨리는 것으로 충분하네. 자네만 아니었다면 나는 뤼팽의 공범 하나를 잡았을걸세. 자네가 얼마나 어리석은 짓을 저질렀는지 알겠나?」

그날 오후는 우울했다. 그들은 서로 아무 말도 하지 않았다. 다섯시가 되었다. 두 사람이 건물과 간격을 유지하려 애쓰면서 클라페이롱가를 걷고 있는데, 젊은 일꾼 셋이 노래를 부르며 팔짱을 끼고 다가왔다. 그들은 두 사람과 부딪쳤지만 팔짱을 푸는 대신 밀치고 나아가려 했다. 기분이 좋지 않았던 숌즈는 길을 비켜주지 않았다. 가벼운 몸싸움이 벌어졌다. 숌즈는 권투 선수 폼으로 한 명에게는 가슴에, 또 한 명에게는 얼굴에 주먹을 날렸다. 그러자 두 사내는 더 이상 대항하지 않고 진작 줄행랑을 친 동료 뒤를 따라 사라져버렸다.

「아! 이제 기분이 좀 나아지는군……. 신경이 잔뜩 곤두서 있었던 것뿐이야……. 한판 잘 뛰었군」

그러나 큰소리로 외치던 숌즈는 월슨이 벽에 기대 있는 것을 발견하고 물었다.

「그런데 뭔가! 무슨 일인가, 이 친구야? 얼굴이 아주 창백한걸」

그의 오랜 친구는 힘없이 덜렁거리는 한쪽 팔을 보여주며 더듬거렸다.

「한쪽 팔이 몹시……, 아프다네」

「팔이 아프다고? 심각한가?」

「그렇다네……. 그렇다네……. 오른쪽 팔이……」

애를 써보았지만 그는 그쪽 팔을 움직이지 못했다. 헐록은 그 팔을 만져보았다. 처음에는 살살, 그 다음엔 좀 더 거칠게.

「아픈 정도를 정확히 알아보려고 이러는걸세」

그가 말했다.

월슨의 팔이 심각하게 아프다는 것을 알고 몹시 걱정이 된 그는 근처 약국으로 들어갔다. 그곳에서 월슨은 실신 지경에 이르렀다.

약사와 조수들이 달려왔다. 그들은 월슨의 오른쪽 팔은 부러졌으며, 즉각 병원에 가서 의사에게 수술을 받아야 한다고 말했다. 마차가 오기를 기다리면서 사람들은 환자의 옷을 풀어헤쳤다. 고통 때문에 제정신이 아닌 환자는 비명을 내지르기 시작했다.

숌즈는 그의 팔을 잡고 말했다.

「괜찮네……. 괜찮아……. 다 잘될걸세. 조금만 참게. 이 친구야……. 5, 6주만 지나면 감쪽같이 나을걸세……. 하지만 그 불한당 같은 놈들은 죗값을 치러야 해! 자네도 알다시피……. 특히 그자 말일세……. 왜냐하면 이 또한 그 재수 없는 뤼팽 때문에 일어난 일일 테니까……. 아! 결단코 내가……」

숌즈는 갑자기 말을 멈추고는 잡고 있던 윌슨의 팔을 놓아버렸다. 그 바람에 윌슨은 너무나 고통이 심한 나머지 비명을 지르면서 가엾게도 다시 기절하고 말았다. 그러나 숌즈는 전혀 신경 쓰지 않고 자신의 이마를 치면서 말했다.

「윌슨, 한 가지 생각이 떠올랐네. 그게 과연 우연이었을까……?」

그는 허공에 시선을 고정시킨 채 움직이지 않았다. 그는 한마디 한마디 두서없이 말을 내뱉었다.

「그래 맞아, 그렇지……. 그럼 모든 게 설명되는군……. 바로 곁에 있는 것을 너무 멀리서 찾고 있었어……. 아무렴, 그렇고말고. 곰곰이 생각만 하면 된다는 걸 난 알고 있었지……. 아! 친애하는 윌슨, 자네도 기뻐할걸세!」

그런 다음 그는 오랜 친구를 내버려둔 채 거리로 뛰쳐나가 25번지까지 달려갔다.

문 위쪽 오른편 돌에 다음과 같은 글귀가 새겨져 있었다.

건축가 데스탕주, 1875년

23번지에도 같은 글귀가 새겨져 있었다.

거기까지는 전혀 이상할 게 없었다. 하지만 거기, 앙리 마르탱 대로의 저택은 어떨까?

때마침 삯마차 한 대가 지나가고 있었다.

「마부 양반, 앙리 마르탱 대로로 갑시다. 134번지요. 빨리 가
주시오」

좌석에 앉지도 않은 채 그는 말을 독려하면서 마부에게 팁을
더 주겠다고 제안했다. 좀 더 빨리……! 조금만 더 빨리!

라 퐁프가의 모퉁이를 돌 때 그는 얼마나 조바심이 났던가! 자
신이 엿본 대로 진실을 알게 될 것인가?

그 저택의 머릿돌에는 다음과 같은 글귀가 새겨져 있었다.

　　건축가 데스탕주, 1874년

그 이웃집도 마찬가지였다.

　　건축가 데스탕주, 1874년

그는 어찌나 감격했던지 잠시 마차에 털썩 주저앉아 기쁨으로
온몸을 떨었다. 마침내 캄캄한 어둠 한가운데에 한 줄기 빛이 비
친 것이다! 수많은 길들이 이리저리 얽히고설킨 어두운 숲 한복
판에서 적이 남기고 간 흔적을 처음으로 찾아낸 것이다!

그는 우체국으로 들어가 드 크로종 성에 전화 한 통을 신청했
다. 백작 부인이 직접 전화를 받았다.

「여보세요……! 부인이시군요?」

「숍즈 씨 아니신가요? 일은 잘되어 가세요?」

「아주 잘되어 갑니다. 그런데 급히 여쭤볼 게 있어서요…….
여보세요……. 하나만 묻겠습니다……」

「말씀하세요」

「드 크로종 성이 건축된 게 몇 년입니까?」

「이 성은 삼십년 전 불에 탄 후 재건축되었답니다」

「누가 건축했죠? 그리고 몇 년도죠?」

「현관문 위의 머릿돌에, 〈건축가 뤼시엥 데스탕주, 1877년〉이
라고 새겨져 있네요」

「고맙습니다, 부인. 안녕히 계십시오」

전화를 끊은 숍즈는 이렇게 중얼거리며 다시 걸음을 옮겼다.

「데스탕주라……, 뤼시엥 데스탕주라……, 나도 아는 이름인걸」

도서관을 발견하자 그는 안으로 들어가 현대 인명 사전을 찾아
다음과 같은 내용을 옮겨적었다.

   뤼시엥 데스탕주. 1840년생. 로마 건축 대상 수상. 레지옹 도뇌
   르 훈장 수훈. 현대 건축에 큰 영향을 끼친 작품들을 남겼으
   며…….

이윽고 그는 약국으로 돌아갔다가, 그곳에서 윌슨이 실려간 병
원으로 갔다. 그의 옛 친구는 한쪽 팔에 깁스를 하고 침대에 누워
열에 들떠 헛소리를 내지르고 있었다.

「이겼네! 이겼다네! 드디어 실마리를 잡았다네」

숍즈가 큰 소리로 말했다.

「무슨 실마리 말인가?」

「나를 목표로 인도해 줄 실마리 말일세! 드디어 단단한 땅 위를 걷게 된걸세. 거기에는 발자국도 있고 단서들도 있겠지……」

「담뱃재 같은 것 말인가?」

흥미로운 말에 조금 원기를 회복한 월슨이 물었다.

「그 밖에 다른 것들도 많을걸세! 들어보게, 월슨. 그 금발의 여인이 개입된 여러 가지 사건들을 이어주는 연결 고리를 드디어 발견했다네. 그 세 가지 사건이 일어난 그 세 군데 건물들을 뤼팽이 선택한 이유를 알아냈다네」

「그래, 그 이유가 뭐란 말인가?」

「그건 그 세 건물들이 말일세, 같은 건축가에 의해 설계되고 건축되었기 때문일세. 그건 쉽게 추측할 수 있는 거 아니냐고? 물론 그렇다네……. 하지만 아무도 그런 생각을 하지 못했지」

「아무도 해내지 못했지. 자네를 제외하고는」

「나만이 해낸 거지. 나는 그 건축가가 그려낸 비슷비슷한 설계도들로 인해 그 세 가지 사건이 일어날 수 있었다는 사실을 알아냈네. 그 사건들은 표면적으로는 기적처럼 보이지만 실제로는 단순하고 알기 쉬운 것이었다네」

「정말 너무 기쁘군!」

「때가 되었네, 친구. 이제 행동을 개시할걸세……. 빌써 나흘째가 아닌가」

「열흘 중에서 말이지」

「오, 이제부터는……」

그는 평소와는 달리 들뜨고 흥분해서 안절부절 못했다.

「아니지. 아까 거리에서 그 불한당 놈들이 자네의 팔과 함께 내 팔도 부러뜨려놓을 수 있었네. 자네는 어떻게 생각하나, 월슨?」

월슨은 그런 가정만으로도 끔찍하다는 듯 몸을 떨었다.

그러자 숌즈가 다시 말했다.

「그 교훈을 잊지 마세! 보게나, 월슨. 우리가 크게 잘못한 건 드러내놓고 뤼팽과 싸웠다는걸세. 우린 친절하게도 그의 공격에 우리 몸을 노출시켰네. 아직도 치러야 할 일이 반은 남아 있는걸세. 자네한테만 공격이 성공했으니……」

「그렇다면 나는 팔 하나 부러진 것으로 그의 공격에서 놓여난 거란 말인가」

월슨이 신음을 내면서 말했다.

「둘 다 무사할 수도 있었네. 하지만 이제 더 이상 허세는 부리지 않겠어. 대낮에 감시를 받는 조건이라면 패배할 수밖에 없어. 어둠 속에서 자유롭게 일한다면 상대의 힘이 아무리 강하다 하더라도 나한테 유리할 거야」

「가니마르가 자네를 도울 수 있을걸세」

「천만에! 아르센 뤼팽이 여기 있다, 여기가 그의 본거지다, 이제 그를 잡을 수 있다라고 외칠 수 있는 상황이 오더라도 나는 가니마르를 따돌리고 그를 다른 곳으로 보내버릴걸세. 그가 내게 알려준 페르골레즈가에 있는 그의 집이나 샤틀레 광장에 있는 스위스 카페로 말일세. 여기서 나는 단독으로 움직일걸세」

숌즈는 침대로 다가와 월슨의 어깨(당연히 아픈 어깨)에 한 팔을 얹고는 애정에 넘치는 어조로 이렇게 말했다.

「몸조리 잘하게, 친구. 이제부터 자네가 할 일은 아르센 뤼팽의 부하 두세 명을 이곳에 잡아두는걸세. 그들은 내 뒤를 쫓기 위해, 내가 자네 안부를 물으러 이곳에 다녀가지 않을까 하고 이곳을 지킬걸세. 하지만 헛일이지. 이건 믿을 만한 사람만이 할 수 있는 임무라네」

그 마지막 말에 월슨이 감격해하며 대답했다.

「그런 임무를 맡겨주다니 고맙네. 최선을 다해 그 임무를 성실히 수행하겠네. 그러니까 자네는 이제 더 이상 여기 나타나지 않겠단 말이지?」

「뭐 하러 온단 말인가?」

숌즈가 차갑게 되물었다.

「사실 그렇지……. 그렇고말고……. 난 곧 나을걸세. 그런데 마지막 부탁이 있네, 헐록. 내게 마실 걸 좀 줄 수 있나?」

「마실 것?」

「그렇다네. 목이 말라서 죽을 지경일세. 열 때문에……」

「무슨 말을 하는 건가! 내 당장……」

두세 개의 물병을 이리저리 만져보다가 문득 숌즈는 담뱃갑을 발견하고 파이프에 불을 붙였다. 그러더니 친구의 간절한 부탁을 들은 적이 없는 것처럼 갑자기 병실을 나갔다. 손이 닿지 않는 물잔을 애타게 눈으로 쫓는 친구를 남겨둔 채…….

「데스탕주 씨군요!」

저택(말제르브 광장과 몽샤냉가가 만나는 모퉁이에 있는 으리으리한 저택)의 문을 연 하인은 문 앞에 서 있는 사내의 모습을 위아래로 훑어보았다. 사내는 희끗희끗한 머리카락에 제대로 면도도 하지 않은 채 수상쩍을 정도로 말끔한 검은색 프록코트를 입고 있었다. 자연이 유달리 심술을 부린 듯한 괴상한 용모와 잘 맞아떨어지는 모습에 하인은 그에 합당한 경멸 섞인 대답을 했다.

「데스탕주 씨는 계실 수도 있고 안 계실 수도 있소. 경우에 따라서 말이오. 명함 갖고 있소?」

사내는 명함은 없었지만 소개장을 갖고 있었고, 하인은 그것을 데스탕주 씨에게 가져다주었다. 그러자 데스탕주 씨는 하인에게 그 사람을 데려오라고 지시했다.

사내는 그 저택의 한쪽 면에 자리 잡은 커다란 원형의 방으로 안내받았다. 사방의 벽들이 책들로 가득 차 있었다. 건축가가 그에게 물었다.

「당신이 스티크만 씨요?」

「그렇습니다, 선생님」

「비서가 몸이 아파서 대신 당신을 보낸다는 연락을 받았소. 내가 지시해서 시작했던 도서 목록 작업을 당신이 해줄 거라고. 특히 독일어권 책들의 목록 작업이 중요하다오. 이런 일을 해본 적이 있소?」

「그렇습니다, 선생님. 경험이 많습니다」

스티크만 씨는 독일식 억양이 강하게 밴 말투로 대답했다.

작업 조건에 대한 합의가 순식간에 이루어지자 데스탕주 씨는 더 이상 지체하지 않고 새 비서와 함께 일을 시작했다.

헐록 숌즈는 이렇게 해서 그곳에 잠입하는 데 성공했다.

뤼팽의 감시를 따돌리고 뤼시앵 데스탕주가 딸 클로틸드와 함께 살고 있는 그 집으로 들어가기 위해 이 유명한 탐정은, 낯선 사람들 속에 잠입해 수많은 전략을 세우고 여러 개의 가명을 써가며 숱한 사람들과 사연을 나누고 호의를 이끌어내야 했다. 간단히 말해서 지난 48시간 동안 너무나도 복잡한 삶을 살아야 했던 것이다.

그런 노력을 통해 그가 알아낸 정보를 이러했다. 데스탕주 씨는 건강이 좋지 않아 요양차 은퇴했으며 지금은 자신이 수집한 건축책들에 둘러싸여 지내고 있다. 먼지투성이의 오래된 책들을 바라보고 매만지는 것이 그의 유일한 즐거움이라는 것이다.

그의 딸 클로틸드는 특이한 여자로 통했다. 저택의 외진 곳에서 기거하는 그녀는 자기 아버지처럼 줄곧 집 안에서만 지낼 뿐 외출조차 거의 하지 않았다.

숌즈는 데스탕주 씨가 불러주는 책 제목을 목록에 올리며 생각했다.

〈모든 것이, 이 모든 것이 아직 불확실하긴 하지만 어쨌든 한 발자국 더 앞으로 나온 거야! 골치 아픈 문제들 중 적어도 하나는 해결할 수 있을 게 아닌가! 데스탕주 씨가 아르센 뤼팽과 공범일까? 그는 지금도 줄곧 아르센 뤼팽을 만나고 있는 것일까? 그 세 건물과 관련된 설계도나 서류들이 남아 있을까? 그 서류들을 통해 뤼팽과 그 일당을 위해서 준비된, 비밀 통로가 있는 또다른 건물들의 주소를 알 수 있지 않을까?〉

데스탕주 씨가 아르센 뤼팽의 공범이라니! 레지옹 도뇌르 훈장까지 받은 이 존경할 만한 인물이 괴도와 손잡고 일을 해왔다는 가설은 받아들이기 어려웠다. 설사 그들의 공모 관계를 인정한다 하더라도, 데스탕주 씨가 당시 젖먹이에 불과했던 아르센 뤼팽의 범죄를 예견하고 30년 전에 그런 건물을 지었을 리는 없지 않은가?

그런들 어떻다는 말인가! 영국인은 자신의 생각을 굽히지 않았다. 특유의 비상한 직감으로, 자신에게만 있는 본능으로 그는 주변에 떠다니는 어떤 비밀들을 느낄 수 있었다. 이 저택에 들어온후 꼬집어 말할 수는 없지만 느낄 수는 있는 몇몇 사소한 일들을통해서 그 직감은 실체를 드러내고 있었다.

둘째 날 아침까지도 그는 여전히 별다른 흥미거리를 발견하지못했다. 오후 두시에 그는 처음으로 클로틸드 데스탕주를 보았다. 그녀가 책을 찾으러 서재로 들어왔던 것이다. 삼십대가량의그녀는 갈색 머리에 움직임이 고요하고 말이 없었으며 자기 안에파묻혀 사는 사람들 특유의 무관심한 표정을 지니고 있었다. 그녀는 데스탕주 씨와 몇 마디 나눈 다음 숌즈 쪽은 쳐다보지도 않은 채 서재를 나갔다.

그날 오후는 아무 일 없이 단조롭게 흘러갔다. 다섯시가 되자데스탕주 씨는 외출할 거라고 말했다. 숌즈는 원형의 방 중간에에둘러 있는 회랑 위에 혼자 남았다. 해가 기울고 있었다. 그 역시 방을 나가려는 순간 어딘가에서 삐걱이는 소리 같은 것이 들려왔다. 순간적으로 방 안에 누군가 있다는 느낌이 들었다. 시간이 너무나도 더디게 흐르는 것 같았다. 그러다가 문득 그는 소스라쳤다. 그의 옆쪽에 있는 어둑한 발코니에서 그림자 하나가 튀어나왔던 것이다. 진짜 사람일까? 도대체 저 사람은 얼마나 오래전부터 눈에 띄지 않은 채 서 있었던 것일까? 도대체 어디로 들어온 것일까?

사내는 계단을 내려와 커다란 떡갈나무 책장 곁으로 다가갔다. 회랑 난간에 드리워진 휘장 뒤에 주저앉은 채 숌즈는 사내가 책장 속에 들어 있는 서류들을 뒤적이는 것을 몰래 지켜보았다. 무엇을 찾고 있는 것일까?

그 순간 갑자기 문이 열리더니 데스탕주 양이 요란스레 들어오면서 뒤따라오는 사람에게 말을 건넸다.

「그렇다면 밖에 안 나가실 거죠……. 그럼 불을 켤게요……. 잠시만요……. 그 자리에 가만히 계세요……」

사내는 책장의 문짝을 닫고 커다란 프렌치 도어 뒤에 가서 숨은 다음 커튼으로 몸을 가렸다. 데스탕주 양은 그를 못 보았단 말인가? 또 그가 내는 소리를 못 들었단 말인가? 그녀는 너무나도 차분한 동작으로 전기 스위치를 돌리고 아버지에게 갔다. 그들은 나란히 앉았다. 그녀는 책을 들고 읽기 시작했다.

「그러니까 비서는 퇴근했나요?」

잠시 후 그녀가 물었다.

「그렇단다……. 보다시피……」

「비서한테 여전히 만족하세요?」

그녀가 물었다. 원래의 비서가 병이 나서 스티크만 씨가 그 일을 대신하고 있다는 사실을 모르고 있는 것 같았다.

「늘……, 늘 그렇지」

데스탕주 씨의 고개가 좌우로 흔들리고 있었다. 졸고 있는 것이었다.

잠시 시간이 흘렀다. 젊은 여자는 여전히 책을 읽고 있었다. 그때였다. 프렌치 도어의 커튼이 열리더니 사내가 벽을 따라 문쪽으로 조용히 걷기 시작했다. 사내는 데스탕주 씨의 뒤쪽으로, 그러니까 클로틸드 양의 맞은편으로 이동해 갔으므로, 숌즈는 그의 얼굴을 또렷하게 볼 수 있었다. 바로 아르센 뤼팽이었다.

순간 영국인은 기쁨으로 몸을 떨었다. 그의 계산이 정확히 들어맞았던 것이다. 그는 사건의 중심으로 파고들었고 뤼팽은 그가 생각했던 바로 그곳에 나타났던 것이다.

사내의 동작 하나하나가 그녀의 눈을 피할 수 없을 터인데도 클로틸드는 꼼짝하지 않고 책 속에 고개를 파묻고 있었다. 마침내 뤼팽은 문 가까이에 이르러 문 손잡이 쪽으로 팔을 뻗었다. 그때 그의 옷깃에 스쳐 바로 옆 탁자에서 무엇인가가 떨어졌다. 데스탕주 씨는 깜짝 놀라서 잠에서 깨어났다. 그러나 어느새 아르센 뤼팽은 손에 모자를 들고 미소를 띤 채 그의 앞에 서 있었다.

「막심 베르몽! 친애하는 막심……! 무슨 바람이 불어서 자네가 여기 왔나?」

데스탕주 씨가 기뻐하며 외쳤다.

「선생님과 데스탕주 양을 보고 싶어섭니다」

「그렇다면 여행에서 돌아왔단 말인가?」

「어제 왔습니다」

「그러면 저녁 식사나 같이 하도록 하지?」

「아닙니다. 식당에서 친구들과 약속이 있습니다」

「그렇다면 내일은 어떤가? 클로틸드, 내일 오라고 네가 얘기를 좀 해보렴. 아! 친애하는 막심……, 그렇지 않아도 요즘 자네 생각이 나던 참이었다네」

「정말이십니까?」

「그렇다네. 저 책장 속에 있는 옛날 서류들을 정리하고 있는데, 거기서 우리가 함께했던 마지막 건수를 찾았네」

「어떤 건 말씀이십니까?」

「앙리 마르탱 대로의 저택 건 말일세」

「뭐라고요! 그 서류들을 아직도 갖고 계셨습니까! 뭐에 쓰시려고요……!」

그들 세 사람은 커다란 유리문을 통해 원형의 방과 이어진 아담한 거실에 앉았다.

「저 사람이 정말 뤼팽일까?」

숌즈는 문득 의혹이 밀려오는 것을 느꼈다.

그랬다, 분명히 그자였다. 하지만 어떻게 보면 아르센 뤼팽과 꼭 닮은 사람일 수도 있었다. 하지만 살짝살짝 드러나는 개성이나 얼굴 윤곽, 눈빛, 머리카락 등 그는 뤼팽임에 틀림없었다…….

하얀 넥타이를 매고 몸매를 드러내는 부드러운 셔츠를 입은 그는 쾌활하게 이야기했다. 데스탕주 씨는 그의 이야기에 마음을 터놓고 웃었고 클로틸드의 입가에도 미소가 어렸다. 그 미소 하나하나야말로 아르센 뤼팽이 얻고자 하는 것인 듯했다. 그는 상대의 마음을 사로잡았다는 사실에 기뻐하고 있었다. 뤼팽은 평소보다 훨씬 재치 있고 쾌활했고, 그 밝고 행복한 목소리에 클로틸드의 얼굴은 무의식적으로 점점 밝아져 평소 그녀를 음울해 보이게 하던 냉정한 표정이 사라져버렸다.

숌즈는 생각했다.

〈두 사람은 서로 사랑하는 사이군. 하지만 클로틸드와 데스탕주와 막심 베르몽은 도대체 무슨 관계란 말인가? 클로틸드는 막심이 바로 아르센 뤼팽이라는 사실을 알고 있는 것일까?〉

일곱시가 될 때까지 그는 한마디도 놓치지 않으려 애쓰며 주의 깊게 그들의 대화를 엿들었다. 그런 다음 극도로 조심스럽게 계단을 내려와 그들이 앉아 있는 거실에서는 보이지 않는 쪽을 따라 방을 가로질러 그곳을 빠져나왔다.

밖으로 나온 숌즈는 자동차나 마차가 근처에 대기하고 있지 않다는 것을 확인하고 말제르브로로 절뚝이며 접어들었다. 그러다가 갑자기 옆의 골목으로 숨어든 그는 팔에 들고 있던 외투를 걸치고 모자를 찌그러뜨린 다음 몸을 곧게 폈다. 그렇게 모습을 바꾼 그는 광장으로 돌아와 데스탕주 저택 문을 뚫어져라 바라보며 기다리기 시작했다.

얼마 후 아르센 뤼팽이 저택에서 나오더니, 콩스탕티노플 가와 롱드르가를 통해 파리 도심으로 향했다. 백 보쯤 거리를 두고 헐록은 그를 미행했다.

그 영국인에게는 너무나도 흐뭇한 시간이었다! 훌륭한 사냥개가 금방 지나간 먹잇감의 흔적을 쫓듯 그는 게걸스럽게 대기의 냄새를 맡았다. 정말이지 적을 쫓는 일은 그에게 더할 나위 없이 감미로운 일이었다. 이제 감시당하는 것은 자신이 아니라 아르센 뤼팽, 그 신출귀몰한 아르센 뤼팽이었다. 그는 끊을 수 없는 선으로 묶이기라도 한 것처럼 시선으로 그를 붙잡고 있었다. 그는 행인들 사이를 걸어가는 자신의 사냥감을 바라보며 기쁨이 차오르는 것을 느꼈다.

하지만 얼마 지나지 않아 이상한 현상을 감지하고 깜짝 놀랐다. 자신과 아르센 뤼팽의 중간쯤에 몇 명의 사람들이 줄곧 같은 방향으로 걷고 있었던 것이다. 특히 빵모자를 쓴 건장한 사내 둘이 왼쪽 인도 위를 걸어가고 있었고, 또다른 사내들 둘이 챙모자를 쓰고 입에 담배를 문 채 오른쪽 인도 위를 걸어가고 있었다.

어쩌면 단순히 우연일지도 몰랐다. 하지만 뤼팽이 담배 가게로 들어가자 네 사내 모두 걸음을 멈추는 것을 보고 숌즈는 좀 더 놀랐고, 뤼팽이 움직임과 동시에 그들이 다시 걸음을 옮기는 것을 보고는 (따로 당탱로 쪽으로 가기는 했지만) 더 더욱 놀랐다.

숌즈는 생각했다.

〈빌어먹을! 그러니까 저자는 미행당하고 있군!〉

다른 사람들 역시 아르센 뤼팽의 뒤를 쫓고 있다는 생각에, 다른 사람들이 자신에게서 명예가 아니라(그런 건 아무래도 상관없었다), 다시는 못 만날 수도 있는 막강한 적을 정복하는 벅찬 쾌감과 무한한 즐거움을 앗아가리라는 생각에 그는 흥분했다. 잘못 본 것일 리가 없었다. 그 사내들은 아주 초연한 태도, 다른 사람의 보조에 신경 써가면서까지 남의 시선을 끌지 않으려는 사람들 특유의 지나치게 자연스러운 태도를 취하고 있었다.

〈가니마르가 더 많이 알고 있었으면서도 말하지 않은 것일까? 그가 나를 가지고 놀았단 말인가?〉

숌즈는 속으로 중얼거렸다.

그는 사실을 알아내기 위해 네 사내 중 하나에게 다가가 말을 걸고 싶었다. 하지만 큰길이 가까워짐에 따라 인파가 점점 더 늘어났으므로 그는 뤼팽을 놓칠까 두려워 걸음을 빨리했다. 그가 사람들을 헤치고 나서는 순간, 뤼팽은 엘데르가 모퉁이에 있는 헝가리 식당의 계단을 올라가고 있었다. 식당문이 활짝 열려 있었으므로 숌즈는 맞은편 길가에 있는 벤치에 앉아 식당 안의 그를 볼 수 있었다. 뤼팽은 꽃으로 호화스럽게 장식된 탁자에 앉았다. 거기에는 이미 정장 차림의 신사들 셋과 사치스럽게 차려입은 여자 둘이 앉아 있었다. 그들은 아주 반갑게 뤼팽을 맞이했다.

헐록은 아까 보았던 그 네 명의 사내들을 눈길을 돌려가면서 찾았다. 그들은 옆 카페에서 집시 연주단의 연주를 듣는 한 무리의 사람들 속에 섞여 있었다. 이상하게도 그들은 아르센 뤼팽보다는 그 주변에 있는 사람들에게 더 신경을 쓰고 있는 것 같았다.

그 순간 그중 한 사람이 주머니에서 담배를 꺼내더니 프록코트를 입고 실크햇을 쓴 신사에게 다가가는 것이 보였다. 신사는 자신이 피우던 시가를 내밀었고, 잠시 서로 이야기를 나누었다. 숌즈는 담뱃불을 붙이기 위해서 나눈 대화치고는 너무 길다고 생각했다. 프록코트의 신사는 식당 층계를 올라가 식당 안을 둘러보았다. 뤼팽을 보자 그는 곧장 다가가 그와 잠시 이야기를 나눈 다음 옆 탁자에 앉았다. 순간 숌즈는 그가 앙리 마르탱 대로에서 자신과 부딪친 적이 있는 말 탄 사내라는 것을 알 수 있었다.

그제야 그는 사태를 깨달았다. 아르센 뤼팽은 미행을 당하고 있는 게 아니었다. 그 사내들은 바로 그의 부하들이었다! 그들은 뤼팽을 경호하고 있었던 것이다! 그들은 뤼팽의 경호원이자 그의 추종자이자 호위대였다. 어디를 가든 주인이 위험에 빠지면 공범들이 그 사실을 알려주고 그를 보호할 만반의 준비가 갖추어져 있었다. 그 네 명의 사내들이 뤼팽과 공범이라니! 프록코트를 입은 신사가 뤼팽의 공범이라니! 전율이 영국인의 등줄기를 훑고 지나갔다. 과연 이렇게 철통같이 보호받고 있는 존재를 체포할 수 있을까? 뤼팽 같은 우두머리의 지휘를 받아 철두철미하게 조직적으로 움직이는 이 무리들의 힘은 얼마나 막강할 것인가!

숌즈는 수첩을 한 장 찢어서 펜으로 몇 줄 적어 봉투에 넣고 벤치에 길게 누워 있던 열다섯 살 정도 된 소년에게 건네며 말했다.

「애야, 삯마차를 타고 가서 이 편지를 샤틀레 광장의 스위스 주점 카운터에 앉아 있는 여자에게 갖다주렴. 서둘러야 한다……」

숌즈는 아이에게 5프랑짜리 동전을 주었다. 아이는 재빨리 모습을 감추었다.

삼십 분이 지났다. 사람들이 더욱 많아져서 숌즈는 이따금씩 눈에 띄는 뤼팽의 부하들을 확인할 수 있을 뿐이었다. 누군가 그를 슬쩍 건드리는가 했더니 그의 귓가에 이렇게 말하는 소리가 들려왔다.

「무슨 일이오, 숌즈 씨?」

「오셨소, 가니마르 씨?」

「그렇소. 술집으로 보낸 전갈을 받았소. 무슨 일이오?」

「그가 저기 있소」

「무슨 말이오?」

「저기 말이오……. 식당 안에……, 오른쪽으로 고개를 기울여 보시오……. 그의 모습이 보이지 않소?」

「아니오」

「지금 옆자리에 앉은 여자에게 샴페인을 따라주고 있는 사내 말이오」

「저 사람은 그자가 아닌데요」

「바로 그자요」

영국인의 완강한 태도에 가니마르는 다시 그 신사를 쳐다보면서 도무지 알 수 없다는 말투로 중얼댔다.

「내 말 좀 들어보시오……. 아! 그런데……, 실제로 그자일 수도 있겠군……. 아! 어쩌면 저렇게 그 불한당을 닮았을까! 그런데 다른 사람들은 공범들이오?」

「아니오. 그의 옆에 앉아 있는 여자는 클라이브덴 양이고 다른 여자는 클리트 후작 부인이오. 그리고 맞은편에 앉아 있는 사람은 런던 주재 스페인 대사요」

가니마르가 무턱대고 한 걸음 내딛었다. 헐록이 그를 제지하면서 말했다.

「이 무슨 경솔한 행동이오! 당신은 혼자란 말이오」

「그 역시 그렇소」

「아니오. 큰길에 망을 보는 자들이 있소……. 그들 외에도 식당 안의 저 신사도……」

「하지만 내가 아르센 뤼팽의 멱살을 움켜쥐고 그의 이름을 외치면 식당 안에 있는 사람들이 모두 나를 도와줄 거요. 급사들까지 말이오」

「그보다는 경찰을 몇 명 부르는 게 나을 거요」

「그거야말로 아르센 뤼팽 패거리들의 눈에 띌 거요……. 그래선 안 되오. 이보시오, 숌즈 씨, 지금 우리에겐 선택의 여지가 없소」

숌즈도 가니마르의 말이 옳다고 느꼈다. 위험을 무릅쓰는 편이, 특별한 상황을 틈타 일을 도모하는 편이 나을 터였다. 그는 더 이상 반대하지 않고 가니마르에게 당부의 말을 건네는 걸로 만족했다.

「되도록 마지막까지 눈에 띄지 않도록 하시오……」

그런 다음 자신은 아르센 뤼팽에게 눈을 고정시킨 채 신문 가판대 뒤로 몸을 숨겼다. 식당 안의 뤼팽은 만면에 웃음을 띤 채 옆에 앉은 여자에게 몸을 기울이고 있었다.

가니마르 경감은 두 손을 주머니에 넣고 긴한 볼일이 있는 사람처럼 똑바로 길을 가로질러서는, 맞은편 인도에 도착하는 순간 재빨리 방향을 바꿔 식당 층계 위로 올라섰다.

날카로운 휘파람 소리……! 가니마르는 갑자기 문을 가로막고 선 식당 지배인과 부딪쳤다. 지배인은 그를 무례한 침입자로 여기고 화를 내며 밀어제쳤다. 침입자의 행동이 그 호화 식당의 평판을 떨어뜨릴 수 있었던 것이다. 그 순간 프록코트를 입은 사내가 밖으로 나왔다. 그는 가니마르 경감의 편을 들면서, 호텔 지배인과 격렬한 말싸움을 시작했다. 그 두 사람은 가니마르 양쪽에 서서 한 사람은 그를 잡아끌고 또 한 사람은 그를 밀어냈다. 온갖 애를 쓰고 노기에 찬 항변을 거듭했는데도 가니마르는 가엾게도 그만 층계 아래로 밀려나고 말았다.

즉각 구경꾼들이 모여들었다. 시끄러운 소리에 무슨 일이 벌어졌는가 하고 순경 둘이 군중을 헤치고 들어서려 했지만 알 수 없는 힘이 그들을 옴짝달싹 못하게 만들었다. 그들은 자신들을 옆에서 밀쳐대는 이들의 어깨와 길을 가로막은 이들의 등 사이에 갇히고 말았다.

그런데 갑자기 마법처럼 길이 열리는 것이 아닌가……! 식당 지배인이 자신이 잘못했다면서 사과의 말을 늘어놓고 프록코트를 입은 사내가 가니마르 형사를 대신한 항변을 멈추자, 군중들은 흩어지고 순경들은 풀려났다. 가니마르는 여섯 사람이 식사를 하고 있던 탁자로 다가갔다. 하지만 거기 있는 건 다섯 사람뿐이었다! 그는 주위를 둘러보았다. 현관문 외에 다른 출구는 없었다.

그는 무슨 일인지 몰라 어안이 벙벙해 있는 다섯 사람들에게 외쳤다.

「여기 있던 사람은 어디 있소? 당신들은 여섯이었소……. 나머지 한 사람은 지금 어디 있소?」

「데스트로 씨 말인가요?」

「천만에. 아르센 뤼팽 말이오!」

급사 하나가 다가왔다.

「그 신사 분은 막 중이층으로 올라가셨습니다」

가니마르는 몸을 날렸다. 중이층에는 별실들이 있었고 큰길로 통하는 비상구가 있었다!

가니마르가 신음하듯 말했다.

「이제 그자를 뒤쫓아……, 음! 이미 멀리 도망쳤겠지!」

그러나 뤼팽이 그렇게 멀리 도망친 것은 아니었다. 기껏해야 이백 미터쯤 떨어진 곳에 있는 마들렌 바스티유 왕복 승합 마차 속에 있었던 것이다. 세 마리의 말은 천천히 평화롭게 마차를 끌고 오페라 광장을 지나 카퓌신가로 접어들었다. 마차의 발판 위에는 중산모를 쓴 건장한 사내 둘이 이야기를 나누고 있었다. 계단 끝 지붕 위 좌석에서는 등이 구부정하고 몸집이 작은 노인이 졸고 있었다. 헐록 숌즈였다.

마차의 움직임에 따라 고개를 이리저리 흔들리게 두면서 영국인이 혼잣말로 중얼거렸다.

「고지식한 윌슨이 이런 나를 본다면 무척 자랑스러워할 텐데……! 아……! 휘파람 소리가 울린 순간 이미 패배한 싸움이라는 걸, 식당 주변을 감시하는 게 최선이라는 걸 예측하는 건 쉬운 일이 아닌가. 어쨌든 그 고약한 사내는 정말 운이 좋군!」

마차는 종점에 도착했다. 헐록은 몸을 굽혀 아르센 뤼팽이 두 사람의 경호원 앞을 지나가는 것을 보았다. 뤼팽은 이렇게 중얼거렸다.

「에트왈 광장으로」

「에트왈 광장이라, 잘됐군. 만날 약속을 하는 거야. 나도 가겠어. 그자는 자동차를 타고 가게 놓아두고 그의 패거리 둘을 마차로 쫓아가야지」

두 사내는 걷기 시작했다. 그들은 에트왈 광장으로 와서는 샬그랭가 40번지에 있는 어떤 비좁은 집 앞에 서서 벨을 눌렀다. 인적 드문 그 골목길 모퉁이에서 숌즈는 건물의 움푹 들어간 곳에 몸을 숨길 수 있었다.

1층의 두 창문 중 하나가 열리더니 빵모자를 쓴 사내가 덧문을 닫았다. 덧문 위에 있는 채광창으로 실내의 불빛이 새어나오고 있었다.

십 분 후 한 신사가 문 앞에 와서 벨을 눌렀고, 뒤이어 다른 사내가 나타났다. 그러고 나서야 마침내 자동차가 와서 서더니 두 사람이 내렸다. 아르센 뤼팽, 그리고 두꺼운 베일과 외투로 몸을 감싼 여자였다.

〈금발의 여인이 틀림없어.〉

멀어져가는 자동차를 바라보며 숌즈는 생각했다.

그는 잠시 기다렸다가 그 집으로 다가가 창틱을 기어올라가 까치발을 한 채 채광창을 통해 방 안을 들여다보았다.

아르센 뤼팽이 벽난로에 기대서서 활기 차게 무어라 말하고 있었다. 다른 사람들은 주위에 서서 그의 말을 주의 깊게 듣고 있었다. 그 가운데에는 프록코트를 입은 신사도 있었다. 식당 지배인도 있는 것 같았다. 금발의 여인은 등을 돌린 채 소파에 앉아 있었다. 숌즈는 생각했다.

〈회의를 하고 있는 모양이군. 오늘 저녁에 있었던 일 때문에 신경이 쓰였겠지…… . 한데 모여서 뭔가 의논할 필요가 생긴 거야. 아! 지금 당장 저들을 한꺼번에 잡을 수만 있다면……!〉

공범 중의 하나가 몸을 움직였으므로, 헐록은 바닥에 엎드려서 어둠 속에 몸을 숨겼다. 프록코트를 입은 사내와 식당 지배인이 건물에서 나왔다. 그 순간 2층에 불이 켜지더니 덧문이 닫혔다. 아래층처럼 위층도 어두워졌다. 헐록은 생각했다.

〈그자와 여자는 1층에 남아 있군. 공범 둘은 2층에 사는 거야.〉

숌즈는 움직이지 않고 밤새 그곳을 지켰다. 자신이 없는 사이에 아르센 뤼팽이 도망갈까 봐 두려웠던 것이다. 새벽 네시가 되자 길 끝에서 순경 둘이 모습을 나타냈다. 숌즈는 그들에게 다가가 상황을 설명하고 그 집을 잘 감시해 줄 것을 요청했다.

그런 다음 페르골레즈가에 있는 가니마르의 집으로 가서 그를 깨웠다.

「그자를 다시 잡았소」

「아르센 뤼팽을?」

「그렇소」

「만약 어젯밤과 같은 경우라면 도로 누워 자는 게 나을 거요……. 어쨌든 경찰서로 갑시다」

그들은 메스닐가로 가서 드쿠앵트르 경찰서장의 집으로 갔다. 이윽고 여섯 명의 인원을 보강해 그들은 다시 샬그랭가로 돌아왔다.

「별일 없었습니까?」

숌즈는 망을 보고 있는 두 순경에게 물었다.

「없습니다」

새벽빛이 하늘을 하얗게 밝힐 무렵 준비를 마친 경찰서장은 벨을 누르고 관리인의 숙소로 들어갔다. 경찰이 들이닥치는 데 겁이 난 관리인 여자는 부들부들 떨면서 1층에는 세든 사람이 없다고 대답했다.

「뭐라고요? 세입자가 없다니!」

가니마르가 소리쳤다.

「그래요. 사람이 사는 건 2층이에요. 르루 씨 형제가 살고 있죠……. 시골에 있는 부모님 때문에 그들이 아래층에 가구를 들여놓긴 했지만요……」

「부모님이라면 남자와 여자요?」

「그렇죠」

「어젯밤 그들과 함께 이곳에 왔던 사람들이오?」

「그럴 수도 있지요……. 제가 자고 있어서……, 그럴 리는 없을 거예요. 이게 그 열쇠예요……. 그들이 열쇠를 달라고 한 적이 없었거든요……」

경찰서장은 열쇠를 받아서 현관 다른 쪽에 있는 문을 열었다. 아파트 1층에는 방이 두 개뿐이었다. 두 방 모두 비어 있었다.

「이럴 리 없어! 분명 여자와 남자 두 사람이 있는 걸 보았소」

숌즈가 큰 소리로 외쳤다.

경찰서장이 말했다.

「그러셨겠죠. 하지만 지금은 아무도 없군요」

「2층으로 올라가 봅시다. 그들은 아마 거기 있을 거요」

「2층에는 르루 씨 형제가 살고 있는데요」

「우리가 르루 씨 형제에게 물어보겠소」

모두 층계를 올랐다. 경찰서장이 초인종을 눌렀다. 두번째 벨 소리에 한 사내(뤼팽의 경호원 중 하나임이 분명했다)가 잔뜩 화가 난 얼굴을 하고 셔츠 바람으로 나왔다.

「뭐요! 이게 웬 소란이오……. 이렇게 사람들 잠을 깨우다니……」

다음 순간 그는 어리둥절한 듯 말을 멈추었다.

「이거 도대체……, 제가 꿈을 꾸고 있는 것 아닙니까? 드쿠앵트르 서장님이시군님……! 그리고 가니마르 경감님 아니십니까? 도대체 여긴 웬일이십니까?」

참을 수 없는 웃음이 터져나왔다. 가니마르는 치밀어오르는 폭소를 참지 못해 허리를 접고 얼굴을 붉히며 쿡쿡거리고 웃어댔다. 그가 말했다.

「자네군, 르루. 오! 정말 우습군……. 르루가 아르센 뤼팽의 공범이라니……. 아! 정말 우스워 미치겠군……. 그래 르루, 자네 동생도 볼 수 있나?」

「에드몽, 거기 있니? 가니마르 경감님이 오셨어……」

또 한 사내가 문 앞으로 나왔다. 그를 보자 가니마르의 더욱더 큰 소리로 웃어대기 시작했다.

「이럴 수가! 이럴 줄은 정말 몰랐는걸! 이런! 이 친구들아, 자네들은 난처한 상황에 빠졌네……. 이런 상황에 빠질 줄 꿈에도 몰랐을걸! 다행히 이 늙은 가니마르가 달려왔으니 망정이지. 게다가 도와줄 친구들까지 데리고 말이야……. 멀리서 온 친구들이라네!」

그런 다음 그는 숌즈 쪽으로 몸을 돌리며 그를 소개했다.

「이쪽은 빅토르 르루입니다. 파리 경찰청의 형사죠. 강력계 엘리트 중에서도 가장 뛰어난 친구랍니다……. 저쪽은 에드몽 루르. 인체 감식과의 선임 서기관이죠……」

# 납치


헐록 숌즈는 아무 말도 할 수 없었다. 아니라고 항변한다? 그 두 사내가 범인이라고 주장한다? 소용없을 터였다. 증거가 없는 한 사람들은 그를 믿으려 들지 않을 터였다. 또한 증거를 찾기 위해 시간을 낭비하고 싶지 않았다.

얼굴을 온통 일그러뜨리고 두 주먹을 불끈 쥔 채 숌즈는 의기양양해하는 가니마르 앞에서 더 이상 자신의 분노와 낭패감을 드러내지 않겠다는 생각뿐이었다. 그는 시민의 지팡이인 르루 형제에게 정중하게 인사를 하고 돌아섰다.

건물 현관에 이른 그는 지하실 입구로 통하는 쪽문으로 급히 몸을 돌려 붉은 돌조각 같은 것을 집어들었다. 석류석이었다.

그는 밖으로 나와서 뒤를 돌았다. 40번지라는 표시가 된 돌 옆에 〈건축가 뤼시앵 데스탕주, 1877년〉이라고 새겨져 있었다.

42번지의 머릿돌에도 역시 같은 글귀가 새겨져 있었다. 그는 생각했다.

〈여기도 출입구가 둘이었군. 40번지 건물과 42번지 건물이 서로 통하는 거야. 왜 아까 그 생각을 못했을까! 지난밤 순경 두 명과 여기 남아 있었어야 했는데.〉

그는 아까의 순경들에게 물었다.

「내가 없는 동안 이 문을 통해 두 사람이 나가지 않았습니까?」

숌즈는 옆집 문을 가리켰다.

「그렇습니다. 남자 하나와 여자 하나가 나가더군요」

그는 가니마르 경감의 팔을 잡고 끌어당겼다.

「가니마르 씨, 내가 사소한 착각을 하긴 했지만 당신은 너무 재미있게 웃어대는군……」

「이런! 일부러 그런 건 결코 아니오」

「그렇소? 하지만 아무리 좋은 말이라도 여러 번 들으면 듣기 싫은 법이오. 이제 그만했으면 하오」

「내 생각도 그렇소」

「오늘로 이레째요. 사흘 후에 난 런던으로 돌아가야 하오」

「오! 이런!」

「난 일을 마치고 돌아갈 거요, 선생. 그러니 화요일에서 수요일 사이의 밤에 준비를 갖춰주시오」

「오늘 같은 원정 준비 말이오?」

가니마르가 빈정대는 어조로 말했다.

「그렇소, 선생. 오늘과 같은 거요」

「그런데 무엇 때문에?」

「뤼팽을 체포하기 위해서라오」

「그렇게 될 것 같소?」

「내 명예를 걸고 말하건대 그렇게 될 거요, 선생」

숍즈는 그에게 작별 인사를 하고 가장 가까운 호텔로 들어가 잠시 휴식을 취했다. 이윽고 원기를 회복하고 자신감을 되찾은 그는 샬그랭가로 되돌아왔다. 그는 관리인의 손에 금화 두 개를 쥐어주고 르루 형제들이 현재 집에 없다는 것, 그 저택의 소유자가 아르맹자라는 사람이라는 것을 알아냈다. 그런 다음 촛불을 들고 아까 석류석을 주웠던 그 쪽문을 통해 지하실로 내려갔다.

계단 끝에서 그는 같은 모양의 석류석을 하나 더 주웠다.

〈내 생각이 맞았어! 두 건물을 연결하는 비밀 통로가 여기 있는 거야……. 자! 내 만능 열쇠로 1층 세입자용 창고문을 열 수 있는지 좀 볼까? 그래……. 훌륭해……. 이 포도주 선반을 조사해 보자고……. 오! 이런! 여기만 먼지가 없군……. 바닥에도 발자국이 있고…….〉

순간 바스락거리는 소리가 들려 귀를 기울이게 했다. 그는 재빨리 문을 밀어 닫고 촛불을 불어 끈 다음 빈 상자 더미 뒤로 몸을 숨겼다. 잠시 시간이 흘렀다. 철제 선반 하나가 벽과 함께 부드럽게 돌아가는 것이 아닌가. 희미한 불빛이 새어나왔다. 어둠 속에서 손 하나가 튀어나오는가 싶더니 한 사내가 모습을 드러냈다.

사내는 뭔가를 찾는 사람처럼 바닥에 몸을 굽히고 있었다. 손 끝으로 먼지를 헤치다가 이따금 몸을 세우고 왼쪽 손에 들린 판지 상자 속에 무엇인가를 던져넣었다. 그런 다음 자신의 발자국과 아마도 뤼팽과 그 금발의 여인이 남긴 듯한 발자국을 지우고 선반 가까이로 다가왔다.

다음 순간 사내는 탁한 비명소리를 내지르며 그 자리에 쓰러졌다. 숌즈가 그에게 달려들었던 것이다. 순식간에 일어난 일이었다. 사내는 발목과 팔목이 결박당한 채 바닥에 누워 있었다.

영국인이 몸을 숙였다.

「얼마면 입을 열겠나……? 자네가 알고 있는 걸 말하는 대가로 말이야」

사내는 대답 대신 비웃는 듯한 미소를 지었다. 그 웃음을 보고 숌즈는 자신의 질문이 쓸데없는 것이었음을 깨달았다.

그는 사내의 주머니를 뒤지는 것으로 만족할 수밖에 없었다. 하지만 사내에게서 나온 것은 열쇠 꾸러미 하나와 손수건 한 장, 그리고 손에 들고 있던 작은 판지 상자가 전부였다. 상자 안에는 숌즈가 주운 것과 똑같은 석류석이 열두 개 들어 있었다. 성과치고는 시원찮았다!

게다가 이 사내를 어떻게 한단 말인가? 패거리들이 그자를 구하러 올 때까지 기다렸다가 모두 잡아 경찰에 넘겨야 할까? 그래서 무슨 소용이 있을까? 뤼팽과 싸우는 데 그게 무슨 이득이 된단 말인가?

망설이던 그는 상자를 보고 마음을 정했다. 상자 겉에는 다음과 같은 주소가 적혀 있었다.

〈보석상 레오나르, 라 페가.〉

숌즈는 사내를 그냥 놓아주기로 했다. 그는 창고를 나와 문을 닫고 지하실을 나와 문을 걸어 잠근 다음 건물을 나왔다. 우체국으로 간 그는 전보로 데스탕주 씨에게 급한 일 때문에 내일이나 출근할 수 있겠노라고 알렸다. 그런 다음 라 페가의 보석상으로 가서 석류석들을 내놓았다.

「부인께서 이 보석들을 갖다드리라고 저를 보내셨습니다. 이곳에서 산 장신구에서 떨어졌다고 하더군요」

숌즈의 예측은 적중했다. 상인은 이렇게 대답했던 것이다.

「맞습니다……. 부인께서 전화하셨더군요. 직접 들르신다더군요」

보도에서 망을 보고 있던 숌즈가 두꺼운 베일을 쓴 수상쩍어 보이는 여자를 발견한 것은 오후 다섯시가 되어서였다. 그는 유리창 너머로 여자가 석류석으로 장식된 오래된 장신구를 보석상 카운터 위에 내려놓는 것을 지켜보았다.

그런 다음 여자는 즉각 그곳을 나와 한참을 걸어 클리시 언덕을 올라 그 영국인이 전혀 모르는 길로 접어들었다. 땅거미가 내릴 무렵 그는 여자의 뒤를 쫓아 두 채로 나뉘어 있는, 세입자의 수가 많을 것임이 분명한 5층짜리 건물 안으로 들어갔다. 관리인은 그를 눈여겨 보지 않는 것 같았다. 여자는 3층의 어느 집으로 들어갔다. 잠시 후 영국인은 자신의 운을 시험해 보기로 했다. 아까의 전리품인 열쇠 꾸러미의 열쇠를 그 문에 차례로 조심스럽게 맞춰보기 시작했다. 네번째 열쇠에 가서야 문이 열렸다.

실내를 가득 채운 어둠 너머로 그는 거주인이 없는 것처럼 방들이 텅 비어 있는 것을 보았다. 방문들은 모두 열려 있었다. 다만 복도 끝에서 희미한 불빛이 새어나올 뿐이었다. 그는 발뒤꿈치를 들고 살금살금 다가갔다. 거실과 그에 딸린 방을 가르고 있는 유리창 너머로 베일을 쓴 여자가 눈에 들어왔다. 그녀는 옷과 모자를 벗어 방 안에 단 하나뿐인 의자 위에 내려놓고 벨벳 실내복으로 갈아입었다.

그런 다음 여자는 벽난로 쪽으로 다가가서는 스위치를 눌렀다.

그러자 벽난로의 오른쪽 대리석판 절반이 스르르 벽 뒤로 미끄러져 사라지는 것이 아닌가. 출입구가 충분히 열리자 여자는 등잔을 들고 그 안으로 걸음을 옮겨놓았다……. 여자의 모습이 시야에서 사라졌다.

조작법이 간단했으므로 숌즈도 스위치를 눌렀다.

그는 어둠 속을 더듬거리며 나아갔다. 이내 부드러운 물건들이 그의 얼굴에 닿았다. 그는 성냥을 켜서 자신이 옷가지들이 매달려 있는 비좁고 후미진 공간 안에 들어와 있음을 확인했다. 그는 옷가지를 헤치며 걸음을 옮겼다. 거기에는 문 대신 태피스트리, 아니 태피스트리의 뒷면이 걸려 있었다. 성냥이 다 타서 불이 꺼졌다. 그는 그 오래된 천의 낡고 성긴 올을 통해 저쪽의 불빛을 볼 수 있었다.

이윽고 그는 방 안을 엿보았다.

금발의 여인이 그의 눈앞에, 그의 손이 닿을 곳에 있었다.

여자는 등잔을 끄고 전등을 켰다. 처음으로 숌즈는 환한 불빛 아래서 여자의 얼굴을 볼 수 있었다. 그는 부르르 몸을 떨었다. 수많은 곡절과 우회 끝에 그가 마침내 찾아낸 여인은 바로 클로틸드 데스탕주였던 것이다.

클로틸드 데스탕주가 도트렉 남작의 살인범이자 푸른 다이아몬드를 훔친 범인이라니! 클로틸드 데스탕주가 아르센 뤼팽의 베일 속의 연인이라니! 그녀가 바로 금발의 여인이라니!

그는 생각했다.

〈아, 그래. 그랬군! 그동안 난 어쩌면 그렇게 멍청했을까. 뤼팽의 연인이 금발이고 클로틸드가 갈색 머리라는 이유로 나는 그 두 여자가 동일 인물이리라고는 꿈에도 생각하지 않았지! 남작을 살해하고 푸른 다이아몬드를 훔친 다음 곧바로 머리 색깔을 바꿨을 게 뻔한데!〉

숌즈가 서 있는 곳에서 그 방의 일부가 보였다. 화사한 벽지와 귀중한 골동품들로 장식된 내실이었다. 휴식용 마호가니 긴 의자가 나지막한 단 위에 놓여 있었다. 클로틸드는 거기에 앉아 꼼짝도 하지 않은 채 두 손에 얼굴을 묻고 있었다. 잠시 후 숌즈는 그녀가 울고 있다는 것을 알았다. 굵은 눈물방울이 그녀의 창백한 두 뺨 위로 흘러서 입술로 내려가 벨벳 윗옷 위에 방울방울 떨어지고 있었다. 마치 마르지 않는 샘인 양 그녀의 두 눈에서는 줄곧 눈물이 솟아났다. 체념과 슬픔 어린 절망으로 그렇게 천천히 눈물을 흘리는 모습은 너무나도 가슴 아픈 장면이었다.

그녀의 등 뒤에서 문이 열렸다. 아르센 뤼팽이 들어왔다.

그들은 한마디 말도 없이 한동안 서로를 바라보았다. 이윽고 뤼팽은 그녀 곁에 무릎을 꿇고 앉아 그녀의 가슴에 고개를 묻고 두 팔로 그녀를 안았다. 그런 동작 속에는 깊은 애정과 연민이 배어 있었다. 그들은 움직이지 않았다. 감미로운 침묵이 그들을 하나로 이어주는 가운데 그녀의 눈물이 점점 잦아들었다.

「그렇게 당신을 행복하게 해주고 싶었건만!」

뤼팽이 속삭이는 목소리로 말했다.

「전 행복해요」

「아니오. 당신은 지금 울고 있소……. 당신의 눈물이 내 가슴을 정말로 아프게 한다오, 클로틸드」

슬픔에 빠져 있었지만 그녀는 뤼팽의 따뜻한 목소리에 몸을 내맡겼다. 희망과 행복을 탐하듯 그녀는 그의 목소리에 빠져들었다. 미소가 떠올라 그녀의 얼굴을 부드럽게 해주었다. 하지만 여전히 너무나도 슬픈 미소였다! 그가 그녀에게 애원했다.

「슬퍼하지 마시오, 클로틸드. 당신은 슬퍼해선 안 되오. 당신은 행복할 권리가 있소」

그녀는 자신의 섬세하고 나긋하고 하얀 두 손을 그에게 보여주면서 심각하게 말했다.

「이 손이 내 손인 한 저는 즐거울 수가 없어요, 막심」

「도대체 왜?」

「이 손이 사람을 죽였으니까요」

막심이 소리쳤다.

「그런 소리 마시오! 그런 생각은 하지도 마시오……. 과거는 이미 죽었소. 과거는 중요하지 않단 말이오」

그런 다음 그는 그녀의 길고 창백한 두 손에 계속해서 입을 맞추었다. 그녀는 한결 밝아진 미소를 띤 채 그를 바라보았다. 마치 입맞춤 하나하나가 그 무시무시한 기억을 조금씩 지워주기라도 하는 것처럼.

「절 사랑해 주셔야 해요, 막심. 그 어떤 여자도 저만큼 당신을 사랑할 수는 없을 테니까요. 당신을 기쁘게 하기 위해 전 당신이 시키지 않아도 당신의 은밀한 욕망에 따라 어떤 일이든 했고 지금도 할 수 있어요. 제 모든 본능과 양심에 반하는 행동을 말이에요. 그러지 않을 수 없었어요……. 그 모든 일들을 아무 생각 없이 기계적으로 했어요. 왜냐하면 그게 당신에게 필요하니까, 그게 당신이 원하는 일이니까……. 내일도……. 또 앞으로도 영원히 그렇게 할 수 있어요」

뤼팽이 회한에 찬 어조로 말했다.

「아! 클로틸드. 어째서 난 당신을 이 위험한 내 삶 속으로 끌어들였을까? 5년 전 당신이 사랑했던 막심 베르몽으로 남아 있어야 했는데. 당신이 영원히 모르도록 했어야 했는데……. 내 안에 있는 또다른 사내를」

그녀는 아주 낮은 목소리로 말했다.

「전 그 또다른 당신 역시 사랑해요. 그래서 아무것도 후회하지 않아요」

「아니, 당신은 지나간 과거의 삶을 그리워하고 있소. 밝았던 삶을 말이오」

그러자 그녀는 열정에 차서 말했다.

「당신이 곁에 있는 한 전 아무것도 후회하지 않아요. 제 눈이 당신을 바라보는 한 더 이상 잘못도 없고 죄도 없어요. 당신과 떨어져 있을 때 불행해하고 고통스러워하고 눈물 흘리고 제가 저지른 모든 일 때문에 두려움에 떤다 해도 상관없어요! 당신의 사랑이 그 모든 것을 지워주는 걸요……. 전 모든 걸 받아들일 수 있어요……. 그러니 절 사랑해 주셔야 해요……!」

「내가 당신을 사랑하는 건 그래야 한다는 의무감 때문이 아니오, 클로틸드. 오직 당신을 사랑하기 때문에 사랑하는 것뿐이라오」

「확실한 거죠?」

그녀의 목소리에는 신뢰감이 깃들여 있었다.

「당신의 사랑만큼이나 내 사랑 역시 확실하다오. 다만 내 삶이 거칠고 험난하기 때문에 원하는 만큼 당신과 시간을 보낼 수 없는 것뿐이오」

그녀는 갑자기 불안을 느낀 듯했다.

「무슨 일이에요? 새로운 위험이 닥쳤나요? 어서 말해 주세요」

「오! 심각할 건 없소. 하지만……」

「하지만?」

「그러니까 그가 우리 뒤를 밟고 있소」

「숌즈 말인가요?」

「그렇소. 헝가리 식당에 가니마르를 뛰어들게 한 게 바로 그였소. 지난밤 샬그랭가에 두 명의 경찰관을 배치시킨 것도 그였소. 증거가 있소. 오늘 아침 가니마르가 그 집을 수색할 때 숌즈가 따라왔다오. 게다가……」

「게다가?」

「그러니까 또다른 일이 있었소. 우리 사람 중의 하나인 자니오가 사라졌소」

「관리인 말인가요?」

「그렇소」

「하지만 그 사람은 바로 오늘 아침 내가 샬그랭가로 보내 내 주머니에서 떨어진 석류석들을 가져오라고 했는걸요」

「틀림없소. 숌즈에게 붙잡힌 거요」

「그럴 리가 없어요. 그 석류석들이 라 페가의 보석상에게 전달된걸요」

「그렇다면 그 후 그의 소식을 아시오?」

「오! 막심. 저는 두려워요」

「두려워할 필요는 없소. 하지만 상황이 꽤 심각하다고 할 수밖에 없소. 그가 뭘 알고 있을까? 그가 어디 숨어 있을까? 그가 강한 건 단독으로 행동하기 때문이오. 그 무엇도 그를 배신하지 못하니까」

「어떻게 할 작정이세요?」

「극도로 신중해야 한다오, 클로틸드. 나는 오래전부터 거처를 옮길 생각을 하고 있었소. 당신도 알고 있는 그 난공불락의 은거지로 말이오. 숌즈의 개입 때문에 그 일이 앞당겨졌소. 숌즈 같은 인물은 일단 추적을 시작하면 반드시 끝을 보고야 말 거요. 하지만 나는 준비를 끝냈소. 모레 수요일에는 이사할 거요. 정오면 모든 게 끝날 거요. 오후 두시에는 남은 흔적을 없앤 다음 나도 지금 있는 거처를 뜰 수 있을 거요. 간단한 일이 아니오. 지금부터 그때까지……」

「지금부터 그때까지?」

「우리는 만나서는 안 되오. 아무도 당신을 봐서는 안 되오, 클로틸드. 외출하지 마시오. 내 일은 아무것도 걱정되지 않지만 당신이 관련된 것은 모든 게 걱정된다오」

「그 영국인이 저한테까지 손을 뻗기란 불가능해요」

「그에게는 모든 게 가능하다오. 나도 조심해야겠소. 어제 하마터면 당신 아버지에게 들킬 뻔했소. 책장에서 데스탕주 씨의 옛 서류를 찾으러 왔던 거라오. 그게 위험 요소가 될지도 모르니까……, 모든 게 위험하지. 적이 어둠 속을 돌아다니면서, 점점 가까이 다가오는 것을 느낄 수 있소. 그가 우리를 감시하고, 우리 주위에 그물을 드리우는 것을 느낀다오. 이런 내 직관은 한번도 틀린 적이 없소」

「그렇다면……, 어서 가세요, 막심. 제 눈물 같은 것에 더 이상 마음 쓰지 마세요. 전 강해질 거예요. 이 위험이 비껴갈 때를 잠자코 기다릴 거예요. 그럼, 가세요, 막심」

그녀는 오랫동안 그를 껴안았다. 그러고 나서 자기가 먼저 그를 밖으로 밀어냈다. 숌즈는 멀어져가는 그들의 목소리를 들었다.

전날부터 자신을 고무시키고 있는, 무슨 일이 있더라도 모든 걸 파헤치고야 말겠다는 욕망에 사로잡혀 있던 숌즈는 대담하게도 내실에 딸린 옆방으로 들어갔다. 방 끝에 계단이 있었다. 그가 막 아래로 내려가려는 순간 아래층에서 이야기 소리가 들려왔다. 그는 원형 복도를 따라 다른 계단으로 가는 편이 낫겠다고 판단했다. 층계를 내려간 그는 눈에 익은 가구들이 익숙한 형태로 놓여 있는 걸 보고는 깜짝 놀랐다. 문이 조금 열려 있었다. 그는 커다란 원형 공간으로 들어갔다. 그곳은 바로 데스탕주 씨의 서재였다.

그는 중얼거렸다.

「훌륭하군! 놀라워! 이제 모든 걸 알겠군. 클로틸드, 다시 말해서 금발의 여인의 방은 이웃 건물의 아파트 하나와 통하고, 그 이웃 건물은 말제르브 광장 쪽이 아닌 인접한 다른 길로 출구가 나 있는 거야. 몽샤냉가였던가……. 대단하군! 이제 클로틸드 데스탕주가 외출하지 않는 인물이라는 평판을 유지하면서 어떻게 애인과 만날 수 있었는지 알겠군. 또 어제 저녁 아르센 뤼팽이 어떻게 회랑에서 불쑥 내 옆에 모습을 나타낼 수 있었는지도 알겠어. 이웃 건물의 아파트와 이 서재 사이에 있는 또다른 통로로 들어온 게 분명해……」

그는 이렇게 결론을 내렸다.

「비밀 통로가 있는 건물이 또 있을 거야. 이번에도 물론 건축가는 데스탕주겠지! 이제 여기 들어온 김에 그 책장 속을 확인해 봐야겠군⋯⋯. 또다른 비밀 통로가 있는 건물들에 대한 정보를 얻기 위해서 말이야」

숌즈는 회랑으로 올라가 난간의 휘장 뒤에 몸을 숨겼다. 그는 거기서 밤이 될 때까지 움직이지 않았다. 이윽고 하인이 와서 전등을 껐다. 그로부터 한 시간 후 영국인은 손전등을 켠 다음 책장으로 다가갔다.

짐작대로 그 책장에는 그 건축가의 업적을 말해 주는 오래된 기록들이 들어 있었다. 관계 서류, 견적서, 회계 장부 같은 것들이었다. 둘째 칸에는 연도순으로 정리된 서류철이 세워져 있었다.

그는 최근 서류철을 집어들어 차례면을 확인하고 H란을 찾았다. 이윽고 〈아르맹자(Harmingeat)〉라는 이름이 나왔고 그 옆에는 〈63〉이라는 숫자가 씌어져 있었다. 그는 63페이지를 찾아 내용을 읽었다.

아르맹자, 샬그랭가 40번지.

이어, 그 건물에 난방 장치를 설치하기 위해 시행한 공사 내역이 자세히 기록되어 있었다. 그리고 여백에 이런 메모가 되어 있었다.

M. B. 서류를 볼 것.

〈이런! 낯익은 이름이군. M. B. 서류라⋯⋯. 이거야말로 내게 필요한 거로군. 이 서류만 있으면 뤼팽의 현재 거처를 알 수 있을

거야.〉

숌즈가 서류철의 후반부까지 뒤진 끝에 문제의 서류를 찾아낸 것은 새벽이 되어서였다.

그 서류는 총15쪽으로 이루어져 있었다. 첫 쪽은 아까 아르맹자라는 이름으로 찾은 내용 그대로였다. 다음 쪽에는 클라페이롱가 25번지 소유주인 바티넬 씨를 위해 시행된 공사 내역이 기록되어 있었다. 다음 쪽은 앙리 마르탱 대로 134번지 도트렉 남작에 관한 것이었고, 다음 쪽은 드 크로종 성에 관한 것이었으며, 그 밖의 열한 쪽은 파리 이곳저곳의 여러 건물 주인들에 관한 것이었다.

숌즈는 그 열한 명의 이름과 열한 개의 주소 목록을 옮겨적은 다음 서류를 제자리에 돌려놓았다. 그는 창문을 열고 인적 없는 광장으로 뛰어내린 다음 조심스럽게 덧문을 닫았다.

호텔 방으로 돌아온 그는, 담배를 피울 때면 늘 그렇듯이 심각한 태도로 파이프에 불을 붙였다. 그런 다음 뽀얀 담배 연기에 둘러싸인 채 M. B., 정확히 말해서 막심 베르몽 Maxime Bermond, 곧 아르센 뤼팽에 관련된 서류로부터 적절한 결론을 끌어내기 위해 생각에 잠겼다.

아침 여덟시, 그는 가니마르에게 다음과 같은 내용의 전보를 보냈다.

오늘 아침 난 페르골레즈가로 가서 당신에게 사람 하나를 맡길 거요. 그 사람의 신병을 확보하는 것은 정말 중요하오. 그러니 오늘 밤부터 내일 수요일 정오까지 집에 계시오. 아울러 서른 명의 인력을 준비해 놓고…….

그런 다음 숌즈는 큰길로 나와 인상이 밝고 순박해 보이는 기사를 골라 택시를 타고 말제르브 광장으로 가자고 했다. 데스탕주 저택에서 오십 걸음도 채 떨어져 있지 않은 곳이었다.

그는 택시 기사에게 말했다.

「기사 양반, 창문을 닫으시오. 털외투의 깃을 올리시오. 바람이 차니까 말이오. 그리고 느긋하게 기다려주시오. 한 시간 반이 지나면 시동을 거시오. 내가 돌아오는 대로 즉각 페르골레즈가로 가주시오」

저택의 문턱을 넘으면서 숌즈는 마지막으로 망설였다. 뤼팽이 도주 준비를 끝내는 동안 자신이 이렇게 금발의 여인을 물고 늘어지는 게 어쩌면 잘못하는 건 아닐까? 문제의 건물 목록을 가지고 우선 적의 거처를 찾아보는 것이 더 낫지 않을까?

그는 속으로 중얼거렸다.

「흠! 금발의 여인을 포로로 잡아두면 상황은 어차피 내가 장악하게 될 테니까」

그런 생각과 함께 그는 벨을 눌렀다.

데스탕주 씨는 이미 서재에 있었다. 그들은 묵묵히 일을 했다. 숌즈가 클로틸드의 방으로 올라갈 구실을 찾고 있을 때, 그 젊은 여인이 서재로 들어왔다. 그녀는 아버지에게 인사를 하고 작은 응접실에 앉아 뭔가 쓰기 시작했다.

숌즈는 탁자 위로 고개를 숙였다가 이따금 생각에 잠긴 얼굴로 펜을 든 채 정신을 놓곤 하는 그녀를 지켜보았다. 그는 잠시 기다렸다가 책을 한 권 들고 데스탕주 씨에게 말했다.

「데스탕주 양께서 찾는 대로 가져다달라고 하신 책이 마침 여기 있군요」

작은 응접실로 간 그는 데스탕주 씨가 자신을 보지 못하도록 클로틸드 양 앞에 서며 말했다.

「전 아버님의 새로운 비서인 스티크만이라고 합니다」

그녀는 놀라는 기색 없이 대꾸했다.

「아! 그럼, 그러니까 아버지가 비서를 바꾸셨나 보군요?」

「그렇습니다, 데스탕주 양. 당신께 드릴 말씀이 있습니다」

「앉으세요, 선생님. 제 일은 다 끝나가요」

그녀는 편지에 몇 자 더 덧붙이더니 서명하고 봉투를 봉한 다음 종이를 밀어놓고 전화를 걸었다. 양재사와 연결되자 그녀는 여행용 외투가 빨리 필요하니 완성을 서둘러달라고 부탁했다. 그런 다음 마침내 숌즈에게 몸을 돌렸다.

「이제 말씀하세요, 선생님. 그런데 아버님 앞에서 이야기해야 하지 않을까요?」

「아닙니다, 데스탕주 양. 부탁드리는데 목소리도 높이지 마십시다. 데스탕주 씨께서 우리의 대화를 듣지 못하시는 게 좋으니까요」

「누구에게 좋다는 말인가요?」

「당신에게 말입니다, 데스탕주 양」

「우리 아버지가 들으셔서는 안 될 얘기 같은 건 하고 싶지 않은데요」

「하지만 반드시 하셔야 합니다」

그들은 눈길을 들어 서로를 바라보았다.

이윽고 그녀가 말했다.

「말씀하세요, 선생님」

여전히 일어선 채로 숌즈는 말을 시작했다.

「몇 가지 세부적인 사항에 대해 제 말이 좀 틀리더라도 양해해 주시기 바랍니다. 하지만 보증할 수 있는 건 제 얘기가 전체적으로는 정확하다는 겁니다」

「불필요한 말씀은 안 하셨으면 좋겠군요. 용건을 말씀하세요」

갑작스러운 자신의 대화 요청에 젊은 여인이 긴장하고 있는 것이 느껴졌다. 그는 말을 이었다.

「그럼 단도직입적으로 말씀드리겠습니다. 그러니까 오 년 전 데스탕주 씨는 우연히 막심 베르몽이라는 사람을 만났습니다. 막심 베르몽은 자신을 소개하기를, 사업가라고 했지요……. 아니 건축가라고 했는지도 모릅니다. 그 청년에게 애정을 느낀 데스탕주 씨는 건강 때문에 더 이상 일을 할 수 없게 되자 오랜 고객들로부터 받은 주문들을 그에게 맡겼습니다. 베르몽 씨의 성향에 어울릴 만한 주문들을 말입니다」

헐록은 말을 끊었다. 젊은 여인의 안색이 더욱 창백해진 것처럼 보였다. 하지만 그녀는 더할 나위 없이 차분하게 말했다.

「무슨 말씀을 하시는 건지 모르겠군요, 선생님. 제가 왜 이런 얘기에 관심을 가져야 하는지는 더 더욱 모르겠고요」

「바로 이런 이유 때문입니다, 데스탕주 양. 막심 베르몽 씨의 진짜 이름이 당신도 잘 아시겠지만 아르센 뤼팽이거든요」

그녀가 웃음을 터뜨렸다.

「그럴 리가요! 아르센 뤼팽이라뇨? 막심 베르몽 씨가 아르센 뤼팽이란 말인가요?」

「제 명예를 걸고 말씀드리는데, 데스탕주 양, 당신이 제 말을 이해하려 들지 않으니 한마디 덧붙여야겠군요. 아르센 뤼팽은 이 저택에서 모종의 계획을 완수하는 데 필요한 친구를 발견했습니다. 아니 친구 이상의 존재였죠. 맹목적인 데다가……, 열정적이고 헌신적인 공범을 말입니다」

그녀는 자리에서 일어나서는 아무런 감정도 드러내지 않은 채, 침착하고 냉정한 목소리로 말했다. 숌즈는 그녀의 그러한 자제력에 놀랄 수밖에 없었다.

「이런 말씀을 제게 하시는 이유를 모르겠군요, 선생님. 그리고 알고 싶지도 않습니다. 부디 더 이상 한마디도 하지 마시고 나가 주십시오」

「저도 줄곧 당신 앞에 있을 생각은 없습니다. 다만 이 저택을 혼자서는 나가지 않겠다고 결심했죠」

숌즈는 그녀만큼이나 차분한 목소리로 말했다.

「그렇다면 누구와 함께 나가실 건가요, 선생님?」

「당신입니다!」

「저요?」

「그렇습니다, 데스탕주 양. 우리는 함께 이 저택을 나갈 겁니다. 그리고 당신은 아무런 반항 없이 말 한마디 하지 않고 저를 따라오셔야 합니다」

이상한 점이 있다면 두 사람이 너무나도 차분하다는 것이었다. 그들의 태도나 어조로 보아 그것은 강한 의지를 가진 두 사람 사이의 냉혹한 결투라기보다는 의견이 맞지 않는 두 사람 사이의 예의 바른 토론 같았다.

넓게 트인 공간을 통해 원형의 방에서 데스탕주 씨가 절도 있는 태도로 책을 정리하고 있는 모습이 눈에 들어왔다.

클로틸드는 가볍게 어깨를 으쓱해 보이며 다시 자리에 앉았다. 헐록은 시계를 꺼냈다.

「지금이 열시 삼십분입니다. 오 분 후에 출발합니다」

「그럴 수 없다면요?」

「그럴 수 없다면 데스탕주 씨를 만나 말씀드리겠습니다……」

「뭘 말인가요?」

「진실을 말입니다. 그에게 막심 베르몽의 거짓 인생과 공범의 이중 생활을 이야기하겠습니다」

「공범이오?」

「그렇습니다. 금발의 여인이라고 불리는 여자죠. 그러니까 얼마 전까지 금발이었던 여인 말입니다」

「아버지께 어떤 증거를 제시하실 건가요?」

「저는 데스탕주 씨를 샬그랭가로 모시고 가서, 아르센 뤼팽이 공사를 지휘하면서 사람들을 시켜 40번지 건물과 42번지 건물 사이에 몰래 만들어놓은 비밀 통로를 보여드릴 겁니다. 당신들 두 사람이 그저께 밤에 이용한 그 통로 말입니다」

「그런 다음에는요?」

「그런 다음에는 데스탕주 씨를 드티낭 변호사의 집으로 모시고 갈 겁니다. 그러고는 함께 뒷 계단을 내려갈 겁니다. 당신이 가니마르를 따돌리기 위해 아르센 뤼팽과 함께 내려갔던 그 계단 말입니다. 그런 다음 함께 옆 건물과 통하는 비밀 통로를 찾을 겁니다. 클라페이롱가 쪽이 아니라 바티뇰로 쪽으로 난 출구 말입니다」

「그런 다음에는요?」

「그런 다음에는 데스탕주 씨를 모시고 드 크로종 성으로 갈 겁니다. 그 성을 개축할 때 아르센 뤼팽이 한 작업과 같은 종류의 일을 잘 알고 있는 데스탕주 씨로서는, 아르센 뤼팽이 만들어놓은 비밀 통로를 어렵지 않게 찾아낼 겁니다. 그 통로를 통해서 데스탕주 씨는 확인하게 되겠죠. 금발의 여인이 밤에 백작 부인의 방으로 들어가서 벽난로 위에서 푸른 다이아몬드를 훔칠 수 있었다는 것과, 그로부터 두 주일 후 블라이헨 영사의 방으로 들어가 가루 비누 병 속에 그 푸른 다이아몬드를 넣었다는 것을……. 그건 사실 좀 납득이 가지 않는 행동이었습니다. 여자의 사소한 복수심 같은 것이었는지도 모르겠습니다. 그런 건 크게 중요하지 않습니다」

「그런 다음에는요?」

헐록은 더욱 진지해진 목소리로 말했다.

「그런 다음에는 데스탕주 씨를 앙리 마르탱 대로 134번지로 모시고 가겠습니다. 우리는 거기서 도트렉 남작이 어떻게……」

「그만하세요, 그만하시라고요」

그 젊은 여인은 갑자기 공포에 사로잡혀 말을 더듬거렸다.

「더, 더 이상 말, 말하지 마세요……! 그러니까 당신은 제가……, 제가 바로……」

「도트렉 남작을 죽인 범인이라고 말하고 있는 겁니다」

「아니에요, 아니에요. 이건 부당해요」

「당신은 도트렉 남작을 죽였습니다, 데스탕주 양. 당신은 푸른 다이아몬드를 그에게서 훔쳐내기 위해 앙투아네트 브레아라는 이름으로 그의 간병인으로 들어가 그를 죽였습니다」

기가 꺾인 듯 그녀는 애원에 가까운 어조로 다시 중얼거렸다.

「그만하세요, 선생님. 제발 부탁이에요. 당신은 그렇게 많은 것들을 알고 계시니까 제가 남작을 살해하지 않았다는 사실도 아실 거예요」

「저는 당신이 그를 계획적으로 살해했다는 건 아닙니다, 데스탕주 양. 도트렉 남작은 정신 착란성 발작 증세를 갖고 있었습니다. 그걸 통제할 수 있는 사람은 오직 오귀스트 수녀뿐이었죠. 이런 사실을 저는 오귀스트 수녀에게서 직접 들었습니다. 그러니까 수녀가 집을 비운 동안 남작은 당신에게 달려들었을 겁니다. 몸싸움이 벌어지는 동안 당신은 생명을 지키기 위해 그를 찔렀겠죠. 그러고 나서 겁에 질린 나머지 당신은 희생자의 손가락에서 노리고 있던 푸른 다이아몬드를 뽑아낼 생각조차 못한 채 벨을 누르고는 달아났습니다. 그리고 잠시 후 옆 건물에서 하인으로 변장해 있던 뤼팽의 공범들 중 하나를 데려와 함께 남작의 시신을 침대로 옮기고 방을 정돈했습니다……. 하지만 이번에도 차마 푸른 다이아몬드 반지를 빼지는 못했죠. 일이 그렇게 된 겁니다. 따라서 당신이 의도적으로 남작을 살해한 건 아닙니다. 하지만 그를 찌른 게 당신 손이라는 건 분명하지요」

그녀는 섬세하고 하얀 두 손으로 이마를 짚었다. 그녀는 오랫동안 그 자세를 풀지 않았다. 이윽고 손가락을 풀어 고통에 찬 얼굴을 드러내며 그녀는 말했다.

「이 모든 이야기를 아버지께 하실 건가요?」

「그렇습니다. 그리고 전 그분께 금발의 여인을 알고 있는 제르부아 양, 앙투아네트 브레아를 알아볼 오귀스트 수녀, 드 레알

부인을 알아볼 드 크로종 백작 부인이라는 증인들이 있다고 말씀
드릴 겁니다. 이게 제가 그분께 드릴 말씀입니다」

「감히 제게 엄포를 놓으시는군요」

그녀는 숌즈의 냉혹한 협박 앞에서도 냉정을 되찾으며 말했다.

그러자 숌즈는 자리에서 일어나 서재 쪽으로 한 걸음 내디뎠
다. 클로틸드가 그를 붙잡았다.

「잠깐만요, 선생님」

그녀는 잠시 생각을 한 다음 마음을 추스르고 아주 조용하게
그에게 물었다.

「당신이 헐록 숌즈시죠, 그렇죠?」

「그렇습니다」

「제게서 뭘 원하시나요?」

「제가 원하는 거요? 저는 아르센 뤼팽과 싸움을 시작했는데, 그
싸움에서 반드시 이겨야 합니다. 머지않아 닥칠 결전에서 당신처
럼 귀중한 인질은 제게 상당히 유리한 입장을 확보해 줄 겁니다.
그러니까 당신이 저를 따라오면, 데스탕주 양, 저는 당신을 제
친구에게 맡겨둘 생각입니다. 제 목적을 달성하는 즉시 당신은
자유의 몸이 될 겁니다」

「그게 전분가요?」

「그게 전붑니다. 저는 이 나라 경찰에 소속되어 있지 않은 만
큼, 범인을 기소할 권리 같은 건……, 없습니다」

그녀는 마음을 정한 것 같았다. 그렇지만 여전히 조금 더 시간
을 달라고 요구했다. 그녀의 두 눈이 감겼다. 그리고 숌즈는 그녀
를 바라보았다. 자신을 둘러싸고 있는 위험에 거의 무관심한 채
그녀는 갑자기 너무나도 차분해져 있지 않은가!

영국인은 생각했다.

〈도대체……, 그녀는 자신이 위험에 처했다는 사실을 깨닫고는 있는 걸까? 천만에, 아니겠지. 왜냐하면 뤼팽이 보호해 줄 테니까. 뤼팽과 함께라면 그 무엇도 그녀를 해치지 못할 테니까. 뤼팽은 전지전능한 데다가 난공불락이니까.〉

마침내 숌즈가 먼저 입을 열었다.

「데스탕주 양, 아까 저는 오 분 후라고 말했습니다. 그런데 삼십 분도 넘었군요」

「잠깐 제 방으로 올라가서 몇 가지 물건을 가져올 수 있도록 해주시겠습니까, 선생님?」

「원하신다면, 데스탕주 양, 저는 몽샤냉가에서 기다리죠. 관리인 자니오는 저와 잘 아는 사이니까요」

「아! 이미 알고 계셨군요……」

그 말에 그녀는 눈에 띄게 겁에 질려 말했다.

「저는 여러 가지를 알고 있습니다」

「좋습니다. 그렇다면 하인을 시키죠」

하인이 그녀에게 모자와 외투를 가져다주었다.

숌즈가 그녀에게 말했다.

「당신이 데스탕주 씨께 우리가 같이 나가는 이유를 설명해 주셔야겠습니다. 또, 며칠 동안 당신이 집을 비우는 이유도 말입니다」

「그럴 필요는 없을 거예요. 저는 곧 돌아올 테니까요」

다시 한번 그들 사이에는 빈정거리는 듯한 시선이 오고갔다. 그러고 나서 둘 다 미소를 지었다.

「당신은 정말 그를 믿는군요!」

숌즈가 말했다.

「맹목적으로요」

「그가 하는 일이라면 모두 옳겠죠, 그렇잖습니까? 그가 원하는 모든 것은 이루어져야죠. 당신은 그를 위해서라면 모든 것을 받아들이고 그 어떤 일에도 대비가 되어 있겠죠」

「저는 그를 사랑해요」

그녀는 열정에 몸을 떨며 대답했다.

「그리고 그가 당신을 구해 줄 거라고 믿는 거죠?」

그녀는 어깨를 으쓱해 보이고는 데스탕주 씨에게로 가서 이렇게 말했다.

「제가 스티크만 씨를 좀 납치해야겠어요. 국립 도서관에 갈 일이 있어서요」

「점심 먹으러 돌아올 거냐?」

「그럴 수도 있고요……. 그러지 않을 수도 있어요……. 걱정하지 마세요……」

그런 다음 그녀는 단호하게 숌즈에게 말했다.

「당신을 따르지요, 선생님」

「아무런 저의 없이오?」

「전적으로 믿죠」

「만약 당신이 도망치려 하면 저는 당신 이름을 부르고 소리칠 겁니다. 사람들이 당신을 체포해서 감옥에 가두겠죠. 금발의 여인이 수배중이라는 사실을 잊지 마십시오」

「명예를 걸고 말씀드리는데 결코 도망치려 하지 않겠어요」

「당신 말을 믿겠습니다. 그럼 함께 가시죠」

숌즈가 말했던 대로 그들은 함께 그 저택을 나왔다.

숌즈가 타고 온 자동차는 방향만 바꾼 채 그 자리에서 기다리고 있었다. 운전사의 등과 털코트의 깃에 거의 가리워진 그의 모자가 보였다. 차로 다가간 숌즈는 시동 소리를 들었다. 그는 차문을 열어 클로틸드를 태운 다음 그녀 곁에 앉았다.

자동차는 단숨에 속력을 내어 외곽 도로로 접어들어 오슈 대로와 그랑 다르메 대로를 달려갔다.

헐록은 생각에 잠긴 채 머릿속에서 계획을 구상했다.

〈가니마르는 집에 있겠지……. 그의 손에 이 여자를 넘겨주고……, 그에게 이 여자가 누구라는 것을 말해 줘야 할까? 아니지. 그러면 그는 이 여자를 유치장에 넣을 것이고, 모든 일을 그르치게 돼. 일단 혼자서 M. B. 서류의 목록을 조사해서 추적에 나서자. 그리고 오늘 밤이나 늦어도 내일 아침 예정대로 가니마르를 불러서는 아르센 뤼팽과 그의 패거리들을 넘겨주자고…….〉

마침내 목표 달성이 얼마 남지 않았다는 것, 이제 심각한 장애물이 없다는 것을 깨닫고는 숌즈는 기분이 좋아져서 두 손을 문질렀다. 그리고 평소의 그답지 않게 그런 감정을 토로하고 싶어진 듯 이렇게 소리쳤다.

「용서하시오, 데스탕주 양. 제가 지나치게 좋아했다면 말이오. 싸움이 힘들었던 만큼 성공이 특히 유쾌하게 여겨지는군요」

「당연히 누려 마땅한 성공이죠, 선생님. 좋아하실 만한 권리가 있어요」

「고맙소. 그런데 도대체 어느 길로 가고 있는 거지! 기사가 내 말을 잘못 알아들었나?」

이제 자동차는 뇌이 문을 통해 파리를 벗어나고 있었다. 이런 빌어먹을! 페르골레즈가가 성벽 밖에 있을 리가 없잖은가.

숌즈는 운전석과 뒷좌석 사이에 있는 유리창을 내렸다.

「이보시오, 기사 양반. 길을 잘못 들었소……. 페르골레즈가로 가잔 말이오……!」

운전석에 앉은 사내는 그 말에 대답하지 않았다. 숌즈는 좀 더 목소리를 높여서 같은 말을 반복했다.

「페르골레즈가로 가자고 했소」

사내는 단 한마디도 대답하지 않았다.

「아, 이런! 귀가 먹었군, 기사 양반. 아니면 일부러 그러는 건 가……? 여긴 볼일이 없단 말이오……. 페르골레즈가로 갑시다……. 다시 말하는데 길을 되짚어 전속력으로 달립시다」

하지만 여전히 대답이 없었다. 영국인은 불안한 생각에 몸을 떨었다. 그는 클로틸드를 바라보았다. 젊은 여인의 입가에는 형언할 수 없는 미소가 떠올라 있었다.

숌즈가 투덜대며 말했다.

「왜 웃는 겁니까? 이건 이 사건과 아무 관계도 없습니다……. 이런 일이 일어났다고 해서 사태가 달라지는 결코 아니란 말입니다……」

「결코 아니죠」

그녀가 대답했다.

문득 어떤 생각이 그의 뇌리를 스치고 지나갔다. 숌즈는 반쯤 몸을 일으켜 운전석에 앉은 사내를 좀 더 주의 깊게 살펴보았다. 사내의 어깨는 그가 기억하는 것보다 좀 더 좁았고 몸가짐에는 좀 더 품위가 있었다……. 식은땀이 솟고 두 주먹이 불끈 쥐어지면서 끔찍하기 짝이 없는 확신이 머릿속에 떠올랐다. 운전석에 앉은 사내는 바로 아르센 뤼팽이었던 것이다.

「그래 숌즈 씨, 이렇게 소풍을 나오니 어떠십니까?」
「아주 좋소, 친애하는 뤼팽 씨. 정말이지 유쾌하오」
숌즈가 대답했다.

존재 전체가 폭발하고 있다는 것을 드러내지 않기 위해 목소리를 떨지 않고 또박또박 말하려고 그가 이렇게까지 끔찍한 노력을 기울여 감정을 다스려야 했던 적도 없었으리라. 하지만 다음 순간 거센 반작용 같은 것에 의해 분노와 증오의 물결이 터져나와 그의 의지를 앗아가 버렸다. 그는 재빨리 권총을 뽑아 데스탕주 양을 겨누었다.

「즉시 바로 차를 멈추시오, 뤼팽. 그렇지 않으면 이 여자를 쏘겠소」
「쏠 거면 볼을 쏘지 말고 관자놀이를 겨냥하라고 말해 주고 싶군요」
뤼팽이 고개도 돌리지 않고 대답했다.

클로틸드가 말했다.

「막심, 너무 빨리 달리지 마세요. 길이 미끄러워서 정말 불안해요」
그녀는 자갈이 깔린 길에 시선을 고정시킨 채 얼굴에서 웃음을 거두지 않았다.

「멈추란 말이오! 멈춰! 내가 무슨 짓이든 할 수 있다는 걸 모르겠소!」
분노로 정신을 잃은 숌즈가 외쳤다. 총신이 여자의 곱슬곱슬한 머리카락을 스쳤다.

그녀가 중얼거렸다.

「저이가 이렇게 무모하다니! 차가 뒤집히겠어요」

숌즈는 권총을 주머니에 넣고는, 불합리한 행동이라는 걸 알면서도 문을 열고 밖으로 뛰어나갈 자세를 취했다.

클로틸드가 그에게 말했다.

「조심하세요, 선생님. 우리 뒤에 차 한 대가 바짝 달려오고 있으니까요」

그는 고개를 숙여 밖을 내다보았다. 실제로 보기에도 무시무시하게 생긴 새빨간색의 커다란 자동차 한 대가 뒤에서 달려오고 있었다. 안에는 야수 같은 외모의 네 사내가 타고 있었다.

숌즈는 생각했다.

〈좋아, 꼼짝없이 잡혔군……. 일단은 참아야겠는걸〉

운명이 사사건건 방해를 놓을 때 체념하고 기다리는 사람에게 흔히 보이는 의연한 모습으로 그는 팔짱을 꼈다. 자동차가 센 강을 건너 쉬렌, 뤼에유, 샤투를 차례로 지나는 동안, 그는 분노와 회한을 억누르고 체념한 듯 꼼짝도 하지 않고 앉아 도대체 어떻게 해서 아르센 뤼팽이 그 기사 대신 자리에 앉아 있을 수 있었는지에 대해 신경을 집중했다. 그날 아침 자신이 큰길에서 고른 그 순박한 젊은 기사가 미리 기다리고 있던 뤼팽의 공범이있다는 건 받아들일 수 없었다. 그 일은 아르센 뤼팽이 미리 그 사실을 알고 있어야 가능했다. 숌즈 자신이 클로틸드를 협박한 다음에야 가능한 일이었다. 그 전에는 아무도 그의 계획을 예측하지 못했을 터였다. 하지만 그녀를 협박한 후에는 클로틸드와 단 한순간도 떨어진 적이 없었다.

그때 한 가지 기억이 그의 뇌리에 떠올랐다. 그 젊은 여자가 했던 전화, 그녀가 양재사와 나누었던 전화 통화. 즉각 그는 사태가 어떻게 된 것인지 이해할 수 있었다. 그러니까 자신이 말을 꺼내기도 전에, 아버지의 새로 온 비서가 면담을 원한다는 사실 하나만으로도 그녀는 위험을 감지했던 것이다. 그녀는 그가 누구인지, 어떤 목적을 갖고 있는지를 간파하고, 마치 실제로 막 하려던 일처럼 그 일을 냉정하고 자연스럽게 해냈다. 그녀는 양재사, 곧 뤼팽에게 서로 합의된 표현을 동원해 도움을 요청했던 것이다.

아르센 뤼팽이 어떻게 그곳에 왔는지, 시동을 걸어놓고 있던 그 자동차를 어떤 점에서 수상하게 여겼는지, 그가 어떻게 기사를 매수했는지 하는 것들은 중요하지 않았다. 분노가 가라앉을 정도로 숌즈를 감탄케 했던 것은 한 여인이 보여준 그 순간의 반응이었다. 실제로 사랑에 빠진 그 여인은 날카로워진 신경을 다스리고 본능을 억제하고 표정이나 눈빛조차 흔들리지 않은 채 노회한 헐록 숌즈를 속여넘겼던 것이다.

이런 수준 높은 조력자들의 지지를 받는 인물, 강력한 매력과 신뢰감만으로도 한 여자에게 그 정도의 대담함과 힘을 불러일으키기에 충분한 이런 인물을 상대로 무엇을 할 수 있을 것인가?

자동차는 센 강을 건너 생제르맹 언덕을 올라갔다. 그 마을에서 오백 미터 정도 더 가서 차는 속력을 늦추었다. 뒤에 오던 자동차 하나가 다가오더니 두 차 모두 멈춰섰다. 주위에는 아무도 없었다.

뤼팽이 말했다.

「숌즈 씨, 차를 바꿔타 주셔야겠습니다. 이 차는 정말이지 너무 느려서요……!」

숌즈가 대답했다.

「좋습니다! 그렇게 바쁘다면 다른 선택의 여지가 없겠죠」

「또한 이 털목도리를 받아주셨으면 합니다. 꽤 빨리 달릴 거라 바람에 추우실 겁니다. 또 샌드위치 두 개도 받으십시오……. 그래요, 그래. 받으세요. 언제 저녁 식사를 하게 될지 모르거든요!」

네 명의 사내들이 길에 내려 서 있었다. 그중 하나가 다가와 얼굴을 가리고 있던 안경을 벗었다. 헝가리 식당에서 프록코트를 입었던 신사였다. 뤼팽이 그에게 말했다.

「자네는 이 택시를 원래의 기사에게 돌려주게. 그는 지금 레장드르가 오른쪽 첫번째 주점에서 기다리고 있을걸세. 그에게 약속한 잔금 천 프랑을 치르게나. 아! 잊고 있었군. 자네 선글라스를 숌즈 씨에게 빌려드리게」

그는 데스탕주 양과 이야기를 나눈 다음 운전석에 앉아 차를 출발시켰다. 숌즈는 그의 옆 좌석에 앉았고 뒷 좌석에는 그의 패거리들이 앉았다.

〈꽤 빨리〉 달릴 것이라는 뤼팽의 말은 과장이 아니었다. 처음부터 그들은 현기증 나게 빨리 달렸다. 지평선이 신비스러운 힘에 의해 끌려오기라도 하는 것처럼 눈앞으로 다가왔고, 다음 순간 심연 속으로 빨려들기라도 하는 것처럼 사라졌다. 그 심연을 향해 다른 모든 것들, 곧 나무들, 집들, 들판들, 숲들이 뛰어들었다, 마치 소용돌이에 가까워지는 것을 감지한 도랑처럼 요란하게 서두르면서.

숌즈와 뤼팽은 아무 말도 나누지 않았다. 그들의 머리 위로 일정한 간격으로 늘어선 포플러 잎들이 우수수 소리를 내곤 했다.

자동차는 망트, 베르농, 가이용을 차례로 지나쳤다. 하나의 언덕에서 다른 언덕으로, 봉 스쿠르에서 캉트뢰로, 쉬지 않고 달렸다. 루앙 시내, 루앙 외곽, 루앙 항구, 몇 킬로미터에 달하는 루앙의 강변 도로를 지나갔다. 루앙이라는 도시를 마치 작은 마을 길처럼 순식간에 지나친 것이다. 이어 뒤클레르, 코드베크를 스쳐 무서운 속도로 코 지방의 구릉 지대를 지났고, 릴본과 키유뵈프를 통과했다. 이제 자동차는 센 강 하구의 작은 부두 끝을 향하고 있었다. 그 부둣가에는 소박하지만 꽤 튼튼해 보이는 배 한 척이 정박해 있었고, 배의 굴뚝에서는 검은 연기가 소용돌이치며 솟아오르고 있었다.

자동차가 멈췄다. 두 시간 동안 그들은 백륙십 킬로미터를 주파한 것이다.


푸른 작업복에 금장식 줄을 단 모자를 쓴 사내가 다가와 인사를 건넸다.

뤼팽이 외쳤다.

「준비가 완벽하군, 선장! 전보 받았소?」

「받았습니다」

「〈제비〉호는 준비됐소?」

「준비됐습니다」

「그렇다면 숌즈 씨?」

영국인은 주위를 둘러보았다. 저만치 있는 카페 테라스에 한 무리의 사람들이 모여 있었고, 그보다 가까운 카페에도 사람들이 있었다. 그는 한순간 망설이다가 뤼팽을 따라 트랩을 지나 선장실로 들어갔다. 반항해 봐야 누가 달려오기도 전에 붙잡혀 강제로 배 밑바닥에 갇혀버릴 것임을 깨달았던 것이다.

선장실은 넓고 구석구석 깨끗했으며, 윤기 나는 대리석 몰딩과 반짝이는 구리 장식으로 장식돼 아주 밝아 보였다.

뤼팽은 선장실 문을 닫은 다음 거의 난폭하게까지 느껴지는 단도직입적인 태도로 숌즈에게 물었다.

「정확히 당신이 알고 있는 게 뭐요?」

「전부요」

「전부? 정확히 말해 보시오」

뤼팽의 목소리에선 더 이상 그동안 이 영국인에게 보여온 약간 빈정거리는 듯한 예의 바른 태도를 찾아볼 수 없었다. 다만 명령을 내리는 데 익숙한 주인된 자의 오만한 억양이 있을 뿐이었다. 그의 앞에서는 모두가 고개를 숙여야 마땅했다. 헐록 숌즈 같은 사람이라 할지라도.

그들은 이제 확고하고도 치떨리는 적수로서 서로를 노려보았다. 약간 신경질적인 어조로 뤼팽이 말했다.

「벌써 여러 번, 선생, 당신은 내 앞길을 막았소. 이젠 당신이 놓은 덫을 피하느라 시간을 허비하는 것에 지쳤소. 경고하는데 내가 당신을 어떻게 대하느냐 하는 건 당신의 대답에 달렸소. 요컨대 당신이 알고 있는 게 정확히 뭐요?」

「전부 다요, 선생, 거듭 말하지만 말이오」

아르센 뤼팽은 분노를 억누르면서 또박또박 끊어 말했다.

「그렇다면 내가 당신이 알고 있는 걸 말해 보겠소. 내가 막심 베르몽이라는 이름으로 데스탕주 씨가 지은 열다섯 채의 건물을 개축했다는 사실을 알고 있을 거요」

「그렇소」

「그 열다섯 채의 건물들 중에 네 개를 이미 조사했을 거요」

「그렇소」

「그리고 나머지 열한 채의 목록을 갖고 있을 거요」

「그렇소」

「그 목록을 알아낸 건 간밤 데스탕주 씨의 저택에서였을 거요」

「그렇소」

「그리고 그 열한 채의 건물들 중 내 거처가 있을 거라고 생각했을 거요. 나와 내 친구들이 사는 곳 말이오. 그래서 당신은 그 건물들을 차례로 조사해서 내 은거지를 찾아내는 일을 가니마르에게 맡겼을 거요」

「그렇지 않소」

「그 말뜻은?」

「그 말뜻은 난 혼자 행동한다는 거요. 나 혼자 조사할 거요」

「그렇다면 걱정할 필요가 전혀 없겠군. 당신이 내 수중에 〈있으니〉 말이오」

「걱정할 필요가 없겠지, 내가 당신의 수중에 〈계속 머물러 있다면〉 말이오」

「그 말은 당신이 이 상태로 머물러 있지 않겠다는 뜻이오?」

「그렇소」

아르센 뤼팽은 영국인에게 바짝 다가가 그의 어깨에 부드럽게 한 손을 올려놓았다.

「잘 들으시오, 선생. 나는 지금 입씨름할 기분이 아니오. 그리고 불행히도 당신은 그런 나를 막을 만한 상황에 있지 않소. 그러니, 얘기 끝냅시다」

「나도 그러길 바라오」

「이 배가 영국 해안에 도착하기 전까지 이 배에서 도망치지 않겠다고 당신 명예를 걸고 맹세해 줘야겠소」

「모든 수단을 다 동원해 이 배에서 빠져나가겠다는 것을 내 명예를 걸고 맹세하오」

숌즈가 전혀 굴하지 않고 대답했다.

「이런 빌어먹을. 내가 한마디만 하면 당신을 꼼짝못하게 만들 수 있다는 걸 알아야 하오. 여기 있는 사람들은 모두 내게 맹목적으로 복종하는 이들이오. 내 손짓 하나면 그들은 당신의 목에 쇠사슬을 걸어서는……」

「쇠사슬은 끊을 수 있소」

「그런 다음 당신을 바다 한복판에 던져버릴 거요」

「나는 수영을 할 줄 안다오」

뤼팽이 웃으며 외쳤다.

「훌륭한 대답이군요. 솔직히 말해 내가 좀 흥분했습니다. 용서하십시오, 탐정 선생……. 그럼 결론을 내립시다. 나와 내 친구들의 안전에 필요한 조치를 취할 수밖에 없다는 걸 인정하시겠습니까?」

「온갖 조치들을 취하시오. 하지만 소용없을 거요」

「알겠습니다. 하지만 그런 조치를 취하는 나를 원망하지 않았으면 좋겠군요」

「그건 당신이 당연히 해야 할 일이오」

「그럼 됐습니다」

뤼팽은 선장실 문을 열고 선장과 선원 둘을 불렀다. 그들은 영국인을 붙잡고 몸수색을 한 다음 두 다리를 끈으로 묶어 선장실 침대에 묶었다. 뤼팽이 말했다.

「그만하면 됐네! 이렇게까지 하는 건 당신이 워낙 고집스러운 데다가 상황이 좀 심각해섭니다, 선생……」

선원들이 밖으로 나갔다. 뤼팽이 선장에게 말했다.

「선장, 선원 하나를 여기 배치해 숌즈 씨의 시중을 들게 하시오. 그리고 당신도 가능한 한 그의 곁에 계시오. 이분에게 최대한 배려를 아끼지 마시오. 이분은 포로가 아니라 손님이오. 당신 시계로 지금 몇 시오, 선장?」

「두시 오분입니다」

뤼팽은 자신의 시계를 보고 선장실 벽에 걸려 있는 괘종시계를 보았다.

「두시 오분……? 모두 똑같군. 사우샘프턴까지 가는 데 시간이 얼마나 걸리겠소?」

「서두르지 않고 가면 아홉 시간 걸립니다」

「그럼 열한 시간 걸려서 가도록 하시오. 자정에 사우샘프턴을 출발해 르 아브르에 아침 여덟시에 도착하는 여객선이 있소. 그 배가 출발하고 난 다음 육지에 도착해야 하오. 알겠소, 선장? 거듭 말하는데 이분이 그 배를 타고 프랑스로 되돌아오게 되면 우리 모두 큰 위험에 빠질 거요. 그러니 새벽 한시 이전에 사우샘프턴에 도착해서는 안 되오」

「알겠습니다」

「그럼, 안녕히 가시오, 탐정 선생. 내년에나 이 세상에서든 저 세상에서든 만납시다」

「내일 봅시다」

몇 분 후 숌즈는 멀어져 가는 차 소리를 들었다. 즉각 〈제비〉

호 깊숙한 곳에서 증기 기관이 더욱 큰 소리로 가동되기 시작했다. 배가 움직이고 있었다.

오후 세시경 배는 센 강 어귀를 지나 바다로 들어섰다. 두 발이 묶인 침대 위에 길게 누워 헐록 숌즈는 깊은 잠에 빠져들었다.

다음날 아침, 즉 두 위대한 맞수가 벌이는 전투의 마지막 날이자 열번째 날 아침, 《에코 드 프랑스》에는 다음과 같은 기분 좋은 기사가 실렸다.

어제, 영국 탐정 헐록 숌즈에 대한 아르센 뤼팽의 추방령이 실시되었다. 정오에 결정된 그 추방령은 그날 즉시 시행되었다. 숌즈는 새벽 한시, 사우샘프턴에 도착했다고 한다.

# 뤼팽, 또다시 잡히다

아침 여덟시부터 이사 차량 열두 대가 부아 드 불로뉴 대로와 뷔고 대로 사이에 있는 크르보가로 몰려들었다. 그곳 8번지 건물 5층에 살고 있던 펠릭스 다베 씨가 이사를 가는 것이었다. 또한 그 건물 6층과 인접한 두 건물 6층을 함께 사용하던 전문 감정인 뒤브뢰유 씨는 수많은 외국 관계자들이 매일같이 찾아와 살펴보았던 가구 컬렉션을 다른 곳으로 옮기기로 했다. 그 두 사람은 서로 모르는 사이였으므로 그것은 순수한 우연이었다.

몇 가지 특이한 점들이 이웃 사람들의 주목을 끌었지만 그런 얘기가 나온 것은 나중에 일이 끝나고 나서였다.

열두 대의 이사 차량 중에 용역 업체의 주소와 이름이 적혀 있는 것은 하나도 없었고, 따라온 일꾼들 중 근처의 선술집에서 시간을 끈 사람도 없었던 것은 기이한 일이었다. 일꾼들이 어찌나 일을 잘했는지 열한시에는 모든 작업이 끝났다. 텅 빈 방들에 남은 거라고는 종이 몇 장과 넝마 조각뿐이었다.

펠릭스 다베 씨는 최신 유행 차림을 한 기품이 넘치는 청년이었다. 하지만 늘 묵직한 지팡이를 들고 다녔기 때문에 그가 특별한 근력의 소유자임을 알 수 있었다. 그는 지금 조용히 건물을 나와 부아 대로를 가로지르는 페르골레즈가 맞은편 골목길에 놓인 벤치에 앉아 있었다. 그 옆에는 소시민 복장을 한 여자가 신문을 읽고 있었고, 아이가 장난감 삽으로 모래 더미를 파헤치며 놀고 있었다.

잠시 후, 펠릭스 다베는 여자에게 고개도 돌리지 않은 채 물었다.

「가니마르는?」

「오늘 아침 아홉시에 나갔습니다」

「어디로?」

「경찰청으로요」

「혼자 말이오?」

「혼자서요」

「간밤에 전보 온 건 없소?」

「없습니다」

「그 집에서는 당신을 여전히 신뢰하고 있소?」

「그렇습니다. 저는 가니마르 부인의 시중을 들고 있는데, 부인은 저에게 남편에 대해 온갖 이야기를 늘어놓습니다……. 오늘 아침 나절도 부인과 함께 보냈습니다」

「잘됐군. 새로운 지시가 있을 때까지 계속해서 매일 열한시에 이곳으로 오시오」

그는 자리에서 일어나 도핀 문 근처에 있는 중국 음식점으로 가서는 달걀 두 개와 야채, 과일로 간단하게 식사를 했다. 그런 다음 크르보가로 되돌아와 관리인에게 말했다.

「올라가서 마지막으로 한번 둘러본 다음 열쇠를 돌려드리겠소」

그는 작업실로 사용하던 방을 마지막으로 살펴보았다. 그곳에서 그는 벽난로를 둘러싼 연결부에 마디가 있는 가스관의 끝을 잡고는 닫혀 있던 구리 마개를 연 다음 나팔 모양으로 된 작은 기구를 갖다댔다. 그런 다음 후 하고 바람을 불어넣었다.

잠시 후 가벼운 휘파람 소리가 응답을 해왔다. 이번에는 관을 입에 대고 그가 나지막하게 말했다.

「아무도 없나, 뒤브뢰유?」

「아무도 없습니다」

「올라가도 되겠나?」

「예」

그는 가스관을 제자리에 돌려놓으면서 속으로 이렇게 중얼거렸다.

〈문명은 어디까지 발전할까? 이 시대엔 삶을 정말 유쾌하고 재미있게 만들어주는 자질구레한 발명품들이 많다니까. 정말 흥미있는 게 많지……! 특히 나처럼 삶을 즐길 줄 아는 사람에게는 말이야.〉

그는 벽난로의 대리석 테두리 하나를 돌렸다. 그러자 대리석판 자체가 움직이더니 그 위에 덮여 있던 거울이 보이지 않는 가는 홈을 따라 미끄러지면서 입구가 모습을 드러냈다. 벽난로의 몸체 자체에 설치된 계단이 보였다. 반들반들하게 닦인 주철에 하얀 사각형 타일이 반짝반짝 빛나는 아주 깨끗한 계단이었다.

그는 계단을 오르기 시작했다. 6층 아파트의 벽난로 윗부분에 아래층처럼 출구가 나 있었다. 뒤브뢰유 씨가 기다리고 있었다.

「자네 아파트는 철수가 끝났나?」

「끝났습니다」

「모든 걸 치웠나?」

「말끔히요」

「일꾼들은?」

「망보는 사람 셋만 남아 있습니다」

「가보세」

한 사람이 앞서고 또 한 사람이 뒤를 따랐다. 그들은 그 층계를 올라가 하인 전용층인 지붕 밑 방 쪽으로 나왔다. 거기에는 세 사내가 모여 있었다. 그들 중 하나가 창 밖을 내다보고 있었다.

「별일 없나?」

「없습니다, 두목」

「거리는 조용한가?」

「아주 조용합니다」

「십 분 후 난 여길 완전히 떠날걸세……. 자네들 역시 그렇게 하게. 그때까지 조금이라도 수상한 움직임이 보이면 즉시 알려주게」

「염려 마십시오. 제 손가락 하나는 줄곧 경보벨 위에 올려져 있습니다, 두목」

「뒤브뢰유, 자네 이삿짐을 나르는 친구들에게 이 벨의 전선에는 손대지 말라고 얘기했겠지?」

「물론입니다. 경보벨은 완벽하게 작동하고 있습니다」

「그렇다면 마음이 놓이는군」

두 사내는 다시 펠릭스 다베의 아파트로 내려왔다. 다베 씨는 대리석 테두리를 제자리에 돌려놓고는 기분좋게 말했다.

「뒤브뢰유, 나중에 사람이 이 놀라운 비밀 장치들을 발견하고 어떤 표정을 지을지 궁금하군. 경보벨, 전선망, 통화용 관, 비밀 통로, 저절로 열리는 마루널, 탈출용 계단……. 정말 동화 속에나 나옴 직한 장치들이 아닌가!」

「아르센 뤼팽의 명성을 크게 드높일 겁니다!」

「그런 건 필요 없네. 이런 시설을 두고 떠나야 하는 게 안타깝군. 모든 것을 다시 시작해야 해, 뒤브뢰유……. 물론 새로운 방식으로 말이야. 왜냐하면 똑같은 것을 반복해선 안 되거든. 빌어먹을 숌즈!」

「그 숌즈란 자, 정말 돌아오지 않았겠죠?」

「어떻게 돌아온단 말인가? 사우샘프턴에서는 자정에 출발하는 배뿐이고, 르 아브르에서는 아침 여덟시에 출발해 이곳에 열한시 십일분에 도착하는 열차 하나뿐이네. 그가 자정에 출발하는 그 여객선을 타지 않는 한(내가 선장에게 지시를 내려놓았으므로 그런 일은 없을걸세), 뉴헤이븐이나 디에프를 통해 출발한다 해도 오늘 저녁까지 파리에 오기란 불가능하네」

「만약에 온다면요!」

「숌즈는 승부를 중간에 포기할 사람이 결코 아닐세. 그는 반드시 돌아올걸세. 하지만 그땐 이미 늦었겠지. 우리는 멀리 떠나 있을 테니까」

「데스탕주 양은요?」

「한 시간 내로 그녀를 만나야 하네」

「데스탕주 양의 집에서 말입니까?」

「오! 아닐세. 이번 일 때문에 그녀는 며칠 후에나 집에 돌아갈

걸세…… 그래서 당분간 나도 그녀에게만 신경을 써야 한다네. 뒤브뢰유, 자네는 서둘러야 할걸세. 짐을 모두 선적하려면 시간이 많이 걸릴걸세. 자네가 꼭 부둣가에 있어야 하네」

「우리가 감시당하지 않는 건 분명한가요?」

「누구로부터 말인가? 내가 두려워하는 사람은 숌즈뿐일세」

뒤브뢰유는 자리를 물러났다. 펠릭스 다베는 마지막으로 다시 한번 방을 둘러보고는 두세 장의 휴지 조각을 주웠다. 그러다가 분필 토막을 발견한 그는 그것을 집어들고는 식당의 짙은 색 벽지 위에 커다랗게 테두리를 그린 다음 마치 기념패를 만들 듯 이렇게 썼다.

괴도 신사 아르센 뤼팽, 20세기 초 5년 동안 이곳에서 살다.

이런 사소한 장난이 그를 몹시 기쁘게 한 모양이었다. 그는 경쾌하게 휘파람을 불면서 자기가 쓴 글을 물끄러미 쳐다보며 크게 외쳤다.

「이로써 미래의 역사가들에게 내 의무를 다한 셈이군. 이것 보시오, 서두르시오, 헐록 숌즈 선생. 삼 분만 있으면 나는 이 본거지를 떠나고 당신은 완전히 패배하는 거요……. 이제 이 분 남았소! 나를 기다리게 하시는군, 탐정 선생!…… 이제 일 분 남았군! 안 오시는 거요? 그렇다면 당신의 완패와 나의 승리를 선포하고 나는 여길 뜨겠소. 안녕. 아르센 뤼팽의 왕국이여! 다시는 너를 보지 못하리라. 안녕. 내가 군림했던 여섯 채의 아파트들이여! 쉰다섯 개의 방들이여! 안녕. 내 작은 방, 내 소박한 방이여!」

순간 벨소리가 울려와 그의 고양된 시심에 찬물을 끼얹었다.

날카롭고 빠르고 급한 벨소리였다. 처음에 두 차례, 다시 두 차례 울렸다가 이윽고 멎었다. 경고의 뜻이었다.

무슨 일일까? 무슨 위험을 알리려는 것일까? 가니마르? 그럴 리가……

그는 작업실로 쓰던 방으로 돌아가 도망치려고 했다. 하지만 그전에 먼저 창가로 갔다. 길에는 아무도 없었다. 그러면 적이 이미 건물 안에 들어와 있단 말인가? 무슨 소리인가 들린 것 같았다. 더 이상 지체하지 않고 그는 작업실로 달려갔다. 그가 막 그 방 문턱을 넘으려는 순간 누군가 현관문 열쇠를 돌리는 소리가 들려왔다.

그는 중얼거렸다.

「맙소사, 시간이 없군. 건물이 포위된 모양이야……. 비상 계단으로 가는 건 불가능하겠어! 다행히 벽난로 쪽 통로가 있으니……」

그는 급하게 벽난로의 테두리를 밀었다. 하지만 테두리는 움직이지 않았다. 그는 좀 더 거칠게 밀어보았다. 이번에도 움직이지 않았다.

그 순간 아래층의 현관문이 열린 듯 발소리가 선명하게 들려오기 시작했다.

그가 중얼거렸다.

「이 빌어먹을 장치가 움직이지 않으면 난 꼼짝없이……」

그의 손가락들이 벽난로 테두리 주위에서 덜덜 떨렸다. 온 힘을 다해 그는 테두리를 밀었다. 하지만 전혀 움직이지 않았다. 전혀! 믿을 수 없는 불운으로, 운명의 끔찍한 심술로 조금 전까지만 해도 아무 탈 없이 작동하던 장치가 절체절명의 순간에 멈춰버린 것이다!

그는 얼굴을 일그러뜨리며 마지막 힘을 다해 발버둥쳤다. 하지만 그 대리석 덩어리는 꼼짝도 하지 않았다. 이 무슨 저주인가! 앞길을 가로막는 이런 어이없는 장애물 앞에 굴복해야 한단 말인가? 그는 대리석 테두리를 두드렸다. 분노에 찬 주먹으로 두드리고 또 두드렸다. 주먹으로 내리치고 욕설을 퍼부어댔다……

「이런 무슨 일이오, 뤼팽 씨. 그러니까 뭐가 생각대로 잘 안 되시나 보군?」

뤼팽은 깜짝 놀라 몸을 돌렸다. 그의 눈앞에 헐록 숌즈가 서 있었다!

헐록 숌즈였다! 뤼팽은 마치 잔혹한 장면이라도 보는 것처럼 거북하게 눈을 꿈벅거리며 그를 바라보았다. 헐록 숌즈가 파리에 와 있다니! 전날 밤 위험한 화물처럼 영국으로 돌려보냈던 헐록 숌즈가 의기양양하고 거리낌 없는 모습으로 그의 앞에 서 있다니! 아! 아르센 뤼팽에 맞서 이런 불가능한 일이 실현되기 위해서는 온갖 비논리적이고 비정상적인 것들이 자연 법칙을 무너뜨리고 승리를 거두어야 했을 텐데! 헐록 숌즈가 그의 앞에 서 있다니!

이윽고 영국인은 뤼팽이 자신에게 보여주곤 했던 그 경멸 섞인 정중함을 동원하여 이렇게 말했다.

「뤼팽 씨, 단언하건대 지금 이 순간부터 나는 당신 때문에 도트렉 남작의 저택에서 밤을 보내야 했던 일도, 내 친구 윌슨에게 닥친 불행한 일도, 자동차로 나를 납치했던 일도, 아울러 당신의 지시로 불편하기 짝이 없는 침대에 묶인 채 조금 전 끝마쳐야 했던 그 여행도 더 이상 마음에 두지 않겠소. 이 순간이 모든 걸 보상해 주는군. 이제 난 아무것도 마음에 두지 않겠소. 보상을 받았으니까. 멋지게 보상을 받았으니까 말이오」

뤼팽은 침묵을 지켰다. 영국인이 다시 말했다.

「그렇게 생각지 않소?」

그는 상대의 동의를 구하듯이, 이미 지나간 일에 대한 영수증 같은 것을 요구하듯이 집요하게 물었다.

뤼팽은 잠시 생각에 잠겼다. 그 순간 영국인은 뤼팽이 자신의 영혼 밑바닥까지 꿰뚫어보는 듯한 느낌을 받았다. 이윽고 뤼팽이 말했다.

「내 생각에, 선생, 당신의 지금 행동은 좀 더 진지한 동기에서 나온 것 같소만?」

「아주 진지한 동기에서 나온 거라오」

「당신이 내 부하인 선장과 선원들을 따돌렸다는 사실은 우리의 싸움에서 그리 대단한 게 아니오. 하지만 그렇게 내 앞에 그렇게 혼자……, 아르센 뤼팽 앞에 〈혼자 나타났다〉는 사실로 미루어보아 당신의 설욕전이 완벽하게 준비되었으리라 생각하오만」

「그렇다오」

「이 건물은?」

「포위되었소」

「그리고 주변의 두 건물들도?」

「포위되었소」

「위층의 아파트는?」

「뒤브뢰유 씨가 살던 6층의 세 아파트 모두 포위되었소」

「그러니까……」

「그러니까 당신은 포위된 거요, 뤼팽 씨. 옴짝달싹할 수 없게 붙잡힌 거란 말이오」

자동차로 납치될 때 숌즈를 뒤흔들었던 감정들이 이젠 뤼팽의 가슴에 넘쳐흘렀다. 분노와 반항심이 그의 안에서 치밀어올랐다. 잠시 후 뤼팽은 할 수 없이 상황을 인정했다. 얼마 전 숌즈가 그 러했듯이. 강인한 두 사람은 인간이라면 어쩔 수 없이 따라야 하는 일시적인 불행과도 같은 패배를 똑같이 인정하는 듯했다.

「이제 비긴 셈이오, 선생」

뤼팽이 짤막하게 말했다.

그 고백에 영국인은 몹시 기뻐하는 듯했다. 그들은 입을 다물었다. 이윽고 감정을 다스린 뤼팽이 웃으며 말했다.

「그런데 그 사실이 불쾌하지 않군요! 언제나 이기기만 하는 게 지겨워지던 참이었소. 팔만 뻗으면 언제라도 당신 가슴을 밀어 넘어뜨릴 수 있었으니까. 그런데 이번에는 내가 그렇게 됐소. 내가 당했소, 탐정 선생!」

그는 호탕한 웃음을 터뜨렸다.

「드디어 사람들이 무척 즐거워하겠군! 뤼팽이 덫에 걸리다니. 어떻게 거기에서 헤어날까? 덫이라니……! 이게 웬 예기찮은 일이란 말인가……! 아! 탐정 선생, 당신으로 인해 이런 낯선 감정을 맛보다니. 이런 게 인생이군요!」

그는 자신 안에서 주체할 수 없이 끓어오르는 감정을 억제하려는 듯 움켜쥔 두 주먹으로 양쪽 관자놀이를 눌렀다. 또한 자신의 결심과는 달리 흥에 겨워하는 아이 같은 몸짓을 취했다.

이윽고 그는 영국인에게로 다가갔다.

「그런데 지금 뭘 기다리고 있는 거요?」

「내가 기다리는 거 말이오?」

「그렇소. 가니마르가 부하들과 함께 저기 와 있소. 어째서 그가 안으로 들어오지 않는 거요?」

「내가 들어오지 말라고 부탁했소」

「그는 그 말에 동의했습니까?」

「그가 나의 지시에 따른다는 조건으로 그의 협조를 수용했소. 게다가 그는 펠릭스 다베가 뤼팽의 공범에 지나지 않는 줄 알고 있소!」

「그러면 내 질문을 한번 더 되풀이하겠소. 어째서 당신은 이곳에 혼자 들어온 거요?」

「먼저 당신과 이야기를 하고 싶었소」

「아! 이런! 당신은 나와 이야기를 하고 싶었군요!」

그것은 뤼팽을 무척 기쁘게 한 것 같았다. 행동보다는 말이 훨씬 마음에 드는 상황이 있는 법이니까.

「숌즈 씨. 당신에게 권할 의자가 없어서 유감이오. 반쯤 부서진 이 낡은 상자라도 괜찮겠소? 아니면 저 창문턱에라도 앉는 게 어떻겠소? 맥주 한 잔을 드리면 좋겠소만……. 흑맥주가 좋소, 아니면 보통 맥주……? 앉으시오……」

「필요 없소. 곧장 얘기로 들어갑시다」

「말씀하시오」

「간단히 말하겠소. 내가 프랑스에 온 목적은 당신을 체포하는 게 아니었소. 당신을 추적한 것은 내 진짜 목적을 달성하기 위해서는 다른 방법이 없어서였소」

「당신의 진짜 목적이란?」

「푸른 다이아몬드를 되찾는 거요!」

「푸른 다이아몬드라!」

「물론이지. 블라이헨 영사의 가루 비누 병 속에서 발견된 것은 진짜가 아니니까」

「당연하죠. 진짜는 금발의 여인이 내게 보냈으니까. 나는 그것과 똑같은 것을 만들었소. 당시 나는 그 백작 부인이 갖고 있는 다른 보석들에 대해서도 몇 가지 계획이 있었소. 블라이헨 영사가 이미 의심을 받고 있는 상황에서 금발의 여인은 이번에는 자신에게도 의심의 눈초리가 미치지 않도록 하기 위해 그 영사의 짐 속에 가짜 다이아몬드를 숨겨놓은 거요」

「그리고 진짜를 가진 건 당신, 바로 당신이고 말이오」

「물론이오」

「그 다이아몬드가 내게 필요하오」

「그럴 순 없소. 유감스럽지만」

「나는 드 크로종 백작 부인에게 그것을 찾아주겠다고 약속했소. 그러니 가져가야겠소」

「나에게 있는데 이떻게 가져가겠다는 거요」

「바로 〈당신의 수중에 있기〉 때문에 가져가겠다는 거요」

「내가 당신에게 순순히 돌려줄 거라는 뜻이오?」

「그렇소」

「자진해서?」

「당신에게서 그걸 사겠소」

뤼팽은 무척 즐거워했다.

「정말 영국인답군. 당신은 이 일을 사업 거래처럼 처리하시는 군」

「거래는 거래요」

「그럼 당신은 내게 무엇을 주겠소?」

「데스탕주 양의 자유요」

「그녀의 자유? 하지만 그녀가 체포된 줄 몰랐는걸」

「내가 가니마르 씨에게 필요한 정보들을 줄 거요. 당신이 보호하지 않는다면 그녀 역시 체포될 거요」

뤼팽은 또다시 웃음보를 터뜨렸다.

「친애하는 숌즈 씨, 당신은 갖고 있지도 않은 것을 주겠다고하고 있소. 데스탕주 양은 현재 안전하니 걱정하지 마시오. 다른제안을 해보시오」

영국인은 두 뺨을 약간 붉힌 채 눈에 띄게 당황해하며 머뭇거렸다. 갑자기 그는 상대의 어깨에 한 손을 얹었다.

「그렇다면……」

「내 자유를 주겠다는 거요?」

「아니오……. 요컨대 내가 이 방을 나가 가니마르 씨와 의논을해볼 수도……」

「내게 생각할 시간을 주기 위해?」

「그렇소」

〈이런! 맙소사. 하지만 그게 내게 무슨 소용이겠소! 이 빌어먹을 장치가 더 이상 작동을 하지 않는데.〉

뤼팽은 속으로 그렇게 생각하며 짜증스럽게 벽난로의 테두리를밀었다.

그는 경악의 비명소리를 억지로 억눌렀다. 운명의 변덕인지, 뜻밖의 반전인지 이번에는 그 대리석 덩어리가 손가락 아래에서 움직이는 것이 아닌가!

그것은 구원이었다. 탈출이 가능해진 것이다. 그렇다면 숌즈의 제안에 뭐하러 응한단 말인가?

그는 마치 대답을 궁리하는 것처럼 이리저리 방 안을 왔다갔다 했다. 그러고 나서 이번에는 그가 영국인의 어깨에 손을 올려놓았다.

「모든 걸 고려해 보건대 내 일은 나 혼자 처리하고 싶소」

「하지만……」

「됐소. 내겐 아무 도움도 필요 없소」

「가니마르한테 잡히면 모든 게 끝장이오. 누구도 당신을 풀어주지 않을 거란 말이오」

「그거야 알 수 없는 일이지!」

「이것 보시오, 그건 미친 짓이오. 모든 출구는 봉쇄되었소」

「아직 하나 남아 있소」

「하나 남아 있다고?」

「〈내가 택할 출구〉 말이오」

「말도 안 되는 소리! 당신은 이미 체포된 거나 다름없소」

「그렇지 않소」

「그래서?」

「그래서 푸른 다이아몬드를 내놓지 않겠다는 거요」

숌즈가 시계를 꺼내들었다.

「지금이 세시 십 분 전이오. 세시 정각이 되면 가니마르를 부르겠소」

「그렇다면 아직 이야기할 시간이 십 분이나 남았군. 그 시간을 유용하게 보냅시다, 숌즈 씨. 정말 궁금해서 그러는데, 어떻게 당신이 펠릭스 다베라는 이름과 주소를 알아냈는지 말해 주시오」

뤼팽의 기분이 갑자기 좋아진 것에 불안해진 숌즈는 줄곧 그를 주의 깊게 관찰하면서도 자신의 자존심을 만족시켜 주기에 충분했던 뤼팽의 질문에 대답하기 시작했다.

「당신 주소 말이오? 그건 금발의 여인에게서 얻었소」

「클로틸드에게서라니!」

「그렇다오. 생각해 보시오……. 어제 아침……, 내가 그녀를 차로 데려가려고 했을 때 그녀는 단골 양재사에게 전화를 걸었소」

「그랬소」

「나는 나중에 그 양재사가 바로 당신임을 깨달았소. 그래서 지난밤 배 안에서 기억을 되살리려고 애쓴 결과(그건 내가 자랑할 만한 능력 중의 하나라오), 그 전화 번호의 마지막 두 자리 숫자가 73이라는 사실을 떠올릴 수 있었소. 내겐 당신이 〈개축한〉 건물 목록이 있었으므로 오늘 아침 열한시 파리에 도착하자마자 전화 번호부를 찾아 펠릭스 다베의 이름과 주소를 알아내는 건 쉬운 일이었소. 그것을 알아내자마자 가니마르 씨에게 바로 도움을 청했던 거요」

「놀랍군! 최고요! 경의를 표할 수밖에 없소. 하지만 내가 정말 납득이 가지 않는 건 당신이 어떻게 르 아브르에서 기차를 탈 수 있었나 하는 거요. 어떻게 〈제비〉호를 탈출할 수 있었던 거요?」

「나는 그 배를 탈출하지 않았소」

「하지만……」

「당신은 그 배의 선장에게 새벽 한시 이전에는 사우샘프턴에 도착하지 말라고 지시했소. 그런데 우리는 자정에 도착했소. 그래서 나는 르 아브르행 여객선을 탈 수 있었던 거요」

「선장이 나를 배신했단 말이오? 그런 일은 있을 수 없소」

「그는 당신을 배신하지 않았소」

「그렇다면?」

「배신한 건 그의 시계였소」

「그의 시계?」

「그렇소. 나는 그의 시계를 한 시간 빠르게 해놓았소」

「어떻게?」

「태엽 장치를 조작해 놓았다오. 우리는 나란히 앉아 이야기를 했고, 나는 그에게 그가 재미있어 할 만한 이야기들을 들려주었소……. 단언하건대 그는 전혀 그 사실을 눈치 채지 못했소」

「대단하군, 대단해. 훌륭한 솜씨요. 이제 알겠소. 하지만 선장실 벽에 걸려 있던 괘종시계는?」

「아! 그 괘종시계의 경우는 좀 어려웠소. 발이 묶여 있었으니 말이오. 하지만 선장이 없는 동안 나를 돌봐준 선원이 기꺼이 바늘을 돌려주더군」

「그가? 아니, 그렇다면! 그가, 자진해서?……」

「오! 그는 자신의 행동이 어떤 의미를 갖고 있는지 몰랐다오! 그에게 어떻게 해서든 런던행 첫 열차를 타야 한다고 말했다오. 그리고 그가 그 일을 해준 조건은……」

「해준 조건은……」

「작은 선물을 받는 것이었소……. 그 고지식한 사내는 충성스럽게도 그 선물을 당신에게 전달하겠다더군」

「무슨 선물이오?」

「별것 아니오」

「무슨 선물인데?」

「푸른 다이아몬드요」

「푸른 다이아몬드!」

「그렇소. 당신이 그 백작 부인의 다이아몬드와 바꿔친 가짜 다이아몬드 말이오. 백작 부인이 맡겨놓은 그걸……」

이번에는 갑작스럽고 요란스럽게 웃음이 폭발했다. 뤼팽은 눈에 눈물이 글썽일 정도로 웃어댔다.

「맙소사, 정말 재미있군! 내가 만든 가짜 다이아몬드가 선원의 수중에 들어가다니! 그리고 선장의 시계라니! 또 괘종시계의 바늘이라니……!」

하지만 그 순간 숌즈는 그 어느 때보다도 그와 자신 사이에 격렬한 암투가 벌어지고 있다는 걸 느낄 수 있었다. 탁월한 직감으로 그는 이런 요란한 유쾌함 이면에서 뤼팽이 온 힘을 모아 무섭게 정신을 집중하고 있다는 걸 간파했던 것이다.

뤼팽이 조금씩조금씩 그에게 다가왔다. 영국인은 물러서면서 슬쩍 조끼 주머니 속으로 손을 집어넣었다.

「이제 세시요, 뤼팽 씨」

「벌써 세시란 말이오? 정말 유감이군……! 이렇게 재미있는데……!」

「난 당신의 대답을 기다리고 있소」

「내 대답? 맙소사! 당신은 정말 집요하군! 이제 우리의 싸움도 막바지에 도달했소. 걸려 있는 건 나의 자유요!」

「그에 상응하는 건 푸른 다이아몬드이고 말이오」

「그럼……, 먼저 패를 보여주시오. 뭘 가지고 있소?」

「내가 가진 건 최고의 패요」

숌즈가 권총을 한 발 쏘면서 말했다.

「그럼 난 한 방 올리겠소」

이렇게 말하며 아르센 뤼팽은 영국인을 향해 주먹을 날렸다.

숌즈가 공포탄을 쏜 것은 가니마르에게 어서 방으로 들어오라
는 뜻이었다. 하지만 거의 동시에 아르센의 주먹은 숌즈의 배를
정통으로 후려쳤다. 숌즈는 얼굴이 창백해져서 비틀거렸다. 뤼팽
은 번개같이 벽난로까지 달려갔다. 대리석판이 움직이기 시작했
다……. 하지만 너무 늦었다! 순간 문이 열렸던 것이다.

「항복하라, 뤼팽. 그렇지 않으면……」

뤼팽이 생각했던 것보다 가니마르는 훨씬 가까이 있었던 게 분
명했다. 버티고 선 가니마르 뒤로 스무 명가량의 경찰들이 들이
닥쳤다. 조금만 반항하는 기미가 보이면 그를 개처럼 두들겨팰
듯한 인정사정없고 우악스러워 보이는 사내들이었다.

뤼팽은 아주 침착하게 손을 내저으며 말했다.

「그만하시오! 항복하겠소」

그는 두 팔을 십자로 엇갈려 앞으로 내밀었다.

순간, 얼떨떨한 기운이 방 안을 가득 채웠다. 장식품과 가구들
이 모두 실려나간 텅 빈 방 안에 아르센 뤼팽의 말이 메아리처럼
길게 울려퍼졌다. 〈항복하겠소!〉라니. 진정 믿기 어려운 말이 아

닌가! 사람들은 바닥 뚜껑이 열리면서 그가 모습을 감출 것이라고, 벽의 일부가 움직이면서 다시 한번 그가 자신들의 손아귀에서 빠져나갈 것이라고 믿고 있었다. 그런데 그가 항복하다니!

가니마르가 그에게 다가갔다. 감격에 겨워서 그는 천천히, 그리고 아주 진지하게 상대에게 손을 내밀었다. 무한한 희열을 느끼면서 그는 이렇게 말했다.

「자네를 체포하겠네, 뤼팽」

뤼팽이 벌벌 떠는 체하면서 신음처럼 내뱉었다.

「정말 인상적인 모습이오, 친애하는 가니마르 씨. 정말 음산하군요! 마치 친구의 무덤 앞에서 조사라도 낭독하는 것 같소. 이보시오, 장례식에라도 온 것처럼 너무 그러지 마시오」

「자네를 체포한다」

「그래서 그렇게 놀란 거요? 법의 충실한 집행자인 가니마르 경감이 법의 이름으로 못된 뤼팽을 체포하는군. 그야말로 역사적인 사건이오. 당신은 이게 얼마나 중요한 일인지 알고 있군요……. 전에도 이와 비슷한 일이 있었는데. 잘했소, 가니마르. 당신은 이제 엄청나게 승진할 거요!」

그런 다음 뤼팽은 강철 수갑 앞에 손목을 내밀었다…….

그 일은 조금 엄숙한 방식으로 이루어졌다. 평소에 뤼팽이라면 치를 떨었고 그에 대한 원한이 사무쳤는데도 경찰들은 그 난공불락의 인물의 몸에 손을 댈 수 있다는 사실에 놀라 삼가는 태도를 보이고 있었다.

「가엾은 뤼팽. 고상한 친구들이 이렇게 모욕당하는 너를 본다면 뭐라고 할까!」

뤼팽은 탄식을 하며 말했다.

그는 천천히, 하지만 지속적으로 힘을 기울여 수갑 찬 두 손을 벌렸다. 이마의 혈관이 부풀어오르고, 수갑에 달린 사슬이 살을 파고들었다.

「가세나」

가니마르가 말했다.

그 순간 수갑의 사슬이 툭 하고 끊어졌다.

「다른 걸 가져오게, 이보게들. 이걸로는 안 되겠어」

사람들이 그에게 두 개의 수갑을 넘겼다. 뤼팽이 탄성을 지르며 말했다.

「빠르기도 하지! 정말 준비 많이 해오셨군」

그런 다음 뤼팽은 경찰 수를 헤아렸다.

「모두 몇 명이오, 친구들? 스물다섯? 서른? 많군……. 꼼짝못하겠는걸. 아! 열다섯 명만 되었어도!」


그의 태도에는 열정과 재치에 넘치는 역할을 기발하고 경쾌하게 연기해 내는 위대한 배우의 면모가 엿보였다. 숌즈는 온갖 아름다움과 미묘한 분위기를 선사하는 멋진 연극을 관람하는 것처럼 그를 지켜보고 있었다. 그에게는 국가가 제공한 무시무시한 장비들로 무장한 서른 명의 경찰들과 아무 무기 없이 홀로 묶여 있는 그 사내가 균형을 이루고 있는 듯한 기묘한 인상을 받았다. 양쪽의 힘이 비슷해 보였던 것이다.

뤼팽이 그에게 말했다.

「그러니까 탐정 선생, 이게 바로 선생의 작품이군. 선생 덕택에 뤼팽은 이제 감옥의 축축한 짚단 위에서 썩어가게 될 것 같소. 당신 마음도 편하지만은 않다는 것, 후회가 당신을 갉아먹고 있다는 걸 고백하시겠소?」

자신도 모르게 영국인은 어깨를 으쓱해 보였다. 마치 〈그건 오직 당신에게 달린 문제였는데……〉라고 말하는 듯했다. 뤼팽이 외쳤다.

「천만에! 안 되고말고! 푸른 다이아몬드를 돌려달라니? 아! 안 되지. 그것 때문에 난 이미 너무나 큰 대가를 치렀소. 난 그걸 가지고 있겠소. 다음달에 런던에 가서 처음으로 당신을 방문하게 된다면 그 이유를 얘기해 주겠소……. 그런데 다음달에 런던에 계실 거요? 런던이 안 된다면 비엔나는 어떻소? 상트 페테르스부르크는?」

순간 그는 소스라치게 놀랐다. 갑자기 천장에서 전화벨이 울렸던 것이다. 그것은 경보벨 소리가 아니라 전화벨 소리였다. 전화선이 그가 작업실로 쓰던 방의 두 창문 사이로 나 있었고 거기에 아직 전화기가 놓여 있었다.

전화라니! 아뿔사! 심술궂은 불운이 드리운 덫 속으로 누가 떨어지려 하고 있는가! 아르센 뤼팽은 전화기를 부숴버리려는 듯 그쪽으로 달려가려 했다. 그것을 산산조각 냄으로써 자신과 이야기하고 싶어하는 미지의 목소리를 막고 싶은 듯했다. 하지만 가니마르가 수화기를 들고 몸을 기울였다.

「여보세요……. 여보세요……. 648-73……. 맞습니다. 여긴데요」

숌즈는 재빨리 전문가다운 솜씨를 발휘하여 그를 밀치고 수화기를 가로챘다. 그런 다음 송화기 뚜껑에 손수건을 덮어 자신의 음색이 불분명하게 들리도록 만들었다.

그러면서 눈을 들어 뤼팽을 바라보았다. 두 사람의 눈길은 서로 같은 생각을 하고 있음을 말해 주고 있었다. 두 사람 모두 전화를 걸어온 사람의 신원에 대해 개연성 높고 가능성 있는, 아니 거의 확실한 가정을 하고 있었고, 그 최종 결과가 어떠하리라는 것까지 내다보고 있었다. 전화를 건 사람은 바로 금발의 여인이었던 것이다. 그녀는 펠릭스 다베, 아니 막심 베르몽과 통화중이라고 믿고 있었다. 하지만 수화기를 들고 그녀의 이야기를 들을 사람은 숍즈였다!

이윽고 영국인이 또박또박 끊어 말했다.

「여보세요……. 여보세요……!」

아무 말도 들리지 않았다. 다시 숍즈가 말했다.

「그렇다오. 나요, 막심」

말 그대로 비극이 벌어지고 있었다. 뤼팽, 언제나 여유를 잃지 않는 천하무적의 뤼팽도 이제 불안을 감출 생각조차 하지 못했다. 고통으로 창백해진 얼굴로 그는 두 사람의 대화를 듣기 위해, 전화의 내용을 짐작하기 위해 안간힘을 썼다. 숍즈는 미지의 목소리에 대답해 가며 대화를 이어가고 있었다.

「여보세요……. 여보세요……. 그렇소. 모든 게 끝났소. 막 예정대로 당신을 만나러 갈 참이오……. 어디로? …… 당신이 있는 곳으로지. 아직도 거기에 있는지……」

숍즈는 적당한 말을 찾느라 뜸을 들이다가 이윽고 말을 멈추었다. 너무 앞서 가지 않으면서 그 젊은 여성에게서 원하는 대답을 끌어내려는 것이 분명했다. 그는 그녀가 어디 있는지 전혀 모르고 있었던 것이다. 게다가 옆에서 듣고 있는 가니마르의 존재가 그를 거북하게 만드는 듯했다……. 아! 기적이 일어나 저 빌어먹을 전화선을 끊어주기만 한다면! 뤼팽은 온 힘을 다하고 온 신경을 다 기울여 기적이 일어나기를 빌었다!

이윽고 숌즈가 말했다.

「여보세요……! 여보세요……! 내 말 안 들리오……? 나 역시 잘 안 들리오……. 잘 안 들린다오……. 가까스로 알아들을 수 있을 뿐이오……. 듣고 있소? …… 그렇다면 됐소……. 생각해 보니……, 당신은 집에 가 있는 게 나을 것 같소. 위험? 전혀 없소……. 그는 영국에 있소! 사우샘프턴에서 전보를 받았소. 그가 잘 도착했다는 내용이었소」

말도 안 되는 소리! 하지만 숌즈는 뻔뻔스럽게 거짓말을 늘어놓고 있었다. 그런 다음 그는 이렇게 덧붙였다.

「그러니까 지체하지 말구려, 내 사랑. 나도 곧 가겠소」

그는 수화기를 내려놓았다.

「가니마르 씨, 당신 부하 세 명만 내어주시오」

「금발의 여인 때문이오?」

「그렇소」

「그녀가 누군지, 어디 있는지 알고 있소?」

「그렇소」

「우와! 멋진 체포 작전이 되겠군. 뤼팽에다가 또……, 오늘은 굉장한 날이군. 폴랑팡, 두 사람을 데리고 이분을 따라가게」

영국인은 경찰관 셋을 데리고 문 쪽으로 걸어갔다.

모든 게 끝났다. 금발의 여인 역시 숌즈의 수중에 떨어질 터였다. 그의 놀라운 집념으로, 기적 같은 사건들의 조화로 싸움은 그의 승리로 끝나고 말았다. 그리고 그것은 뤼팽에게는 돌이킬 수 없는 패배를 가져왔다.

「숌즈 씨!」

영국인이 걸음을 멈추었다.

「왜 그러시오?」

뤼팽은 방금 가해진 마지막 치명타에 심각한 상처를 입은 것 같았다. 그의 이마에는 굵은 주름이 패어 있었다. 지치고 서글퍼 보이는 모습이었다. 하지만 그는 정신을 차리고 기운을 냈다. 그러고는 경쾌하고 거리낌 없는 어조로 외쳤다.

「운명이 나를 악착같이 몰아붙이고 있다는 걸 이제 당신도 알았을 거요. 운명은 조금 전 내가 이 벽난로로 탈출하는 걸 방해해서 나를 당신 손에 넘겨주더니, 이번에는 전화를 통해 금발의 여인을 당신에게 선물하는군. 그래서 난 운명의 요구에 따르기로 했소」

「그 말은 그러니까?」

「그러니까 당신과 협상을 재개할 준비가 되었다는 뜻이오」

숌즈는 가니마르를 따로 불러 반박을 허용하지 않는, 완전히 강압적인 어조로 뤼팽과 몇 마디 말을 나눌 수 있게 해줄 것을 요구했다. 이윽고 그는 뤼팽에게로 돌아왔다. 최고의 밀담이 벌어지는 순간이었! 숌즈가 딱딱하고 신경질적인 어조로 물었다.

「당신이 원하는 게 뭐요?」

「데스탕주 양의 자유요」

「대가가 뭔지는 알고 있소?」

「그렇소」

「그렇다면 그걸 받아들이겠다는 거요?」

「당신의 모든 조건을 받아들이겠소」

영국인은 놀라서 외쳤다.

「하지만……, 당신은 거부했잖소……. 당신의 자유를 위해서는……」

「그건 나 하나의 문제였기 때문이었소, 숌즈 선생. 하지만 지금은 여자에 관계된 일이오…… 게다가 내가 사랑하는 여자요. 아시다시피 프랑스에서는 이런 문제에 대해 아주 특별한 생각을 갖고 있소. 그건 이 뤼팽이라고 해서 다르지 않소……. 오히려 이 문제에 관한 한 다른 사람보다 더 조심스러울 거요!」

그의 어조는 아주 차분했다. 숌즈는 자신도 모르게 고개를 숙이며 중얼거렸다.

「그렇다면 푸른 다이아몬드는?」

「저기 벽난로 구석에 있는 내 지팡이를 가져오시오. 손으로 지팡이의 둥근 부분을 쥐고 다른 손으로 자루 반대편 끝에 있는 쇠로 된 물미를 돌려보시오」

숌즈는 지팡이를 집어 물미를 돌렸다. 물미가 돌아감에 따라 둥근 부분이 따로 분리되었다. 그 속에는 둥글게 만 유향(油香) 수지가 있었고, 그 안에 다이아몬드가 들어 있었다.

그는 다이아몬드를 살펴보았다. 틀림없는 진품이었다.

「데스탕주 양은 이제 자유요, 뤼팽 씨」

「지금도 자유고 앞으로도 자유라는 거요? 더 이상 당신을 두려워하지 않아도 되겠소?」

「그 누구도 두려워할 필요 없소」

「무슨 일이 일어나든?」

「무슨 일이 일어나든. 나는 이제 그녀의 이름도, 주소도 모른다오」

「고맙소. 그럼 또 봅시다. 우린 조만간 다시 만날 거요. 그렇지 않소, 숌즈 씨?」

「왜 아니겠소」

잠시 후 영국인과 가니마르 사이에 상당히 격렬한 논쟁이 오갔다. 숌즈는 갑자기 단호한 어조로 가니마르에게 잘라 말했다.

「정말 유감이오, 가니마르 씨. 당신의 의견에 동의할 수 없어서 말이오. 하지만 내겐 당신을 설득할 시간이 없소. 나는 한 시간 내에 영국으로 떠나야 한다오」

「하지만……, 금발의 여인은……?」

「나는 그런 사람 모르오」

「하지만 조금 전만 해도……」

「내 말을 따르든지 말든지 마음대로 하시오……. 나는 이미 당신에게 뤼팽을 넘겨주었소. 게다가 여기 푸른 다이아몬드가 있소……. 당신이 직접 기분 좋게 드 크로종 백작 부인에게 돌려주시오. 이만 하면 당신으로서는 불평할 게 없을 듯한데」

「하지만 금발의 여인은……」

「당신이 찾아보시오」

　숌즈는 모자를 눌러쓰고 자기 볼일만 끝나면 더 이상 지체할 필요 없다는 듯이 서둘러 방을 나갔다.

「여행 잘하시오, 탐정 선생! 난 우리의 다정한 관계를 영원히 잊지 않을 거요. 윌슨 씨께도 안부 전해 주시오」

　아무런 대답도 들리지 않자 뤼팽은 빈정거리듯 말했다.

「이게 이른바 영국인의 퇴장법이군. 아! 저 훌륭한 섬사람은 우리 프랑스 인들 만한 정중한 예의를 갖추지 못했군. 생각해 보시오, 가니마르. 이런 상황에서 프랑스 인이라면 어떻게 퇴장했겠나 말이오! 예의에 넘치는 세련된 말로 자신의 승리가 가려지도록 살짝 옷을 입혔을 거요……! 그런데 솔직히 말해, 가니마르, 도대체 뭘 하고 있는 거요? 이런, 가택 수색을 하시는군. 하지만 여긴 아무것도 없소, 이 가엾은 양반. 서류 한 장 없단 말이오. 서류들은 이미 안전한 곳에 가 있소」

「그거야 모르는 일이지! 모르는 일이고말고!」

뤼팽은 체념했다. 형사 둘 사이에 낀 채 여러 사람에게 둘러싸인 그는 경찰들이 하는 짓을 참을성 있게 지켜보았다. 하지만 이십 분이 지나자 마침내 그는 한숨을 내쉬었다.

「서두르시오, 가니마르 씨. 이러다간 끝이 없겠소」

「무척 바쁜가 보군?」

「아주 바쁘다오. 급한 약속이 있소!」

「유치장에서겠지!」

「아니오. 시내에서요」

「저런! 그런데 몇 시 약속인데?」

「두시요」

「지금 이미 세시가 넘었는데」

「그렇소. 늦었단 말이오. 늦는 것만큼 내가 싫어하는 일도 없다오」

「내게 오 분만 더 주겠나?」

「그 이상은 곤란하오」

「너그럽기도 하지…… 애써 보겠네……」

「말만 그러지 말고……, 아직도 저 벽장을 조사하고 있소……? 그건 비었단 말이오!」

「하지만 여기 이렇게 편지들이 있다네」

「그건 오래된 영수증들이오!」

「아니오. 리본으로 묶은 꾸러미라네」

「분홍 리본으로 묶은 것 말이오? 오! 가니마르, 그건 풀지 마시오, 제발!」

「여자한테서 받은 거군!」

「그렇소」

「사교계 여성인가?」

「그 이상이라오」

「이름은?」

「가니마르 부인이오」

「웃기는군! 정말 웃기는군」

경감은 불퉁스럽게 외쳤다.

그때 다른 방들을 조사한 경찰들이 가택 수색에서 아무 성과도 얻지 못했다고 알려왔다. 뤼팽은 웃기 시작했다.

「그럼 그렇지! 내 동료들의 명단이나 내가 독일 황제와 연관이 있다는 증거라도 나오길 기대했단 말이오? 수색해야 할 것은 말이오, 가니마르. 이 아파트 자체에 숨겨진 자그마한 비밀들이오. 이를테면 이 가스관은 공명관이오. 이 벽난로에는 층계가 숨겨져 있소. 이 벽은 비어 있고. 또 경보망들이 복잡하게 얽혀 있단 말이오! 자, 가니마르, 이 스위치를 눌러보시오……」

가니마르가 그의 말을 따랐다.

「무슨 소리가 들리지 않소?」

뤼팽이 물었다.

「들리지 않네」

「나도 마찬가지요. 하지만 지금 당신은 기구창을 담당하는 내 부하에게 나를 즉각 공중으로 데려갈 방향 조정 장치가 달린 기구를 준비하라고 지시한 셈이라오」

조사를 마친 가니마르가 말했다.

「가자! 허튼소리, 그만하고. 자, 출발!」

그는 몇 걸음 걸었고 부하들도 그를 따랐다.

하지만 뤼팽은 그 자리에서 한 걸음도 움직이지 않았다.

그를 지키고 있던 경찰들이 그를 밀었다. 소용없었다.

가니마르가 물었다.

「그러니까 안 가겠다는 건가?」

「한 걸음도 움직이지 않겠소」

「그렇다면 할 수 없이……」

「내가 움직이는 건 경우에 따라 다르오」

「어떻게 다르다는 건가?」

「우리가 어디로 가느냐에 달려 있지요」

「유치장이지 어디겠나」

「그렇다면 나는 가지 않겠소. 나는 유치장에는 볼일이 없소」

「자네 지금 미쳤나?」

「급한 약속이 있다고 하지 않았소?」

「뤼팽!」

「왜 그러시오, 가니마르 씨. 금발의 여인이 내가 오기를 기다리고 있소. 그녀를 불안 속에 내버려둘 만큼 내가 잔인한 줄 아셨소? 점잖은 신사라면 그럴 수는 없소」

그런 빈정거림에 짜증이 나기 시작한 형사가 말했다.

「잘 듣게나, 뤼팽! 지금까지 나는 자네에게 지나친 친절을 베풀었네. 하지만 모든 일엔 정도가 있는 법이야. 날 따라오게나」

「그럴 수 없소. 난 약속이 있어서 가봐야 하오」

「마지막으로 경고하네!」

「갈 수 없소」

가니마르는 손짓을 했다. 경찰 둘이 겨드랑이에 손을 넣어 뤼팽을 들어올렸다. 하지만 그들은 고통에 찬 신음을 내지르며 즉각 뤼팽을 놓아야만 했다. 아르센 뤼팽이 마치 긴 바늘처럼 두 손끝을 세워 그들의 급소를 찔렀던 것이다.

불같이 화가 난 다른 경찰들이 달려들었다. 그들의 분노가 마침내 폭발했다. 동료들의 복수심에 불타, 또한 그토록 창피를 당한 데 대한 자신들의 복수심에 불타 그들은 뤼팽을 때렸다. 속이 풀릴 때까지 두들겨팼다. 그 와중에 유난히 센 주먹 하나가 뤼팽의 관자놀이를 강타했다. 그가 쓰러졌다.

가니마르가 화가 나서 꾸짖었다.

「만약 자네들 때문에 이자가 크게 다치면 가만 있지 않겠네」

그는 뤼팽을 살펴보려는 듯 그에게 몸을 기울였다. 뤼팽이 제대로 숨을 쉬고 있는 것을 확인한 가니마르는 그의 두 다리와 머리를 들어 옮기라고 지시하는 한편 자신은 그의 허리를 받쳐주었다.

「자, 아주 조심하게……! 흔들리지 않게 해……. 아! 무식한 친구들 같으니라고. 하마터면 죽일 뻔했잖아. 어이! 뤼팽, 괜찮나?」

뤼팽이 눈을 떴다. 그가 더듬거리며 말했다.

「그렇게 유쾌하진 않소, 가니마르……. 당신은 내가 두들겨맞도록 내버려두었소」

「그건 자네 잘못이야. 빌어먹을……. 자네 고집 때문이란 말이야! 어쨌든 미안하네……. 아프진 않은가?」

그들은 층계참에 이르렀다. 뤼팽이 신음했다.

「가니마르……, 승강기로 가면 안 되겠소……? 이 사람들이 내

뼈를 부러뜨리겠소……」

「좋은 생각이군. 썩 좋은 생각이야. 게다가 계단도 너무 좁으니……, 달리 방법이 없어……」

가니마르는 그의 말에 동의하고는 승강기를 올렸다. 사람들은 아주 조심스럽게 뤼팽을 자리에 앉혔다. 가니마르가 그의 옆에 앉고 나서 부하들에게 말했다.

「승강기와 동시에 아래로 내려가게. 관리인 숙소 앞에서 나를 기다리라고, 알겠나?」

그는 승강기 문을 잡아당겼다. 그런데 문이 닫히면서 날카로운 소리를 내는 것이 아닌가. 그러더니 선이 끊어진 풍선처럼 승강기가 갑자기 위로 솟구쳤다. 동시에 비웃는 듯한 냉소적인 웃음소리가 울려퍼졌다.

「빌어먹을……」

가니마르는 어둠 속에서 미친 듯이 내려가는 스위치를 더듬어 찾았다.

내려가는 스위치를 찾지 못하자 그가 소리쳤다.

「6층이다! 6층 문 앞을 지켜라」

경찰들은 한 걸음에 네 계단씩 층계를 뛰어올랐다. 하지만 이상한 일이 벌어졌다. 승강기는 경찰들의 눈앞을 지나쳐 마지막 층의 천정을 뚫고 계속 올라가 하인들의 거처인 맨 위층에서 멈췄다. 세 사내가 승강기 문 앞에서 기다리고 있었고, 그중 두 사람이 재빠르게 가니마르를 제압했다. 좁아서 자유롭게 행동하기가 어려운 데다가 얼이 빠져 있던 가니마르는 거의 대항할 생각을 하지 못했다. 다른 한 사내가 뤼팽을 부축했다.

「아까 말한 대로, 가니마르……. 기구를 통한 탈출이라오…….

이건 당신 덕분이오! 다음번에는 지나친 동정심을 삼가시오. 무엇보다도 아르센 뤼팽은 분명한 이유 없이 누군가에게 맞거나 상처입지 않는다는 걸 명심하시오. 그럼, 안녕히⋯⋯」

문은 이미 닫혀 있었다. 가니마르를 태운 승강기는 다시 아래층으로 내려갔다. 어찌나 순식간에 내려갔는지 늙은 경감은 관리인의 숙소 근처에 경찰들보다 먼저 도착했다.

한마디도 말도 하지 않은 채 그들은 전속력으로 뜰을 가로질러 뒷 계단을 올랐다. 뤼팽이 탈출한 지붕 밑 방으로 올라갈 수 있는 유일한 길이었다.

번호가 붙은 작은 방들로 둘러싸인, 모퉁이가 여럿인 긴 복도 끝에 문이 있었다. 그들은 그 문을 밀어 열었다. 그 문의 반대편, 그러니까 또다른 건물 속으로 복도가 나 있었다. 그 복도 역시 사방이 막혀 있고 앞의 건물과 비슷비슷한 방들로 둘러싸여 있었다. 그 끝에 뒷 계단이 있었다. 가니마르는 뒷 계단을 내려가 뜰과 현관을 가로질러 길로 뛰어나갔다. 피코가였다. 그제야 그는 깨달았다. 그 두 채의 건물은 안에서 서로 통하고 있었고, 그 전면은 직각으로 교차하는 두 거리가 아니라 육십 미터 이상 서로 떨어져 평행으로 뻗은 두 거리에 면해 있었던 것이다.

그는 관리인 숙소로 들어가 신분증을 보여주었다.

「남자 넷이 금방 나가지 않았소?」

「그렇습니다. 두 사람은 5층과 6층 하인들이고, 다른 두 사람은 그들의 친구들이죠」

「5층과 6층에는 누가 살고 있소?」

「포벨 형제와 그들의 사촌 프로보 형제들인데⋯⋯, 오늘 이사를 갔습니다. 두 하인들만 남아 있었죠⋯⋯ 그들이 막 떠난 겁니다」

가니마르는 근처의 긴 의자에 주저앉으며 생각했다.

〈아! 정말 좋은 기회를 놓쳤군! 그 패거리 모두가 이 건물들 안에 모여살고 있었는데.〉

그로부터 사십 분 후, 두 신사가 마차를 타고 파리 북역에 도착했다. 그들은 서둘러 칼레행 급행 열차 쪽으로 걸음을 옮겼다. 짐꾼 하나가 가방을 들고 그들 뒤를 따르고 있었다.

두 신사들 중 하나는 한쪽 팔에 붕대를 매고 있었고 창백한 안색으로 미루어보아 건강이 좋지 않은 듯했다. 하지만 다른 한쪽은 무척 즐거워 보였다.

「빨리 좀 걷게, 윌슨. 저 열차를 놓쳐선 안 된단 말일세……. 아! 윌슨, 나는 지난 열흘을 결코 잊지 못할걸세」

「나 역시 그렇다네」

「아! 정말 대단한 싸움이었지」

「훌륭했지」

「중간에 약간의 어려움이 있긴 했지만……」

「아주 사소한 것들이었어」

「어쨌든 결국 완벽한 승리를 거뒀어. 뤼팽은 체포됐지! 푸른 다이아몬드는 되찾았고!」

「내 팔은 부러지고!」

「그런 멋진 결과에 팔 하나쯤 부러진 거야 어떻겠나!」

「특히 내 팔일 땐 더 그렇겠지」

「아, 그래! 생각나, 윌슨? 어둠 속에서 나를 안내해 줄 실마리를 찾아낸 게 자네가 그 병실에서 영웅처럼 고통을 견디고 있던 바로 그 순간이었다는 거 말일세」

「정말 운이 좋았네!」

기차의 문들이 닫히고 있었다.

「승차하십시오, 서두르세요, 여러분」

짐꾼이 비어 있는 기차칸의 계단을 올라가 그물 선반 안에 짐가방들을 넣어놓는 동안, 숌즈는 가엾은 윌슨이 기차에 타는 것을 도와주었다.

「도대체 뭐하는 건가, 윌슨. 이러다 날 저물겠네……! 기운 좀 내게, 이 친구야……」

「기운이 없는 건 아니라네」

「그럼 뭐가 문제인 건가?」

「쓸 수 있는 팔이 한쪽뿐이라서 그렇지」

숌즈가 수선스럽게 외쳤다.

「그래서 어떻다는 건가! 정말 말도 많군. 다른 사람이 들으면 팔 하나를 쓸 수 없는 사람이 자네뿐인 줄 알겠네! 그렇다면 장애인들은? 진짜 팔 하나가 없는 사람들은 어떻겠나? 자, 안 그런가? 이건 대단한 게 아니란 말일세」

그는 짐꾼에게 50상팀을 내밀었다.

「고맙네, 친구. 이거 받게」

「고맙습니다, 숌즈 선생」

순간 영국인은 눈을 들었다. 아르센 뤼팽이었다.

「당신……! 당신!」

그는 어안이 벙벙해져서 더듬거렸다.

그러자 윌슨은 무슨 일이라도 벌어진 것처럼 하나밖에 없는 손을 휘둘러대며 외쳤다.

「당신! 당신이군! 하지만 당신은 체포되었다던데! 숌즈가 그렇게 말했소. 마지막으로 당신을 보았을 때 가니마르와 서른 명의 부하가 당신을 에워싸고 있었다고……」

뤼팽은 팔짱을 끼고 분개한 태도로 말했다.

「그렇다면 내가 인사도 하지 않고 당신들을 보낼 거라고 생각했단 말이오? 지금까지 서로 그토록 진한 우정을 맺어왔는데 말이오! 그런다면 지독한 무례가 될 거요. 나를 그런 사람으로 봤소?」

기차가 기적을 울렸다.

「하지만 용서하겠소……. 그런데 뭐 필요한 건 없소? 담배나 성냥이나……, 그렇지……, 석간? 석간에는 내가 체포되었다는 소식과 당신의 최근 무용담이 실려 있을 거요, 탐정 선생. 이제 잘 가시오. 그리고 당신을 알게 돼서 정말이지……. 정말이지 즐거웠소……! 그리고 혹시 내 도움이 필요하면 언제든 연락하시면 기꺼이……」

뤼팽은 플랫폼으로 뛰어내린 다음 기차 문을 닫았다.

그는 손수건을 흔들며 이렇게 말했다.

「잘 가시오! 잘 가시오……. 편지 쓰리다…… 두 분 역시 그러시겠지, 그렇잖소? 그리고 윌슨 씨, 부러진 팔은 어떻소? 두 분 모두에게서 소식 기다리겠소……. 때때로 엽서를 보내주시구려……. 주소는 파리, 뤼팽……. 그러면 충분하오……. 우표 같은 건 필요없소……. 안녕히 가시오……. 또 봅시다……」

두번째 사건

유대식 구리 등잔

# 뮈리요가의 비밀


헐록 슘즈와 월슨은 기분 좋게 타오르는 코크스 불 쪽으로 다리를 뻗은 채 커다란 벽난로 양쪽에 마주보고 앉아 있었다.

은테가 둘러진, 슘즈의 히스 뿌리로 만들어진 브라이어 파이프의 불이 꺼졌다. 슘즈는 재를 비우고 새로 담뱃잎을 다져넣고는 불을 붙였다. 그런 다음 실내복 자락을 무릎 위로 끌어올린 다음 길게 담배 연기를 내뿜어 천장을 향해 작은 동그라미들을 만들었다.

월슨은 그런 그를 바라보고 있었다. 난롯가 양탄자 위에 몸을 둥글게 말고 누워 눈을 동그랗게 뜨고 눈썹조차 깜박이지 않은 채 주인을 바라보는 개처럼 월슨은 슘즈를 바라보았다. 그 눈에는 오직 그가 고대하는 슘즈의 그 독특한 동작을 보고 싶다는 소망만이 떠올라 있었다. 명탐정은 도대체 언제 침묵을 깰 것인가? 지금 그의 머릿속에 있는 은밀한 몽상을 그에게 말해 주고, 타인의 접근이 금지된 명상의 왕국에 그를 받아들여 줄 것인가?

하지만 숌즈는 줄곧 침묵을 지키고 있었다.

월슨이 먼저 말을 꺼냈다.

「요즘은 참 조용하군. 사건 의뢰 하나 없이 말일세」

숌즈의 침묵은 점점 더 깊어졌고, 그에 반비례해 그가 만드는 동그라미의 모양은 점점 더 원에 가까워져 갔다. 월슨의 기대는 완전히 빗나갔다. 머릿속을 텅 비운 채 망연히 보내는 이런 시간을 통해 숌즈는, 담배 연기로 멋진 동그라미를 만들어내면서 그 사소한 성공에 깊은 만족감을 느끼고 있었던 것이다.

실망한 월슨은 자리에서 일어나 창가로 다가갔다.

심술궂은 비가 세차게 내리는 검은 하늘 아래 우중충한 건물들 사이로 스산한 거리가 펼쳐져 있었다. 이륜 마차 한 대가 지나가더니 다시 또 한 대가 지나갔다. 월슨은 그 두 개의 마차의 번호들을 수첩에 적어넣었다. 사람 일이란 모르는 법 아닌가?

그가 외쳤다.

「이런, 우편 배달부가 왔군」

배달부가 하인의 안내를 받아 들어왔다.

「등기 우편 두 통입니다, 선생님……. 서명해 주시겠습니까?」

숌즈는 배달 확인 서류에 서명을 하고 배달부를 문까지 배웅한 다음 편지 하나를 뜯으며 다시 자리로 돌아왔다.

「무척 기분이 좋은 것 같군」

잠시 후 월슨이 말했다.

「이 편지에 아주 흥미로운 제안이 들어 있네. 사건이 일어나길 바란 건 자네니, 여기 있네, 읽어보게……」

월슨은 편지를 읽기 시작했다.

선생님,

여러 사건들을 해결해 오신 선생님께 도움을 청하고자 이렇게 편지를 씁니다. 저는 중요한 물건을 도둑맞았습니다. 지금까지 조사가 진행되었지만 해결될 기미가 보이지 않습니다.

이 사건을 해결하는 데 참고가 될 기사들을 우편으로 보내드리겠습니다. 사건을 맡아주시는 데 동의하신다면 언제든 저의 집을 찾아주십시오. 제가 서명을 해서 함께 보내드린 수표에 원하시는 의뢰비를 적어넣으시기 바랍니다.

답변은 전보로 알려주셨으면 합니다.

선생님께 커다란 경의를 표하며.

———빅토르 댕블발 남작,
파리 뮈리요가 18번지


숌즈는 말했다.

「흠! 흠! 정말 멋진 제안인걸……. 파리로 가벼운 여행을 떠난다? 안 될 게 뭐 있겠는가? 아르센 뤼팽과 벌인 그 유명한 대결 이후 파리에 다시 갈 기회가 없었지. 좀 더 차분한 상황에서 세계의 수도를 구경하는 게 싫을 리가 있나」

숌즈는 수표를 넷으로 찢었다. 아직도 한쪽 팔이 예전처럼 부드럽게 움직이지 않고 있는 윌슨은 파리에 대해 몇 마디 불평을 늘어놓았다. 숌즈는 두번째 봉투를 열었다.

편지를 읽자마자 그는 짜증 서린 태도를 취했고 그의 이마에는 깊은 주름이 잡혔다. 그는 편지를 구겨 돌돌 말아서 바닥에 내팽개쳤다.

「뭔가? 무슨 일인가?」

윌슨이 어리둥절해서 소리쳤다.

그는 돌돌 말린 종이를 집어들어 펼쳤다. 내용을 읽어감에 따라 그의 놀라움은 점점 더 커져갔다.


친애하는 탐정 선생,

제가 늘 당신에게 커다란 존경심을 품고 있으며, 당신의 명성에 지대한 관심을 갖고 있음을 잘 아실 거라 믿습니다. 그러니 제 말을 믿고 파리에서 의뢰한 문제의 사건에 개입하지 마십시오. 당신의 개입은 많은 문제를 야기하고 당신의 모든 노력은 너무나도 딱한 결과만을 초래할 것입니다. 결국 당신은 만인 앞에서 당신의 실패를 인정할 수밖에 없을 겁니다.

당신이 그러한 모욕을 당하지 않기를 간절히 원하는 저로서는 당신이 따뜻한 난롯가에 그냥 머물러 계시기를 우정의 이름으로 간청하는 바입니다.

윌슨 씨에게 안부 전해 주십시오.

친애하는 선생께 경의를 표하며.

———— 아르센 뤼팽


「아르센 뤼팽!」

윌슨이 혼란스럽다는 듯이 거듭 중얼거렸다.

숌즈는 주먹으로 탁자를 두드리기 시작했다.

「아! 이자가 나를 약올리기 시작하는군. 이 짐승 같은 자가 말이야! 어린아이를 놀리듯 나를 놀리고 있어! 만인 앞에서 내가 실패를 인정하게 될 거라니! 푸른 다이아몬드를 돌려주도록 만든 게 나라는 걸 잊은 모양이군?」

「그는 두려워하고 있는걸세」

월슨이 달래듯 말했다.

「어리석은 소리! 아르센 뤼팽은 두려움을 몰라. 이렇게 나를 자극하는 것만 봐도 알 수 있어!」

「그런데 댕블발 남작이 우리에게 이런 편지를 보낼 거라는 사실을 어떻게 알았을까?」

「내가 어떻게 알겠나? 자넨 바보 같은 질문만 하는군, 이 친구야!」

「내 생각에 자네라면……. 내 느낌에 자네라면……」

「무슨 소린가? 내가 마술사라도 된다는 건가?」

「아닐세. 하지만 자네가 그런 기적 같은 일을 해내는 걸 여러 차례 보았으니 말일세!」

「그 누구도 기적을 만들 순 없네……. 나 역시 다른 사람들과 마찬가지라네. 다만 곰곰이 생각하고 추론하고 결론을 내릴 뿐 추측으로 넘겨짚지 않는 것뿐일세. 추측으로 넘겨짚는 건 바보들이나 하는 짓이지」

두들겨맞은 개처럼 한풀 꺾인 모습으로 월슨은 어째서 숌즈가 짜증스러운 걸음으로 방 안을 성큼성큼 왔다갔다하는지 그 이유를 〈넘겨짚지 않으려고〉 애썼다. 바보가 되지 않으려면 어쩔 수 없었다. 이윽고 숌즈가 벨을 눌러 하인을 부른 다음 짐을 싸라고 지시했으므로, 월슨은 사고하고 추론하고 결론을 내릴 근거가 되는 물증을 확보한 셈이었다. 그는 이제 명탐정이 여행을 떠나기로 결심했다고 넘겨짚을 권리가 있었다.

그런 정신 작용에 근거해 월슨은 실수를 두려워하지 않는 인물답게 단호하게 말했다.

「헐록, 자네 파리에 갈 거지」

「그럴 수도 있지」

「거기 가는 건 댕블발 남작의 의뢰를 받아들여서라기보다는 뤼팽의 도발에 응하기 위해서지」

「그럴 수도 있지」

「헐록, 나도 같이 가겠네」

숌즈가 왔다갔다하던 것을 멈추고는 외쳤다.

「아! 이런! 이 친구야! 그러니까 자네는 왼쪽 팔마저 오른쪽 팔 같은 신세가 되는 게 두렵지 않단 말이군?」

「무슨 일이 일어나겠나? 자네가 곁에 있는데」

「좋아. 사나이답군! 그럼 우리 이자한테 겁 없이 도전한 게 얼마나 큰 잘못인지 알려주세나. 서두르게, 윌슨. 가장 빨리 떠나는 열차를 잡게」

「남작이 보낸 신문 기사들이 도착할 때까지 기다리지 않고?」

「그걸 뭐에 쓰겠나!」

「전보라도 보낼까?」

「필요 없네. 그러면 아르센 뤼팽이 내가 도착한다는 것을 알게 될 뿐일세. 나는 그런 일이 일어나길 바라지 않네. 윌슨, 이번에야말로 신중하게 움직여야 하네」

그날 오후 두 친구는 두브르 항에 내렸다. 항해는 만족스러웠다. 칼레발 파리행 급행열차 안에서 숌즈가 세 시간 동안 곤하게 자는 동안 월슨은 기차칸 문을 충실히 지키며 초점 없는 눈으로 생각에 잠겨 있었다.

숌즈는 행복하고 상쾌한 기분으로 잠에서 깼다. 아르센 뤼팽과 새로운 대결을 벌인다는 사실이 그를 흥분시켰다. 그는 넘쳐흐르는 즐거움을 맛볼 준비가 된 사람처럼 만족스런 몸짓으로 두 손을 비벼댔다.

월슨이 외쳤다.

「드디어 몸 좀 풀겠군!」

그런 다음 그 역시 만족스런 몸짓으로 두 손을 비벼댔다.

내릴 역이 가까워오자 숌즈는 여행용 망토를 들었고 월슨은 짐가방들을 들고 그를 따랐다. 각자에겐 나름대로 해야 할 일이 있는 법이니까. 숌즈는 표를 내고 가벼운 걸음으로 출구를 향해 걸었다.

「날씨가 좋군, 월슨……. 햇빛이 찬란해……! 파리가 우리를 위해 축제를 벌이고 있는 것 같군」

「웬 사람이 저렇게 많은지!」

「그 편이 낫다네, 월슨! 우리가 눈에 띌 위험이 없으니까. 이렇게 많은 사람들 속에서는 아무도 우리를 알아보지 못할걸세!」

「숌즈 씨……. 아니신가요?」

순간, 숌즈는 약간 당황한 모습으로 걸음을 멈추었다. 도대체 누가 자기를 알아보고 이름까지 부른단 말인가?

한 여자가 그의 옆에 서 있었다. 간소한 옷차림이 빼어난 몸매를 돋보이게 하는 젊은 여자였다. 그녀의 예쁜 얼굴에는 불안과 번민의 표정이 떠올라 있었다.

그녀가 다시 물었다.

「선생님이 숌즈 씨가 분명하시죠?」

당혹감에 평소의 신중함이 겹쳐 그가 침묵을 지키자 여자가 세 번째로 물었다.

「제가 말씀을 여쭙고 있는 분이 숌즈 씨 맞죠?」

「내게 원하는 게 뭐요?」

그는 이런 식의 갑작스런 접근이 수상하다고 생각하고 퉁명스럽게 물었다.

그녀는 그의 앞을 가로막으며 말했다.

「제 말씀 좀 들어보세요, 선생님. 이건 아주 심각한 문제예요. 저는 선생님께서 뮈리요가로 가시는 길이라는 것을 알고 있어요」

「무슨 말을 하는 거요?」

「전 알아요……. 안다고요……. 뮈리요가……, 18번지요. 하지만 그러실 필요 없어요……. 그래요, 그곳에 가시지 말아야 해요……. 분명히 말씀드리는데 가시면 후회하시게 될 거예요. 제가 이런 말씀을 드리는 게 그 사건과 어떤 이해 관계가 있어서라고 생각하지 마세요. 이건 이성적인 판단에서, 양심상 하는 일일 뿐이에요」

숌즈가 그녀를 밀치려 했으나 그녀는 계속해서 그를 붙잡고 늘어졌다.

「오! 제발 고집 부리지 마세요……. 아! 어떻게 하면 선생님을 설득할 수 있을까요! 지를 깊이 들어디보세요. 제 눈을 믿이세요……. 제 눈은 정직해요……. 제 말이 진실이라는 것을 알려줄 거예요」

그녀는 진지하고 투명하고 아름다운 눈으로 필사적으로 그를 바라보았다. 그 눈빛에 자신의 영혼이 드러나 있기라도 한 것 같았다. 윌슨이 고개를 끄덕였다.

「이 아가씨 말은 정말인 것 같군」

「그럼요. 그러니 믿어주셔야 해요……」

그녀가 애원하듯 말했다.

「나는 믿소, 아가씨」

윌슨이 말했다.

「오! 정말 기뻐요! 친구 분도 그렇게 생각하시죠? 전 느낄 수 있어요……. 전 확신해요! 얼마나 기쁜지! 이제 모든 게 잘될 거예요……. 아! 제게 좋은 생각이 있어요……! 자, 선생님, 이십 분 후에 떠나는 칼레행 열차가 있어요. 그러니 그걸 타세요……. 서두르세요. 저를 따라오세요……. 타는 곳은 이쪽이에요. 시간이 별로 없어요……」

그녀는 그들을 데리고 가려고 했다. 숌즈는 그녀의 팔을 붙잡은 다음 가능한 한 목소리를 부드럽게 내려 애쓰며 말했다.

「미안하오, 아가씨. 당신 말대로 해줄 수 없어서. 난 일단 착수한 일은 반드시 끝맺는 성격이라오」

「제발 부탁이에요……. 제발 부탁이에요……. 아! 제가 선생님을 이해시킬 수만 있다면!」

숌즈는 그녀를 밀치고 재빨리 걸음을 옮겨놓았다.

윌슨이 그 젊은 여자에게 말했다.

「기운 내요……. 저 친구가 잘 해결할 겁니다……. 저 친구가 시작해서 실패한 일은 아직 없답니다……」

그런 다음 그는 숌즈를 놓치지 않기 위해 서둘러 달려갔다.


**헐록 숌즈 대 아르센 뤼팽**

검은색 굵은 글자로 쓰인 이런 글귀가 그들을 막아섰다. 그들은 글자판 앞으로 다가갔다. 등에 커다란 글자판을 멘 샌드위치맨들이 쇠징이 박힌 묵직한 지팡이로 박자를 맞추어 보도를 두드리면서 줄지어 걸어나오고 있었다. 등에 멘 글자판에는 이렇게 씌어 있었다.

헐록 숌즈 대 아르센 뤼팽의 대결. 영국 최고의 탐정이 파리에 도착해 뮈리요가의 미스터리에 도전한다. 자세한 내용은 《에코 드 프랑스》에서.

윌슨이 고개를 내저으며 말했다.
「뭐라 이야기 좀 해보게, 헐록. 우리는 조용히 일을 끝마치기를 은근히 기대하지 않았나! 이런 상황이라면 뮈리요가에서 파리의 공화국 위병대가 우리를 기다리고 있다 해도 놀랍지 않겠는걸. 축배와 샴페인을 곁들인 공식 연회가 열린다 해도 말일세」
「자네가 머리만 좀 쓸 줄 안다면 말일세, 윌슨, 훨씬 괜찮은 사람이 될걸세」
숌즈가 이를 갈며 말했다.
숌즈는 한 샌드위치맨에게 다가갔다. 억센 손으로 그를 붙잡아 그와 그가 멘 글자판을 산산조각내려는 게 분명했다. 하지만 글자판 주위로 사람들이 모여들고 있었다. 사람들은 농담을 건네면서 웃음을 터뜨렸다.
치밀어오르는 분노를 억누르며 숌즈는 샌드위치맨에게 물었다.
「당신은 언제 고용되었소?」
「오늘 아침입니다」

「이렇게 행진을 시작한 건?」

「한 시간 전부터입니다」

「광고판은 미리 준비되어 있던 거요?」

「아! 그렇고말고요…… . 오늘 아침 우리가 사무실로 나와보니 이미 준비가 되어 있었습니다」

그러니까 아르센 뤼팽은 숌즈가 싸움에 응하리라는 것을 미리 알고 있었던 셈이다. 더 나아가 뤼팽이 쓴 편지는 그가 그 대결을 바라고 있다는 것, 다시 한번 자신의 라이벌과 실력을 겨루어 보고자 일에 착수했음을 말해 주고 있었다. 그런데 왜? 무슨 동기로 그는 다시 싸움을 걸어온 것일까?

헐록은 한순간 망설였다. 이렇게 오만하게 행동하는 걸 보면 뤼팽은 승리를 확신하고 있는 게 분명했다. 그렇다면 이렇게 즉각 부름에 응하는 건 함정에 빠지는 게 아닐까?

「가세나, 윌슨! 마부 양반, 뮈리요가 18번지로 갑시다」

숌즈는 다시 기운을 차리며 외쳤다.

시합을 치르기 직전의 권투 선수처럼 혈관이 부풀어오르고 두 주먹을 불끈 쥔 모습으로 그는 마차에 뛰어올랐다.

뮈리요가에는 건물 뒤쪽이 몽소 공원으로 통하는 초호화 저택들이 늘어서 있었다. 18번지 건물은 그 건물들 중에서 가장 아름다운 저택이었다. 예술가이자 백만장자답게 댕블발 남작은 그곳을 극도로 호화롭게 꾸며놓고 아내와 아이들과 함께 살고 있었다. 저택 앞에는 잘 가꾸어진 뜰이 있었고 부속 건물들이 양쪽으로 늘어서 있었다. 건물 뒤로는 정원의 나무들이 몽소 공원의 나무들과 가지를 뒤섞고 있었다.

초인종을 누른 다음 두 영국인은 뜰을 가로질렀다. 그들은 제복을 입은 시종의 안내를 받아 맞은편에 있는 작은 방으로 들어갔다.

자리에 앉은 그들은 내실을 장식하고 있는 귀중품들을 재빨리 살펴보았다.

윌슨이 중얼거렸다.

「정말 아름다운 물건들이군. 환상적인 취향이야……. 이런 물건들을 찾아낼 여유가 있는 걸 보니 나이가 지긋한 사람들이겠군……. 오십대 정도……」

그는 말을 다 끝맺지 못했다. 갑자기 문이 열렸던 것이다. 댕블발 씨가 들어왔고, 그의 아내가 그 뒤를 따라 나타났다.

윌슨의 추측과는 반대로 그들은 품위 있는 외모에 생기 넘치는 태도와 말투를 지닌 젊은 부부였다. 두 사람은 동시에 감사의 말을 늘어놓았다.

「정말 친절하시군요! 이렇게 번거롭게 해드려서 죄송합니다! 이렇게 와주신 게 너무 기뻐서 오히려 저희한테 그 고약한 사건이 일어난 게 차라리 다행이라는 생각이 듭니다……」

〈정말 매력적인 프랑스 인들이로군!〉

심오한 관찰자 역할을 기꺼이 감수하는 윌슨이 생각했다.

남작이 큰 소리로 말했다.

「시간은 금이죠. 숌즈 씨, 당신의 시간은 더욱 그렇겠죠. 바로 본론으로 들어가겠습니다! 이 사건에 대해 어떻게 생각하십니까?

잘 해결될 것 같은가요?」

「그러기 위해서는 우선 사건에 대해 알아야겠소」

「아직 사건에 대해 모르신단 말입니까?」

「그렇소. 그러니 부디 사건을 자세히, 하나도 빼놓지 말고 설명해 주기 바라오. 도대체 무슨 사건이오?」

「물건을 도난당했습니다」

「사건이 터진 게 언제요?」

남작이 대답했다.

「지난 토요일이었지요, 정확히 말하면 토요일 밤에서 일요일 새벽 사이였습니다」

「그렇다면 엿새 전이군. 자, 이제 말씀하시오」

「우선 말씀드릴 것은, 선생, 아내와 저는 저희가 처한 상황에 맞게 살아가기 때문에 외출을 거의 하지 않는다는 겁니다. 아이들 교육, 가끔씩 열리는 연회, 그리고 집안 가꾸기 등이 우리 생활의 전부입니다. 저녁 시간은 언제나, 아니 대개 예술 작품들을 모아놓은 이곳, 아내의 내실에서 보냅니다. 지난 토요일 열한시경 저는 이 방의 전등 스위치를 끈 다음 아내와 함께 평소처럼 침실로 들어갔습니다」

「침실은 어디요?」

「바로 옆방입니다. 저기 보이는 저 문이죠. 다음날, 다시 말해서 일요일 일찍 저는 잠이 깼습니다. 아내 쉬잔은 아직 자고 있었지요. 저는 아내를 깨우지 않으려고 되도록 소리를 내지 않고 내실로 나왔습니다. 그러다가 이 창문이 열려 있는 것을 보고 얼마나 놀랐는지 모릅니다. 전날 밤 우리가 분명히 닫아놓았거든요!」

「어쩌면 하인이……」

「아침엔 저희가 부르기 전에는 아무도 이곳에 들어오지 않습니다. 게다가 저는 항상 신경 써서 옆방으로 통하는 이 두번째 문에 빗장을 질러놓습니다. 따라서 창문은 밖에서 열린 게 분명합니다. 게다가 증거도 있습니다. 유리창의 오른쪽에서 두번째 유리가, 문고리 옆이죠, 도려져 나가고 없더군요」

「그런데 이 창문은?」

「창문은 보시다시피 석조 발코니로 둘러싸인 작은 테라스로 통합니다. 여기 2층에서는 건물 뒤로 펼쳐진 정원과 철책을 사이에 두고 위치한 몽소 공원이 보이죠. 그러니까 도둑은 몽소 공원을 통해 들어와 사다리를 놓고 철책을 넘어 테라스까지 올라온 게 분명합니다」

「확신하시는 이유는?」

「철책 이쪽저쪽에서 화단의 부드러운 땅 위에 찍힌 사다리 자국이 발견되었지요. 테라스 아래에도 똑같은 두 개의 자국이 나 있었습니다. 또한 발코니에는 사다리 기둥에 긁힌 자국이 나 있었지요」

「몽소 공원은 밤에 문을 닫지 않소?」

「닫지 않습니다. 게다가 14번지에 공사중인 건물이 있어서 그쪽을 통해서 쉽게 들어올 수 있습니다」

헐록 숌즈는 잠시 생각에 잠긴 다음 다시 말했다.

「다시 도난 사건 얘기로 돌아갑시다. 그러니까 바로 이 방에서 사건이 일어난 거요?」

「그렇습니다. 이 12세기에 만들어진 성모상과 은세공된 감실 사이에 작은 유대식 등잔이 있었습니다. 그게 없어졌어요」

「그뿐이오?」

「그뿐입니다」

「아……! 그런데 유대식 등잔이 도대체 뭐요?」

「옛날에 사용하던 구리로 된 등잔입니다. 가늘고 긴 동체와 기름을 넣는 용기로 이루어져 있지요. 그 용기 속에 두어 개의 주둥이가 나 있고 거기에 심지를 넣는 겁니다」

「요컨대 그다지 비싸지 않은 물건이군요」

「사실 비싸지 않지요. 그런데 그 구리 등잔에는 비밀함이 있었고, 저희는 거기에 멋진 골동품 보석을 넣어두었습니다. 루비와 에메랄드로 장식된 순금 키마이라 상으로, 어마어마한 가치가 있죠」

「어떻게 그런 특이한 버릇을 갖게 되었소?」

「글쎄요, 선생. 꼭 어째서라고 말하기는 어렵습니다. 그냥 그런 비밀함을 사용하는 게 재미있어서라고나 할까요」

「그 사실을 알고 있는 사람이 있소?」

「아무도 없습니다」

숌즈가 반박했다.

「물론 그 키마이라 상을 가져간 도둑은 예외일 거요. 그걸 몰랐다면 굳이 그 유대식 등잔을 훔쳐가는 수고를 할 리가 없으니 말이오」

「물론입니다. 하지만 그 사실을 어떻게 알았을까요. 저희도 아주 우연하게 그 등잔에 비밀함이 있다는 걸 알았는데 말입니다」

「마찬가지로 누군가 우연히 그 사실을 알았을 수 있소……. 하인이라든가……, 집안 사람이라든가……. 얘기 계속합시다. 경찰에는 알렸소?」

「물론입니다. 예심판사가 와서 조사를 했습니다. 주요 신문의 사회부 기자들도 나름대로 조사를 했고요. 하지만 편지에 쓴 것처럼 이 문제는 해결될 기미가 전혀 없는 것 같습니다」

숌즈는 자리에서 일어나 창가로 가서 유리창과 테라스와 발코니를 살펴보았다. 그런 다음 돋보기를 꺼내 돌 위에 난 두 개의 긁힌 자국을 꼼꼼히 보더니 댕블발 씨에게 정원으로 안내해 달라고 부탁했다.

밖으로 나온 숌즈는 버들가지를 엮어 만든 안락의자에 앉아 꿈꾸는 듯한 눈길로 저택의 지붕을 바라보았다. 그런 다음 갑자기 일어서서는 두 개의 작은 나무 상자를 향해 다가갔다. 사다리 기둥이 테라스 발치에 남긴 자국이 손상되지 않도록 그 위에 씌워 놓은 것이었다. 그는 상자를 들어올리고 바닥에 주저앉아 몸을 웅크리고는 바닥에서 20센티미터 정도 되는 곳까지 코를 갖다대고 조사하고 치수를 쟀다. 그러고는 철책을 따라 같은 작업을 좀더 시간을 들여 반복했다.

이윽고 그는 현장 조사를 마쳤다.

두 사람은 댕블발 부인이 기다리고 있는 내실로 돌아왔다.

숌즈는 몇 분 더 침묵을 지키고는 이렇게 말했다.

「얘기를 듣자마자 저는 범인이 너무나도 단순한 방법으로 침입했다는 사실에 놀랐소. 사다리를 놓고 유리창을 자르고 물건 하나를 골라서 사라지다니. 그런 게 아니오. 사건이란 그렇게 간단히 일어나는 게 아니라오. 하지만 이번 사건은 모든 게 지나치게 명료하고 지나치게 분명하오」

「그러니까?」

「그러니까 그 유대식 구리 등잔 도난 사건에는 아르센 뤼팽이 개입했다는 거요」

「아르센 뤼팽이라고요!」

남작이 소리쳤다.

「하지만 사건 자체를 저지른 건 다른 사람이오. 또 아무도 이 저택에 침입한 사람은 없소. 하인 중 한 사람이 지붕 밑 방에서 저 테라스로 내려왔을 수도 있소. 조금 아까 내가 정원에서 본 빗물받이 홈통을 타고 말이오」

「하지만 무슨 증거로?」

「아르센 뤼팽이 이 내실에 들어왔다면 절대로 빈손으로 나가지 않았을 거요」

「빈손이라니! 그럼, 그 구리 등잔은?」

「구리 등잔을 집어들었다고 해서 다이아몬드로 뒤덮인 이 담뱃갑이나 저 골동품 오팔 목걸이를 가져갈 수 없는 건 아니오. 그로서는 조금만 더 수고를 하면 충분히 그럴 수 있었소. 그런데 그러지 않았다는 것은 그가 저 물건들을 못 보았다는 뜻이오」

「그렇다면 사람들이 찾아낸 흔적들은?」

「연극일 뿐이오! 혐의를 다른 데로 돌리려고 마련해 놓은 장치라오!」

「난간의 긁힌 자국은?」

「가짜요! 사포로 문지른 거요. 자, 내가 주워온 사포 조각 몇 개가 여기 있소」

「사다리 기둥 자국은?」

「속임수일 뿐이오! 테라스 아래에 난 두 개의 사각형 자국과 철책 아래에 난 두 개의 구멍을 살펴보시오. 형태는 똑같지만 이쪽은 나란한 데 반해 저쪽은 그렇지 않소. 두 자국 사이의 거리를 재어보시오. 이쪽과 저쪽이 다르다오. 테라스 아래에 찍힌 것은 23센티미터요. 철책을 따라 난 것은 28센티미터이고 말이오」

「그래서 결론은?」

「그래서 나는 형태가 똑같은 그 네 개의 자국들은 누군가가 적당하게 다듬어진 하나의 나뭇조각으로 조작한 것이라는 결론을 내렸소」

「그 나뭇조각이야말로 가장 설득력 있는 물증이 되겠군요」

숌즈가 말했다.

「바로 이거요. 정원의 월계수 화분 밑에서 발견했다오」


남작은 숌즈의 말에 동의할 수밖에 없었다. 영국인이 그 집의 문턱을 넘은 지 겨우 사십 분 만에 지금까지 표피적인 사실에 기초해 믿어왔던 모든 것이 깡그리 무너져버리고는, 진실이 모습을 드러낸 것이다. 그것은 훨씬 더 견고한 현실, 곧 헐록 숌즈의 추론에 근거한 또다른 현실이었다.

남작 부인이 말했다.

「하인들을 범인으로 의심하시는 건 아주 심각한 문제랍니다, 선생님. 우리집 하인들은 오래전부터 이 집안을 위해 일해 오던 이들입니다. 우릴 배반할 사람은 아무도 없어요」

「하인들 중 아무도 배반하지 않았다면 어떻게 이 편지가 두 분이 보낸 편지와 함께 같은 시각, 같은 사람에 의해 내게 전달되었겠소?」

그는 남작 부인에게 아르센 뤼팽이 보낸 편지를 내밀었다.

댕블발 부인은 당황한 것 같았다.

「아르센 뤼팽, 그가 어떻게 알았을까요?」

「두 분은 편지에 대해 아무에게도 얘기하지 않았습니까?」

남작이 말했다.

「아무에게도 말하지 않았습니다. 그건 며칠 전 식탁에서 갑자기 떠오른 생각이었지요」

「하인들 앞에서 말이오?」

「두 아이들밖에 없었습니다. 잠깐, 그렇지 않군요……. 그땐 소피하고 앙리에트도 식탁에 없었지, 쉬잔?」

댕블발 부인은 잠시 생각에 잠겼다가 대답했다.

「맞아요. 그 애들은 선생님과 같이 있었어요」

「선생님이라니 누굴 말하는 거요?」

숌즈가 물었다.

「가정교사예요. 알리스 드묑 양이죠」

「그렇다면 그 여잔 두 분과 함께 식사를 하지 않소?」

「그렇습니다. 자기 방에서 따로 하지요」

월슨이 한 가지 생각을 떠올렸다.

「내 친구 헐록 숌즈가 받은 편지는 우체국을 통해 배달된 것이었습니다」

「물론이죠」

「그렇다면 그걸 우체국으로 가져간 사람은 누굽니까?」

남작이 말했다.

「이십 년 전부터 제 시중을 들어온 하인 도미니크입니다. 하인들을 조사하는 건 시간 낭비일 뿐입니다」

「수사에는 시간 낭비란 게 있을 수 없죠」

월슨은 엄숙한 어조로 말했다.

첫번째 수사는 이렇게 끝났다. 숌즈는 인사를 하고 물러났다.

한 시간 후, 저녁 식사 시간에 숌즈는 댕블발 집안의 두 자매인 소피와 앙리에트를 보았다. 각각 여덟 살, 여섯 살인 귀여운 소녀들이었다. 식탁에선 거의 대화가 오가지 않았다. 남작 부부의 친절한 태도에 숌즈가 너무나 무뚝뚝한 태도로 응했으므로 그들도 입을 다물었던 것이다. 하인들이 커피를 가져왔다. 숌즈는 커피를 들이마시고 불쑥 자리에서 일어섰다.

그때 하인이 그에게 온 전보를 가지고 들어왔다. 숌즈는 봉투를 열어 내용을 읽었다.

선생께 뜨거운 찬사를 보냅니다. 그렇게 짧은 시간 동안 그런 놀라운 성과를 얻으시다니 놀랍군요. 그저 어리둥절할 따름입니다.
———아르센 뤼팽

숌즈는 짜증스러운 태도를 취하고는 남작에게 전보를 보여주었다.

「이제 이 저택의 벽에 눈이 있고 귀가 있다는 걸 믿겠소?」

「어떻게 된 건지 도대체 모르겠군요」

어안이 벙벙해진 댕블발 씨가 중얼거렸다.

「나 역시 그렇소. 다만 내가 알기로 이곳에서 일어나는 일 중에 〈그자〉가 포착하지 못하는 건 없소. 〈그자〉가 듣지 못하는 말은 한마디도 없소」

그날 저녁 윌슨은 할 일을 다하고 자는 일만 남은 사람처럼 가벼운 마음으로 잠자리에 들었다. 그는 즉각 잠에 빠져들었고 기분 좋은 꿈을 꾸었다. 꿈에서 그는 혼자서 뤼팽을 추적해 자신의 손으로 체포하기에 이르렀다. 그 느낌이 어찌나 생생했던지 그만 잠이 깨고 말았다.

누군가 그의 침대를 스치고 지나갔다. 그는 권총을 빼들었다.

「움직이지 마, 뤼팽. 쏜다」

「맙소사! 너무 성급하군, 이 친구야!」

「뭐라고? 자네였군, 숌즈! 내가 도울 일이라도 있나?」

「자네의 눈이 필요하네. 일어나보게……」

숌즈는 윌슨을 끌고 창가로 갔다.

「저길 보게……. 철책 너머 말일세……」

「공원 안 말인가?」

「그렇다네. 아무것도 안 보이나?」

「아무것도 안 보이는군」

「아냐, 뭔가 보일걸세」

「아! 그래. 그림자가 하나……, 둘이군」

「그렇지? 철책에 딱 붙어 있는 그림자들 말이야……. 보게, 움직이는군……. 더 이상 시간 낭비할 필요 없겠지」

그들은 난간을 더듬어 잡으며 층계를 내려가 정원의 풀밭에 면한 방에 이르렀다. 문의 유리창 너머로 그들은 조금 전과 같은 위치에 서 있는 두 개의 그림자를 볼 수 있었다.

숌즈가 말했다.

「이상한데…… 집 안에서 무슨 소리가 들리는 것 같네」

「집 안에서? 그럴 리가! 모두 자고 있을 텐데」

「하지만 귀를 기울여보게……」

그때였다. 철책 쪽에서 가벼운 휘파람 소리가 들려오더니, 집 안에서 희미한 빛이 새어나오는 것이 아닌가.

숌즈가 중얼거렸다.

「댕블발 부부가 불을 켠 모양이군. 우리 윗 방은 두 사람 방이 잖아」

윌슨이 말했다.

「그러니까 조금 전에 들린 건 그들이 낸 소리였군. 어쩌면 그들도 철책을 지켜보고 있는지도 모르지」

두번째 휘파람 소리가 들려왔다. 좀 더 조심스러운 소리였다.

「이해할 수가 없군. 이해할 수가 없어」

숌즈가 짜증을 내며 말했다.

「나 역시 모르겠네」

윌슨이 고백했다.

숌즈는 문의 열쇠를 벗기고, 빗장을 풀고, 여닫이문을 부드럽게 밀어 열었다.

좀 더 또렷하고 음색이 약간 달라진 세번째 휘파람 소리가 들려왔다. 그러자 그들 머리 위의 소리도 또렷해지고 빨라졌다.

「이건 내실 테라스에서 나는 소리 같은걸」

숌즈가 말했다.

열린 문틈으로 고개를 내민 그는 즉각 한 걸음 물러서며 욕설을 내뱉었다. 이번에는 윌슨이 밖을 내다보았다. 그들 아주 가까이에, 테라스의 발코니에 걸쳐둔 것처럼 보이는 사다리가 놓여 있었다.

숌즈가 말했다.

「흠! 그럼 그렇지. 내실에 누군가 있어! 지금 저 소리 들리지 않나. 서두르게. 어서 사다리를 치우자고」

하지만 그 순간 하나의 그림자가 위에서 아래로 미끄러져 내려오더니 사다리를 들고 공범들이 기다리고 있는 철책 쪽을 향해 쏜살같이 달리기 시작했다. 숌즈와 윌슨은 튕겨지듯 몸을 날렸다. 그들은 철책에 사다리를 세우고 있는 사내를 붙잡았다. 순간 철책 너머에서 두 발의 총알이 날아왔다.

「다쳤나?」

숌즈가 외쳤다.

「아니」

윌슨이 대답했다.

윌슨은 사내를 옴짝달싹 못하게 하려고 그의 몸을 붙잡았다. 하지만 사내는 몸을 돌려 한 손으로 그를 붙잡고 다른 한 손으로 그의 가슴에 칼을 박아넣었다. 윌슨은 헉! 하고 숨을 내쉬더니 비틀거리다가 그 자리에 쓰러지고 말았다.

「이런 제기랄! 저 친구를 죽였다면 내가 널 죽이고 말겠다」

숌즈가 외쳤다.

그는 윌슨을 잔디 위에 눕혀놓고 사다리를 향해 달려갔다. 하지만 때는 이미 늦은 뒤였다. 사다리 위로 올라간 사내는 공범들과 합류해 어둠 속으로 사라졌다.

「윌슨, 윌슨, 괜찮은 거지, 그렇지? 칼끝이 그저 스치기만 했을 거야」

저택의 문들이 갑자기 열렸다. 제일 처음 댕블발 남작이 나타났고 촛불을 든 하인들도 달려나왔다.

남작이 외쳤다.

「뭡니까! 무슨 일입니까? 윌슨 씨가 다쳤나요?」

「별것 아닙니다. 가벼운 찰과상이에요」

헛된 기대를 포기하지 않은 채 숌즈가 되풀이해서 말했다.

그러나 윌슨은 피를 철철 흘리고 있었고 안색은 납빛으로 죽어가고 있었다.

이십 분 후에 도착한 의사는 칼끝이 윌슨의 심장에서 정확히 4밀리미터 떨어진 곳에서 멈추었다고 말했다.

「심장에서 4밀리미터라니? 이 친구 정말이지 운도 좋군」

숌즈가 부럽다는 듯이 말했다.

「운이 좋다……. 운이 좋다니……」

의사가 중얼거렸다.

「정말이오, 이 친군 강건한 체질이니까 곧 떨치고 일어날 거요……」

「6주 동안 누워 있어야 하고, 그 후 두 달 동안 몸조리를 해야 합니다」

「그 밖에 다른 문제는 없소?」

「없습니다. 합병증만 없다면요」

「어째서 그런 빌어먹을 소릴 하시오! 합병증이 생기길 바라는 거요?」

안심한 숌즈는 내실에 있는 남작에게 갔다. 이번에 다시 온 그 미지의 방문객은 지난번처럼 분별 있게 행동하지 않았다. 다이아몬드로 뒤덮인 담뱃갑과 오팔 목걸이를 비롯하여 보통의 도둑이라면 훔쳐갈 만한 것을 대담하게도 모두 가져갔던 것이다.

창문이 열려 있었고, 유리 하나가 둥글게 잘려 있었다. 새벽녘에 간단한 조사를 한 결과 문제의 사다리는 근처의 공사중인 건물에서 가져온 것임이 드러났고 도둑이 어느 길로 침입했는지 확실히 알 수 있었다.

댕블발 씨는 빈정거리는 기색이 완연한 말투로 말했다.

「간단히 말해서 유대식 구리 등잔을 훔쳐갔을 때와 똑같은 방법이 사용된 겁니다」

「그런 셈이오. 경찰이 내린 최초의 판단을 그대로 받아들인다면 말이오」

「그렇다면 당신은 아직도 그 판단을 받아들이지 않습니까? 이렇게 두번째 도난 사건이 일어났는데도 첫번째 사건에 대한 견해가 흔들리지 않는 겁니까?」

「오히려 더 강해졌소, 선생」

「그럴 수가! 지난밤 누군가 밖에서 침입해 왔다는 부인할 수 없는 증거가 여기 있습니다. 그런데도 그 유대식 구리 등잔을 훔쳐간 게 우리 주변 사람이라는 고집을 포기하지 않는 겁니까?」

「틀림없이 이 저택 안에 같이 사는 누군가가 가져간 거요」

「그렇다면 어떻게 그럴 수 있었을까요?」

「아직 그걸 설명할 수는 없소, 선생. 다만 나는 두 사건의 관련성은 겉보기일 뿐이라는 사실을 확인하고, 그것들을 따로따로 판단하고, 그 둘을 잇는 연결 고리를 찾고 있을 뿐이오」

숌즈의 믿음이 너무도 굳고 그의 태도가 너무나도 확고한 동기에 기초해 있었으므로 남작은 그의 말에 동의할 수밖에 없었다.

「그렇다면 이제 경찰에 신고합시다……」

「그럴 필요 전혀 없소! 그럴 필요없단 말이오! 필요할 때에만 그들을 불렀으면 좋겠소」

영국인이 격한 어조로 외쳤다.

「하지만 총도 사용되었잖습니까?」

「상관없소!」

「당신 친구는요?」

「조금 다쳤을 뿐이오⋯⋯. 의사에게 비밀을 지켜달라고 하시오. 경찰 쪽은 내가 알아서 하겠소」

별다른 사건 없이 이틀이 흘렀다. 하지만 그동안 숌즈는 세심한 주의를 기울여 자존심을 걸고 수사를 계속했다. 자신이 집 안에 있었는데도 막지 못했던, 자신의 눈앞에서 자행된 그 대담한 범죄 행위가 생각날 때마다 그의 자존심이 조금씩 허물어졌다. 그는 지칠 줄 모르는 열의를 갖고 저택과 정원을 샅샅이 살펴보았고 하인들과 이야기를 나누었으며 부엌과 마구간에서 오랫동안 시간을 보냈다. 비록 사건의 진상을 밝혀줄 아무런 단서도 찾아내지 못했지만 그는 용기를 잃지 않았다.

그는 생각했다.

〈난 찾아낼 수 있어⋯⋯. 바로 여기서 찾아낼 거라고. 이건 금발의 여인 사건처럼 모르는 길을 정처 없이 걸어 미지의 목적지에 이르는 게 아니잖아. 이번에 난 실제 사건 현장에 와 있어. 이 사건의 적은 난공불락의 신출귀몰한 뤼팽이 아니라 이 저택 안에

살고 있는 살과 뼈를 가진 그의 공범이야. 아주 작은 실마리 하나면 성공할 수 있어.〉

그 작은 실마리로부터 그가 어찌나 노련하게 일련의 결론을 끌어냈던지, 이 유대식 구리 등잔 사건은 탐정 숌즈의 천재성이 가장 눈부시게 부각된 사건의 하나로 간주되기에 이른다. 그가 그 사소한 실마리를 얻을 수 있었던 것은 우연이었다.


세번째 날 오후 내실 위층에 있는 아이들 공부방으로 들어간 숌즈는 남작의 두 딸 중 동생 앙리에트와 만났다. 그 애는 가위를 찾고 있었다.

앙리에트가 숌즈에게 말했다.

「있잖아요……. 지금 저번 날 저녁에 아저씨가 받은 것과 똑같은 종이를 만들고 있어요」

「저번 날 저녁이라니?」

「저번에 저녁밥을 다 먹고 나서요. 아저씨는 글자띠가 붙은 종이를 받았잖아요……. 그러니까 전보 말이에요……. 나도 그런 걸 만들고 있어요」

아이는 방을 나갔다. 다른 사람이었다면 이 말을 아무 의미 없는 어린아이의 말로 흘려넘기고 말았을 것이다. 숌즈 역시 그 말을 한쪽 귀로 흘리고 조사를 계속했다. 하지만 그는 문득 하던 일을 멈추고 급히 아이를 쫓아갔다. 아이의 마지막 말이 그의 머리를 후려쳤던 것이다. 층계에서 아이를 따라잡은 그는 아이에게 말했다.

「그럼 너도 종이 위에 글자띠를 붙인단 말이니?」

앙리에트는 우쭐해하며 대답했다.

「그럼요. 글자들을 오려서 종이 위에 붙이는 거예요」

「누가 그런 놀이를 너에게 가르쳐줬는데?」

「선생님이오……. 가정교사 선생님 말이에요……. 선생님이 그렇게 하는 것을 봤어요. 신문에서 글자들을 오려서 종이에 붙이는 걸요……」

「그걸로 선생님이 뭘 하시든?」

「전보와 편지를 만들어서 부쳤어요」

헐록 숌즈는 공부방으로 돌아왔다. 아이의 말에 크게 흥미를 느낀 그는 그 이야기에서 어떤 결론을 이끌어내야 할지 고심했다.

벽난로 위에 신문지 더미가 쌓여 있었다. 그는 신문을 펼쳤다. 과연 일단의 단어들이나 몇 줄의 글자들이 규칙적이고 의도적으로 잘려져 있었다. 하지만 앞뒤의 글자들을 읽어보자 빠진 글자들이 아무렇게나 가위질된 것임을 쉽게 알 수 있었다. 물론 앙리에트가 한 일일 터였다. 그 신문 더미 속에는 가정교사가 글자들을 오려낸 것도 있을 수 있었다. 하지만 어떻게 확인한단 말인가?

헐록은 탁자 위에 쌓여 있는 교과서들을 되는 대로 뒤적여보고, 책장 선반에 놓인 책들도 살펴보았다. 갑자기 그는 환성을 내질렀다. 책장 한구석에 쌓여 있는 낡은 공책들 아래에서 알파벳에 그림이 곁들여진 아동용 글자첩을 발견했던 것이다. 그 글자첩의 한 쪽에 글자가 비어 있는 걸 보고 그는 내용을 자세히 들여다보았다. 한 주의 요일명이 나열된 쪽이었다. 월요일, 화요일, 수요일 등. 그중에서 토요일이라는 글자가 빠져 있었다. 유대식 구리 등잔을 도난당한 날이 바로 토요일 밤 아닌가.

헐록은 가슴이 죄어드는 느낌을 맛보았다. 그에게 사건의 핵심에 도달했음을 가장 명료하게 알려주는 반응이었다. 진실을 포착했다는 그런 확실한 느낌은 틀린 적이 없었다.

열기에 휩싸인 채 그는 서둘러 글자첩을 뒤적였다. 조금 더 넘기다보니 또다른 놀라움이 그를 기다리고 있었다.

대문자들과 숫자들이 차례대로 나열된 쪽이었다.

글자 아홉 개와 숫자 세 개가 조심스럽게 오려져 있었다.

숌즈는 없어진 글자들을 원래 순서대로 수첩에 적었다. 결과는 이러했다.

CDEHNOPRZ——237

숌즈가 중얼거렸다.

「이런! 얼핏 봐선 아무 의미도 없는 것 같은데」

순서를 바꿈으로써 이 모든 글자를 가지고 하나나 둘, 또는 세 개의 단어를 만들 수 있을까?

그렇게 해보았지만 아무 소용없었다.

사건들의 맥락에 부합할 뿐 아니라 전체적인 상황과도 어울려서 결과적으로 그의 눈에 적절해 보이는, 그가 줄곧 쓰게 되는 단어는 하나뿐이었다.

글자첩의 그 쪽에는 알파벳 글자들이 하나씩만 씌어 있었던 만큼 그것으로 필요한 단어를 다 만들지 못하고 다른 쪽에서 또다른 글자들을 오려냈을 수도 있었다. 그렇다면 그 수수께끼의 의미는 틀림없이 이런 것일 터였다.

REPOND( )Z——CH——237

첫번째 단어가 무엇을 뜻하는지는 아주 분명했다. 〈레퐁데 (REPONDEZ)〉, 곧 답장해 달라는 뜻이었다. E자 하나가 빠진 것은 하나뿐인 E자를 이미 써버렸기 때문이었다.

두번째 미완성 단어는 237이라는 숫자와 더불어 분명 편지 발신인의 주소일 터였다. 우선 날짜를 토요일로 정하고, CH. 237이라는 주소로 답변을 달라고 요구한 것이다.

CH. 237은 사서함의 번호일 수도 있었고, CH라는 글자들이 들어간 단어일 수도 있었다. 숌즈는 글자첩을 뒤적였다. 다른 쪽들에서는 아무것도 발견되지 않았다. 따라서 새로운 조사가 이루어지기까지는 지금까지 찾아낸 설명으로 만족해야 했다.


「재미있죠, 아저씨?」

앙리에트가 방에 돌아와 있었다. 숌즈가 대답했다.

「그래, 아주 재미있구나! 그런데 다른 종이는 없니? 아니면 네가 종이에 붙이려고 오려둔 글자띠는?」

「종이요……? 없어요……. 그리고 선생님이 좋아하지 않으실 거예요」

「선생님이?」

「그래요. 벌써 꾸중을 들었는걸요」

「어째서?」

「아저씨한테 그런 말 했다고요……. 정말 좋아하는 것에 대해서는 다른 사람한테 하지 말아야 한다고 하셨어요」

「네 행동은 아주 훌륭했단다」

앙리에트는 숌즈의 칭찬이 무척 즐거운 모양이었다. 그 애는 뛸 듯이 기뻐하며 핀으로 옷에 꽂혀 있는 작은 천가방에서 헝겊

조각 몇 개와 단추 세 개, 설탕 조각 두 개, 그리고 마지막으로 종이 조각 하나를 꺼내 숌즈에게 내밀었다.

「자, 이거 아저씨한테 드릴래요」

그건 삯마차의 명함으로, 8279라고 씌어 있었다.

「이 명함 어디서 났니?」

「선생님 지갑에서 떨어진 거예요」

「언제?」

「일요일 미사 시간에 선생님이 연보를 내려고 돈을 꺼낼 때요」

「주워놓길 정말 잘했구나! 그리고 아저씨가 야단맞지 않을 수 있는 방법을 알려주마. 선생님께 아저씰 만났다는 말을 하지 않는 거야」

숌즈는 댕블발 씨를 찾아가서 단도직입적으로 가정교사에 대해 물었다.

남작의 얼굴에는 불쾌한 기색이 역력했다.

「알리스 드묑 말이군요! 무슨 생각을 하시는 건지……? 그럴 리가 없습니다」

「그녀가 이 집에서 일한 지 얼마나 되었소?」

「일 년밖에 되지 않았지만 그렇게 참한 사람은 처음 보았습니다. 저는 그녀를 무척 신뢰하고 있습니다」

「그런데 어째서 그 여자 모습이 눈에 띄지 않는 거요?」

「지난 이틀 동안 집에 없었습니다」

「지금은?」

「돌아오자마자 선생 친구 분의 병상을 지키겠다고 했습니다. 그녀는 간병인으로서 필요한 자질을 모두 갖추고 있죠……. 부드

럽고……, 세심하고……, 윌슨 씨도 그녀의 간병에 만족하신 듯
합니다」

「아!」

오랜 친구를 까맣게 잊고 있었던 숌즈가 감탄사를 내뱉었다.

그는 잠시 생각에 잠겼다가 다시 물었다.

「일요일 아침 그녀가 외출했습니까?」

「그렇습니다」

「도난 사건이 있었던 다음날?」

남작은 아내를 불러 그녀에게 물어보았다. 남작 부인이 대답
했다.

「드뮝 양은 평소처럼 열한시 미사에 가기 위해 아이들과 함께
집을 나갔어요」

「그 전에는?」

「그 전이오? 아니오……. 아니, 가만……, 제가 그때 그 도난
사건으로 워낙 정신이 없었기 때문에! …… 이제 생각나는군요.
그 전날 저에게 다음날 아침 외출해도 되겠느냐고 묻더군요…….
파리에 온 사촌을 만나봐야겠다고 했던 것 같아요. 그런데 설마
그녀를 의심하시는 것은 아니겠죠?」

「물론 아니오……. 하지만 그녀를 만나봐야겠소」

그는 윌슨의 방으로 올라갔다. 간호사 복장 같은 긴 회색 원피
스를 입은 여자가 환자에게 몸을 기울인 채 마실 것을 주고 있었
다. 그녀가 몸을 돌린 순간 숌즈는 파리 북역에서 자신에게 접근
했던 젊은 여자의 얼굴을 확인할 수 있었다.

그들 사이에는 그 어떤 말도 오가지 않았다. 알리스 드묑은 매혹적이고 진지한 눈빛으로 전혀 당황하지 않고 부드럽게 미소를 지었다. 영국인은 뭔가 말하려고 입밖으로 몇 마디 말을 중얼거리다가는 입을 다물었다. 그녀는 하던 일을 계속했다. 숌즈가 놀란 눈으로 지켜보는 가운데 그녀는 차분하게 몸을 움직이면서 약병들을 옮겨놓고 붕대를 풀어서 다시 감고는 다시 한번 그에게 그 맑은 웃음을 지어보였다.

그는 발길을 돌려 다시 아래층으로 내려왔다. 뜰에서 댕블발 씨의 자동차를 발견한 그는 거기에 올라타고 운전사에게 르발루아로 데려다줄 것을 청했다. 아이에게서 받은 종이 위에 적힌 삯마차 회사가 있는 곳이었다. 하지만 일요일 아침에 그 삯마차를 몰았던 마부 뒤프레가 없었으므로 숌즈는 자동차를 돌려보내고 교대 시간까지 기다렸다.

마부 뒤프레는 몽소 공원 근처에서 여자 하나를 태운 적이 있노라고 대답했다. 검은 옷에 두꺼운 베일을 쓴 젊은 여성으로 무척 불안해 보였다는 것이다.

「여자가 상자 같은 것을 가지고 있었소?」

「그렇습니다. 꽤 길쭉한 상자였습니다」

「그래서 당신은 여잘 태우고 어디로 갔소?」

「생 페르디낭 광장 모퉁이의 테른 대로로 갔지요. 여자는 그곳에 십여 분 머문 다음 다시 몽소 공원으로 되돌아갔습니다」

「테른 대로의 그 집을 알아볼 수 있겠소?」

「알아보고말고요! 그쪽으로 데려다드릴까요?」

「조금 후에 그렇게 해주시오. 그 전에 우선 오르페브르 강둑 36번지로 갑시다」

다행히 그는 경찰청에 도착하자마자 가니마르 경감을 만날 수 있었다.

「가니마르 씨, 바쁘시오?」

「뤼팽에 관련된 일이면 바쁘다오」

「뤼팽 일이오」

「그렇다면 난 움직이지 않겠소」

「어떻게 그럴 수가! 당신은 지금 내 협조 요청을 거부하고 있소······」

「나는 불가능한 걸 거부하는 거요! 질 것이 뻔한 불공평한 싸움에 이젠 지쳤소. 어리석다느니, 불합리하다느니 마음대로 말하시오······. 난 개의치 않겠소! 뤼팽은 우리보다 강하오. 이제 항복할 수밖에 없소」

「난 항복하지 않소」

「그가 당신을 손들게 만들 거요. 다른 사람들처럼 말이오」

「이런! 이번에 벌어질 재미있는 구경거리를 놓친다면 정말 안타까울 텐데!」

「아! 그건 그렇지만······」

가니마르가 순진하게 중얼거렸다. 잠시 후 가니마르가 말했다.

「당신한테 아직 못 다 발휘한 힘이 남아 있다니, 그럼 한번 가봅시다」

두 사람은 삯마차에 올랐다. 그들의 지시대로 마부는 문제의 건물에서 조금 못 미친, 테른 대로 맞은편에 있는 작은 카페 앞에서 마차를 세웠다. 두 사람은 카페 테라스에 있는 월계수나무

와 참빗살나무 사이에 앉았다. 해가 기울고 있었다.

숌즈가 웨이터를 불러서 말했다.

「필기 도구 좀 갖다주시오」

그는 종이에 뭔가 쓴 다음 다시 웨이터를 불렀다.

「이 편지를 맞은편 집의 관리인에게 갖다주시오. 현관문 아래서 담배를 피우고 있는 챙모자를 쓴 저 남자 말이오」

관리인이 그에게 달려오자 가니마르는 경감 신분을 밝혔다. 숌즈는 일요일 아침 검은 옷을 입은 젊은 여인이 그곳에 왔는지 물었다.

「검은 옷을 입은 여자요? 왔습니다. 오전 아홉시경이었죠. 3층으로 올라갔습니다」

「그녀를 자주 보았소?」

「아니요. 하지만 얼마 전부터는……, 최근 보름 동안은 거의 매일 봤는데요」

「그럼, 일요일부터는?」

「한 번밖에는 못 봤습니다……. 오늘 빼고요」

「뭐라고! 오늘 그녀가 왔다니!」

「지금 와 있습니다」

「지금 와 있다고!」

「온 지 한 십 분쯤 됩니다. 여자가 타고 온 마차가 평소처럼 생 페르디낭 광장에서 기다리고 있습니다. 전 그녀와 문 앞에서 마주쳤지요」

「3층에는 누가 살고 있소?」

「두 사람입니다. 여성용 의류를 만들어 파는 랑제 양과 한 달 전에 브레송이라는 이름으로 가구 딸린 방 두 개를 세낸 남자입니다」

「어째서 〈브레송이라는 이름으로〉라고 말하는 거요?」

「제 생각에 그 이름은 가명인 것 같습니다. 제 아내가 그의 빨래를 해주기 때문에 아는데 셔츠마다 다른 머리글자가 새겨져 있더군요」

「그의 생활은 어떻소?」

「거의 밖으로 나돌고 있는 듯합니다. 지금도 사흘 동안 집에 들어오지 않았더군요」

「토요일에서 일요일 사이에는 집에 있었소?」

「토요일 밤에서 일요일 새벽까지요? 봅시다. 기억을 더듬어보면……. 예, 토요일 저녁에는 집에 돌아와 나가지 않았습니다」

「어떤 사람이오?」

「정말이지, 어떻게 말해야 할지 모르겠군요. 너무나도 변화무쌍해서 말입니다! 키가 큰가 하면 작고, 뚱뚱한가 하면 호리호리하고……, 갈색머리인가 하면 금발입니다. 언제나 다른 모습이라니까요」

가니마르와 숌즈는 시선을 교환했다.

경감이 중얼거렸다.

「바로 그자요. 틀림없이 그자요」

그 늙은 경감은 한순간 갈피를 잡지 못했다. 그는 하품을 하고 두 주먹을 비틀었다.

자신의 감정을 그보다 잘 다스리고 있긴 했지만 숌즈 역시 심장이 죄어드는 것을 느꼈다.

그때 관리인이 말했다.

「잠깐! 그 여자가 나오는군요」

여자가 건물 문턱에 모습을 나타내더니 광장을 가로지르고 있었다.

「그리고 저 사람이 브레송 씨입니다」

「브레송 씨? 누구 말이오?」

「옆구리에 꾸러미 하나를 끼고 있는 남자 말입니다」

「하지만 저 남자는 저 여자에게 전혀 신경 쓰지 않은 것 같은데. 여자 혼자 마차에 타는군」

「맞습니다. 그들이 함께 있는 것을 본 적이 없습니다」

경감과 탐정은 즉각 자리에서 일어났다. 희미한 가로등 불빛에 힘입어 그들은 광장과는 반대 방향으로 멀어져가는 뤼팽의 뒷모습을 볼 수 있었다.

「누구를 뒤쫓으시겠소?」

가니마르가 물었다.

「당연히 저자요! 그쪽이 더 큰 사냥감이니까」

「그렇다면 나는 저 여자를 뒤쫓겠소」

가니마르가 말했다.

가니마르에게 이번 사건의 전모를 알리고 싶지 않은 듯 영국인이 재빨리 말했다.

「아니오, 아니오. 저 아가씨를 어디 가면 다시 만날 수 있는지는 내가 알고 있소……. 내 곁에 계시오」

행인이나 가판대를 그때그때 엄폐물로 이용하면서 그들은 일정한 거리를 두고 뤼팽을 뒤쫓기 시작했다. 추적은 그다지 어렵지 않았다. 사내가 오른쪽 다리를 가볍게 절면서 뒤 한번 돌아보지 않고 빠른 걸음으로 걸어갔기 때문이다. 워낙 가볍게 절름거렸으므로 그것을 알아보기 위해서는 숙련된 관찰력이 필요했다. 가니마르가 말했다.

「저자가 다리를 저는 것 같소」

그런 다음 그는 다시 말했다.

「아! 경찰 두셋만 있으면 덮치는 건데! 이러다가 또 놓칠 수도 있소」

하지만 테른 문에 이를 때까지 경찰의 모습은 눈에 띄지 않았다. 일단 그곳을 지나 파리 성벽 밖으로 나가면 어떤 도움도 기대하기 어려울 터였다.

숌즈가 말했다.

「따로 움직입시다. 이곳은 너무 인적이 없소」

그들은 빅토르 위고가에 와 있었다. 두 사람은 각각 양쪽 인도를 맡아 가로수를 따라 걸었다.

이십 분 동안 그렇게 그들은 뤼팽을 미행했다. 이윽고 뤼팽은 왼쪽으로 접어들어 센 강둑을 걷기 시작했다. 뤼팽이 강가로 내려가는 것이 보였다. 거기서 그는 잠시 지체했는데, 거기서 무엇을 했는지는 정확히 알 수 없었다. 약간 시간이 흐른 후에 그는 다시 둑길로 올라와 길을 되짚어 걷기 시작했다.

두 사람은 철책 기둥에 몸을 붙였다. 뤼팽이 그들 앞을 지나갔다. 그러나 그가 갖고 있던 꾸러미는 이미 보이지 않았다.

뤼팽이 그렇게 걸어가고 있을 때였다. 또다른 사내가 건물 구석에서 나오더니 가로수 사이로 모습을 감추었다.

숌즈가 나지막한 어조로 말했다.

「저 사내 역시 저자를 쫓고 있는 것 같소」

「맞소. 아까부터 본 것 같소」

다시 미행이 시작되었다. 하지만 이번에는 새로 나타난 사내로 인해 일이 좀 더 복잡했다. 뤼팽은 똑같은 길로 테른 문을 통해 다시 파리로 들어와 생 페르디낭 광장의 건물로 돌아왔다.

관리인이 건물문을 닫을 무렵 가니마르가 모습을 나타냈다.

「혹시 그 사람 보지 못했소?」

「보았습니다. 층계의 가스등을 끄는데 그가 문에 빗장을 지르더군요」

「같이 사는 사람은 없소?」

「없습니다. 하인도 없고요……. 그는 거의 밖에서 식사를 해결합니다」

「이 건물에 뒷 계단은 없소?」

「없습니다」

가니마르가 숌즈에게 말했다.

「가장 간단한 것은 내가 그 집 문 앞에서 망을 보고 있을 테니 당신이 드무르가의 경찰서로 가서 서장을 데려오는 거요. 내가 당신에게 쪽지를 하나 써주겠소」

숌즈가 반박했다.

「그동안 그가 달아나면?」

「내가 남아 있다지 않소!」

「하지만 일 대 일이오. 그런 싸움은 그에게 유리하오」

「하지만 그의 집으로 들이닥칠 수는 없소. 내겐 그런 권한이 없소. 특히 밤엔 말이오」

숌즈는 어깨를 으쓱해 보였다.

「당신이 뤼팽을 체포한다면 사람들은 체포 당시의 상황 같은 것은 문제 삼지 않을 거요. 이런! 적어도 벨을 누를 수는 있잖소.

그런 다음 무슨 일이 벌어지는지 봅시다」

그들은 층계를 올랐다. 한 쌍의 여닫이문이 달린 문 하나가 층계참 왼쪽에 나 있었다. 가니마르가 벨을 눌렀다.

대답이 없었다. 그는 다시 벨을 눌렀다. 역시 아무도 대답하지 않았다.

「들어갑시다」

숌즈가 중얼거렸다.

「좋소. 들어갑시다」

하지만 그들은 마음을 정하지 못한 듯 그 자리에 움직이지 않고 서 있었다. 결정적인 행동에 앞서 망설이는 사람들처럼 그들은 자신들의 행동에 확신을 갖지 못하고 있었다. 아르센 뤼팽이 거기, 그렇게 가까운 곳에, 주먹질 한 번이면 부숴버릴 수 있는 약한 문짝 뒤에 있다는 것이 갑자기 믿어지지 않았던 것이다. 뤼팽이 그렇게 어이없이 잡히리라고 믿기에는 그들 둘 다 그 악명 높은 인간에 대해 너무 잘 알고 있었다. 아니, 아니었다. 그럴 리가 없었다. 그는 거기 있지 않을 터였다. 옆 건물을 통해, 지붕을 통해, 적절하게 준비해 둔 또다른 탈출구를 통해 도망쳤을 것이었다. 그들이 붙잡는 것은 이번에도 뤼팽의 그림자뿐이리라.

그들은 부르르 몸을 떨었다. 문 저쪽 편에서 아주 작은 소리가 들려온 것 같았기 때문이다. 그러자 두 사람은 그자가 거기, 얇은 나무 문짝 너머에서 그들이 내는 소리를 듣고 있다는 느낌과 확신을 되찾았다.

어떻게 할 것인가? 비극적인 상황이었다. 베테랑 형사와 경험 많은 탐정이 이런 상황에서 흔히 보여주는 냉정함을 견지함과 동시에 그들은 격한 감정에 휘둘리고 있었다. 자신들의 심장 고동

소리까지 들리는 것 같았다.

가니마르는 곁눈질로 숌즈를 보았다. 그런 다음 주먹으로 거칠게 여닫이문을 두드리기 시작했다.

발소리가 들려왔다. 이제 그 소리는 더 이상 자신을 감추려 들지 않았다…….

가니마르가 문을 잡고 흔들었다. 저항할 수 없는 충동에 사로잡힌 숌즈는 한쪽 어깨를 앞으로 내밀어 문을 밀어젖뜨렸다. 두 사람은 집 안으로 뛰어들었다.

다음 순간 그들은 그 자리에 못 박힌 듯 멈춰섰다. 옆방에서 총소리가 들려왔던 것이다. 이어 또 한 차례 총소리가 들리더니 사람이 넘어지는 소리가 들려왔다…….

방 안으로 들어가자마자 두 사람은 한 사내가 벽난로의 대리석 판에 얼굴을 댄 채 널브러져 있는 것을 보았다. 사내의 몸이 경련하고 있었다. 그의 손에는 권총이 쥐어져 있었다.

가니마르는 몸을 숙이고 죽은 자의 고개를 돌렸다. 얼굴에는 피가 뒤덮여 있었고, 머리 부분에 난 커다란 두 개의 구멍에서 피가 쏟아져 나오고 있었다. 하나는 뺨에, 또 하나는 관자놀이에 나 있었다.

「누군지 못 알아보겠는걸」

그가 중얼거렸다.

숌즈가 말했다.

「그럼 그렇지! 〈그자〉가 아니오」

「어떻게 아시오? 제대로 보지도 않았잖소」

영국인이 비웃듯이 대답했다.

「당신은 아르센 뤼팽이 자살할 사람이라고 생각하오?」

「하지만 밖에서 우린 분명히 그자일 거라고……」

「그렇게 믿었을 뿐이오. 왜냐하면 그렇게 〈믿고 싶었으니까〉. 우리 머릿속에는 그자에 대한 생각으로 가득 차 있었으니까」

「그럼 이자는 그의 공범이군」

「아르센 뤼팽의 공범 역시 자살 같은 건 하지 않소」

「그렇다면 이 사람은 누구란 말이오?」

그들은 시신을 수색했다. 헐록 숌즈는 사내의 주머니에서 텅 빈 지갑을 발견했고, 가니마르는 다른 주머니에서 금화 몇 닢을 찾아냈다. 속옷에는 아무 표시도 되어 있지 않았고, 겉옷도 마찬가지였다.

트렁크 속에서도(커다란 트렁크 하나와 짐가방 두 개가 있었다) 이렇다 할 것은 나오지 않았다. 벽난로 위에는 신문 더미가 놓여 있었다. 가니마르는 그것을 펼쳤다. 모두 유대식 구리 등잔의 도난 사건 기사가 실린 것들이었다.

한 시간 후, 자신들이 쳐들어간 순간 자살해 버린 그 기묘한 사내에 대해 아무것도 알아내지 못한 채 가니마르와 숌즈는 그곳을 나왔다.

그는 누구인가? 어째서 자살했는가? 유대식 구리 등잔 사건과 무슨 관련이 있는가? 그가 산책하는 동안 그를 미행한 자는 누구인가? 하나같이 복잡한 의문들이 거듭될수록……, 의혹만 깊어질 뿐…….

헐록 숌즈는 아주 불쾌한 기분으로 잠자리에 들었다. 잠에서 깬 그는 속달 편지 한 통을 받았다. 거기에는 다음과 같이 씌어 있었다.

아르센 뤼팽은 당신이 브레송이라는 인물로 본 저의 비극적인 죽음에 한몫을 했다는 사실을 영예롭게 생각하며, 6월 25일 목요일 국비로 치러지는 제 장례식에 부디 참석해 주시기를 바라는 바입니다.

# 뤼팽, 의자에서 잠들다


숌즈는 아르센 뤼팽에게서 온 편지를 월슨의 눈앞에 흔들어대며 말했다.

「이보게, 친구, 이 사건에서 나를 화나게 하는 건 그 빌어먹을 놈의 눈길이 줄곧 나를 지켜보고 있는 것 같다는 사실일세. 은밀하기 짝이 없는 나 혼자만의 생각도 그가 알고 있는 것 같네. 나는 마치 배우와도 같네. 각본에 따라 완벽하게 모든 행동을 통제당하는 배우 말일세. 나를 넘어서는 어떤 의지가 원하는 대로 이렇게 말하고 저렇게 행하는 것 같다는 말일세. 내 말 알겠나, 월슨?」

40도에서 41도 사이를 오르내리는 고열에 시달리며 깊은 잠에 빠져 있지 않았다면, 월슨은 분명 숌즈의 말을 알아들었으리라. 하지만 그가 듣건 말건 숌즈에겐 상관없었다. 그는 계속해서 말했다.

「용기를 잃지 않기 위해 난 모든 힘을 긁어모으고 온갖 능력을 다 동원해야 한다네. 어쩌면 이런 장난들 때문에 내 자존심이 자극받는 게 다행일 수 있네. 따끔하는 고통이 가라앉고 상처가 아물고 나면 난 언제든지 말할 수 있네. 〈실컷 좋아하게, 이 친구야. 다음번에는 바로 자네가 스스로에 대한 모멸감을 맛보게 될걸세〉라고 말일세. 요컨대 윌슨, 첫 전보 때문에, 그 전보가 어린 앙리에트의 기억을 살려놓았기 때문에 자신과 알리스 드묑이 서신을 교환하고 있음을 알게 되었지. 그 비밀을 알려준 것은 바로 뤼팽 자신이잖은가? 자세한 이야기를 자넨 잊었겠지만 말일세, 이 친구야」

숌즈는 오랜 친구의 잠을 깨울 위험이 있는데도 쿵쾅거리는 소리를 내면서 방 안을 왔다갔다했다.

「요컨대 말일세! 상황은 그렇게 나쁘지 않네. 지금 내 앞에 놓인 길이 좀 어둡긴 하지만 나는 내가 있는 곳이 어딘지 알기 시작했네. 우선 그 브레송이라는 자의 문제부터 정리해야겠네. 브레송이 꾸러미를 던져버린 센 강변에서 가니마르와 만나기로 했네. 이제 그 사내의 역할이 밝혀질걸세. 나머지는 알리스 드묑과 벌여야 할 한판 승부일세. 하지만 알다시피 상대는 그렇게 대단한 인물이 아니잖나, 윌슨? 그러니 조만간 내가 그 글자첩으로 만든 문장과 따로 떨어져 있는 두 개의 글자 곧 C와 H가 의미하는 바를 알아낼 거라고 생각지 않나? 사건의 열쇠가 거기 달려 있으니 말일세, 윌슨」

그 순간 드묑 양이 방 안으로 들어왔다. 그녀는 몸짓을 곁들여 소리높여 말하고 있는 숌즈를 발견하고 부드럽게 말했다.

「숌즈 씨, 제 환자를 깨우시면 당신을 혼내줄 거예요. 환자의 잠을 방해하다니 고약하시군요. 의사가 절대 안정을 취하라고 했어요」

처음 만난 날과 마찬가지로 숌즈는 좀처럼 설명할 수 없는 그녀의 차분함에 놀라 말없이 그녀를 응시했다.

「왜 저를 그렇게 쳐다보세요, 숌즈 씨? 아무것도 아니라고요? 아니, 뭔가 있어요……. 당신은 언제나 속셈을 감추고 있는 것 같아요……. 그게 뭐죠? 말해 주세요, 부탁이에요」

밝은 얼굴에 천진한 두 눈과 미소 짓는 입술로 그녀는 두 손을 가지런히 모으고 상체를 앞으로 약간 숙인 채 그에게 묻고 있었다. 그런 그녀에게서 풍겨나오는 너무나도 천진난만한 태도에 영국인은 화가 치밀었다. 그는 그녀에게 다가가 나지막한 목소리로 말했다.

「어제 저녁 브레송이 자살했소」

그녀는 무슨 말인지 모르겠다는 듯이 그 말을 반복했다.

「어제 저녁 브레송이 자살했다니……」

실제로 그녀의 얼굴에는 그 어떤 동요도 보이지 않았고 감정을 숨기려는 그 어떤 노력도 드러나지 않았다.

숌즈는 짜증스런 어조로 말했다.

「연락을 받은 모양이군. 그렇지 않으면 최소한 놀라기라도 했을 텐데 말이오. 아! 당신은 생각했던 것보다 대단한 여인이군……. 어째서 사실을 숨기는 거요?」

그는 옆 탁자 위에 내려놓았던 그림이 들어 있는 글자첩을 집어들어 글자들을 오려낸 쪽을 펼쳤다.

「여기서 오려낸 글자들을 어떤 순서로 배열해야 유대식 구리

등잔이 도난당하기 나흘 전에 당신이 브레송에게 보낸 편지 내용이 되는지 말해 주겠소?」

「어떤 순서로……, 유대식 구리 등잔의 도난……, 브레송……?」

그녀는 마치 그 말에서 어떤 의미를 끌어내려는 것처럼 천천히 그의 말을 반복했다.

그가 계속 몰아붙였다.

「그렇소. 이런 글자들이 사용되었소. 이 종이에 씌어 있는 글자들 말이오. 당신은 브레송에게 뭐라고 쓴 거요?」

「글자들을 사용해……, 내가 쓴 내용……」

그녀가 갑자기 웃음을 터뜨렸다.

「알겠어요! 이제 이해하겠어요! 내가 그 도난 사건의 공범이라는 거군요! 브레송이라는 사람이 그 유대식 구리 등잔을 훔쳐갔고, 그가 자살을 했다는 거군요. 그리고 나는 그 사람의 애인이고요. 오! 정말 재미있네요!」

「그러면 어제 저녁 테른 대로의 한 건물 3층에서 당신이 만난 사람은 누구요?」

「누구냐니오? 양재사 랑제 양이죠. 랑제 양과 브레송 씨가 동일 인물이라는 건가요?」

모든 정황에도 불구하고 숌즈는 확신하기가 어려웠다. 표정을 바꾸어 공포, 기쁨, 불안 같은 온갖 감정을 꾸며낼 수는 있지만 저렇게 무심한 태도나 행복하고 태평한 웃음을 꾸며낼 수는 없는 법이다.

하지만 그는 다시 그녀에게 말했다.

「마지막으로 묻겠는데 며칠 전 저녁 파리 북역에서 나에게 접근한 이유가 뭐요? 어째서 나에게 이 도난 사건에 개입하지 말고 즉각 떠나달라고 부탁한 거요?」

그녀는 줄곧 너무나도 자연스럽게 웃으며 대답했다.

「아! 정말 호기심이 많으시군요, 숌즈 씨. 그 벌로 당신은 제 대답을 들으실 수 없을 뿐 아니라 제가 약국에 다녀오는 동안 환자를 돌봐주셔야겠어요……. 급한 처방전이 있어서요……. 그럼 다녀올게요」

그녀는 방을 나갔다.

숌즈가 중얼거렸다.

「내가 당했군. 그녀에게서 아무것도 알아내지 못한 건 물론, 내 생각만 알려주고 말았어」

문득 그의 머릿속에 푸른 다이아몬드 사건과 자신이 클로틸드 데스탕주에게 했던 심문이 떠올랐다. 지금 그녀의 태도는 자신에게 맞서 금발의 여인이 보여주었던 것과 같은 종류의 차분함이 아닌가. 아르센 뤼팽의 보호를 받고 있는 인물, 똑같이 위험한 상황에 빠져 불안해하면서도 뤼팽에 대한 신뢰만으로 놀라울 정도로 침착함을 잃지 않는 사람이 여기 또 있지 않은가?

「숌즈……, 숌즈……」

윌슨이 자신을 부르는 소리에 숌즈는 그에게 다가가 몸을 숙였다.

「무슨 일인가, 이 친구야? 많이 힘든가?」

윌슨은 입술을 달싹였지만 말이 되어 나오지 않았다. 이윽고 몹시 애쓴 끝에 그는 더듬더듬 이렇게 말했다.

「아닐세……. 숌즈……. 그녀는 아냐……. 그녀일 리가 없어……」

「도대체 무슨 엉뚱한 소린가? 단언하는데 바로 저 여자라네! 그자가 길들이고 그자가 용기를 북돋은 인물 앞에서가 아니라면

내가 이성을 잃고 이렇게 바보처럼 행동할 리가 없네……. 이제
그 여자는 문제의 글자첩에 대해 내가 어떻게 생각하고 있는가를
모두 알아버렸네……. 분명히 한 시간도 못 되어 뤼팽은 그 사실
을 보고받을걸세. 한 시간? 내가 무슨 말을 하고 있는 거지? 그는
즉시 보고를 받을걸세! 약국이니 급한 처방전이니 하는 건……, 모
두 거짓말일세!」

숌즈는 재빨리 방을 나왔다. 메신 대로로 내려온 그는 약국으
로 들어가는 여자를 발견했다. 10분 후 그녀는 약병과 하얀 종이
에 싼 유리병을 가지고 거기서 나왔다. 돌아오는 그녀를 한 사내
가 따라오고 있었다. 사내는 손에 챙모자를 들고 비굴한 태도로
동냥을 하는 것 같았다.

그녀는 걸음을 멈추고 그에게 적선을 한 다음 다시 걷기 시작
했다.

〈저 사내에게 알려주었군.〉

그것을 본 영국인은 이렇게 생각했다.

그것은 확신이라기보다는 직감에 가까웠지만 그의 전략을 바꾸
게 할 만큼 강력한 느낌이었다. 그래서 그는 젊은 여자를 내버려
두고 가짜 걸인의 뒤를 밟기 시작했다.

걸인과 그는 일정한 간격을 두고 걸어 생 페르디낭 광장에 이
르렀다. 걸인 사내는 브레송이 사는 건물 주위를 오랫동안 배회
하면서, 이따금 눈길을 들어 3층의 창문들을 바라보고 집 안으로
들어가는 사람들을 살펴보았다.

한 시간 후 사내는 뇌이 방향으로 가는 전차의 지붕 위 좌석으
로 올라갔다. 숌즈 역시 그리로 올라가 그의 뒤에서 조금 떨어진

곳에 앉았다. 그의 옆에는 한 남자가 신문을 펼쳐들고 있었다. 마차가 성벽에 이르자 남자는 펼쳐진 신문을 아래로 내렸다. 가니마르였다! 가니마르는 문제의 사내를 가리키며 숌즈에게 귓속말로 말했다.

「어제 브레송을 미행했던 자요. 한 시간 전부터 광장을 배회하고 있었소」

「브레송에 대해 뭐 새로운 소식 없소?」

숌즈가 물었다.

「있소. 오늘 아침 그의 주소로 편지 한 통이 도착했소」

「오늘 아침? 그렇다면 그 편지는 어제 발송되었겠군. 그렇다면 발송자는 브레송이 죽은 걸 몰랐을 거요」

「그렇소. 그 편지는 지금 예심판사의 수중에 있소. 하지만 난 그 내용을 알고 있소」

그는 그 어떤 타협도 받아들이지 않는다. 그는 처음 건과 두번째 건의 물건 전부를 원한다. 그렇지 않으면 그는 행동할 것이다.

가니마르가 덧붙였다.

「이런 내용이었고, 서명은 없었소. 아시다시피 별 도움이 안되는 내용이오」

「내 생각은 전혀 다르다오, 가니마르 씨. 굉장히 흥미로운 내용이오」

「도대체 무엇 때문이오?」

「개인적인 이유 때문이라오」

숌즈는 그가 월슨에게 보여주곤 하는 상대를 무시하는 듯한 태도로 대답했다.

전차는 종점인 샤토가에 이르렀다. 문제의 사내가 전차에서 내려 느긋한 걸음으로 걷기 시작했다.

숌즈가 그의 뒤를 따랐다. 그가 너무 바짝 따라붙자 가니마르는 들킬까 봐 겁이 난 것 같았다.

「저자가 뒤를 돌아보면 우리는 발각될 거요」

「저자는 지금 뒤를 돌아보지 않을 거요」

「그걸 어떻게 아시오?」

「저자는 아르센 뤼팽의 공범이오. 뤼팽의 공범이 저렇게 태평하게 걷고 있다는 사실은 우선 그가 미행당한다는 사실을 알고 있고, 두번째로 그걸 두려워하지 않고 있다는 뜻이오」

「하지만 우리가 아주 가까이 접근한다면?」

「아무리 가까이 접근한다 해도 그는 일 분도 안 돼서 우리 손을 빠져나갈 거요. 저자는 무척 자신감에 차 있소」

「자! 이보시오! 그러면 이렇게 한번 해봅시다. 저기 카페 문 앞에 자전거를 가진 순경 둘이 있소. 저 순경들에게 도움을 요청해 저자에게 접근하기로 마음먹는다면, 저자가 과연 우리 손에서 빠져나갈 수 있을 것 같소?」

「저자는 그런 돌발 사건에 별로 놀라지 않을 거요. 저렇게 오히려 저자가 도움을 청하잖소!」

가니마르가 외쳤다.

「제기랄! 대담하기도 하군!」

실제로 두 명의 순경이 자전거에 오르려는 순간 사내는 그들에게로 다가갔다. 그들에게 몇 마디 건넨 다음 사내는 카페 벽에 세워져 있던 또다른 자전거에 재빨리 올라탔다. 두 명의 순경과 함께 순식간에 사내의 모습이 시야에서 사라져버렸다.

영국인이 웃음을 터뜨렸다.

「이런! 내가 뭐랬소! 하나, 둘, 셋 하는 순간 납치당했군! 누구한테? 당신네 경찰관 둘한테 말이오, 가니마르 씨. 이런! 아르센 뤼팽은 돈도 잘 쓰는군! 자전거 탄 순경들을 매수하다니! 저자의 태도가 지나치게 침착하다고 하지 않았소!」

약이 오른 가니마르가 외쳤다.

「그래서 어떻다는 거요. 이제 어떻게 한단 말이오? 그렇게 웃기만 해서 될 일이겠소!」

「자, 자, 흥분하지 마시오. 갚아줄 때가 올 거요. 지금은 원군이 필요하오」

「폴랑팡이 뇌이 대로 끝에서 날 기다리고 있소」

「그렇다면 가서 그를 데리고 나 있는 데로 오시오」


가니마르는 걸음을 옮겼다. 숌즈는 먼지 많은 길 위에 뚜렷이 나 있는 자전거의 바퀴 자국을 따라가기 시작했다. 두 대의 자전거 타이어가 줄무늬였던 것이다. 얼마 가지 않아 그는 타이어 자국이 센 강변으로 향하고 있는 것을 발견했다. 세 사내들은 전날 저녁 브레송이 접어든 것과 같은 쪽으로 가고 있었다. 이윽고 숌즈는 가니마르와 함께 몸을 숨겼던 철책에 이르렀다. 조금 더 가니 땅위에 줄무늬 타이어 자국들이 뒤얽혀 있는 것이 보였다. 그들이 그 장소에 잠시 서 있었음이 분명했다. 그 바로 앞에 센 강 한가운데로 기슭이 튀어나와 있었고, 그 기슭 끝에 낡은 배가 정박해 있었다.

그곳은 바로 브레송이 꾸러미를 던진 곳, 아니 강 속에 넣어둔 곳이었다. 숌즈는 비탈을 내려갔다. 둑의 경사가 완만하고 강물이 얕아서 문제의 꾸러미를 쉽게 찾을 수 있을 것 같았다. 그 세 사람이 선수를 치지만 않았다면.

그는 생각했다.

〈그래, 맞아. 그들에겐 그럴 시간이 없었어……. 적어도 십오 분은 필요한데……. 그런데 어째서 여길 지나간 것일까?〉

배 안에는 낚시꾼 하나가 앉아 있었다. 숌즈가 그에게 물었다.

「혹시 자전거를 탄 세 명의 남자를 보지 못했소?」

낚시꾼은 고개를 가로저었다.

영국인이 다시 물었다.

「보았을 거요……. 셋이오……. 조금 전 바로 여기에 있었을 텐데……」

낚시꾼은 낚싯대를 겨드랑이에 끼고는 주머니에서 수첩을 꺼내 무어라 적은 다음 그 장을 찢어서 숌즈에게 내밀었다.

전율이 영국인의 몸을 훑고 지나갔다. 낚시꾼의 손에 들린 종이의 내용을 그는 단숨에 알아챘던 것이다. 거기에는 문제의 글자첩에서 오려낸 글자들이 씌어져 있었다.

CDEHNOPRZEO —— 237

쏟아지는 햇빛이 강가를 내리누르고 있었다. 낚시꾼은 밀짚모자의 널따란 챙으로 얼굴을 가린 채 하던 일로 돌아갔다. 그의 옆에는 윗옷과 스웨터가 접힌 채 놓여 있었다. 그는 물가에서 흔들리고 있는 찌를 주의 깊게 주시했다.

무시무시한 침묵 속에서 일 분이 엄숙하게 흘러갔다.

〈이자는 누구일까?〉

숌즈는 고통에 가까운 불안을 느끼며 자문했다.

그러자 진실이 모습을 드러냈다.

〈바로 그자야! 바로 그자라고! 이런 상황에서 불안으로 떨지 않을 수 있는 사람, 앞으로 닥칠 일을 전혀 두려워하지 않을 수 있는 사람은 그자뿐이야……. 게다가 그자가 아니라면 어떻게 그 글자첩 건을 알 수 있겠어? 알리스가 사람을 통해 그에게 알려준 거야.〉

다음 순간 영국인은 자신의 손이, 바로 자신의 손이 권총 손잡이로 향하는 것을 느꼈다. 그의 두 눈은 사내의 등에, 목덜미 조금 아래에 고정되어 있었다. 그가 아주 조금만 움직여도 이 모든 비극은 끝날 터였다. 무모하기 짝이 없는 이 낯선 자의 생명은 딱하게도 끝장날 터였다.

상대는 움직이지 않았다.

방아쇠를 당겨 모든 것을 끝내버리고 싶은 광포한 욕망과 더불어 동시에 자신의 기질과 어울리지 않는 그런 행동에 두려움을 느끼며 숌즈는 권총을 쥔 손에 신경질적으로 힘을 주었다. 지금 그가 쏜다면 상대는 분명 죽을 터였다. 모든 게 끝날 터였다.

그는 생각했다.

〈아! 저자가 자리에서 일어나주었으면, 자신을 방어하기 위해 무슨 일이든 해주었으면……. 아니라면 안됐지만 할 수 없지……. 일 분만 더 있다가……, 방아쇠를 당기는 거야…….〉

하지만 뒤에서 들려오는 발소리에 그는 고개를 돌렸다. 가니마르가 몇 명의 형사와 함께 다가오고 있었다.

순간 숌즈는 생각을 바꿔 배 안으로 몸을 날렸다. 강한 충격에 배의 닻줄이 끊어졌다. 사내를 덮친 그는 두 팔로 사내의 허리 부분을 조였다. 배 한가운데에서 두 사람은 한몸이 되어 뒹굴었다.

뤼팽이 몸을 빼려 애쓰며 소리쳤다.

「이제 어쩌겠단 거요? 이걸로 뭐가 증명된단 말이오? 우리 둘 중 하나가 상대를 제압한다? 그거 참 굉장한 일이겠군! 그러나 당신은 나를, 나는 당신을 어찌해야 좋을지 알 수 없을 거요. 바보들처럼 놀림감이 될 수밖에는……」

두 개의 노가 물 속으로 빠져들어 갔다. 배가 물결에 따라 떠내려가기 시작했다. 강기슭에서 사람들이 고함을 질러대고 있었다. 뤼팽은 말을 계속했다.

「이게 도대체 무슨 짓이오, 맙소사! 당신은 판단 능력까지 잃어버린 거요……? 그 나이에 이런 어리석은 짓을 하다니! 마치 몸만 자란 아이 같지 않소! 쯧쯧, 점잖지 못하게시리!」

뤼팽은 가까스로 몸을 빼내는 데 성공했다.

흥분한 헐록 숌즈는 모든 것을 각오하고 주머니 속에 손을 넣었다. 그의 입에서 욕설이 튀어나왔다. 뤼팽이 그의 권총을 가져가버렸던 것이다.

그는 기슭으로 돌아갈 생각으로 바닥에 주저앉아 노 하나를 붙잡으려 애썼다. 한편 뤼팽은 강 한가운데로 나가기 위해 다른 쪽 노를 쫓고 있었다.

뤼팽이 말했다.

「안 되지……. 안 될 거요. 그래봤자 무슨 소용 있겠소…….

당신이 노 하나를 잡는다 해도 내가 쓰지 못하게 할 텐데……. 그리고 내가 잡는다면 당신 역시 그렇겠지. 그렇소. 살면서 인간은 행동하느라 애쓰지……. 이유도 알지 못한 채 말이오. 왜냐하면 모든 것은 언제나 운명이 결정하니까……. 자, 보시오, 운명은……, 그러니까 운명은 이 백전노장 뤼팽을 도와주기로 결정한 모양이오……. 내 승리요! 물살이 내게 유리하게 흐르고 있다오」

과연 배는 기슭에서 멀어져가고 있었다.

「조심하시오」

뤼팽이 소리쳤다.

기슭에서 누군가 총을 쏘았다. 뤼팽은 고개를 숙였다. 총소리가 울려퍼지며 그들 옆에서 작은 물보라가 솟구쳤다. 뤼팽은 웃음을 터뜨렸다.

「말하긴 좀 그렇지만 이건 내 친구 가니마르가 쏜 거로군! 하지만 이건 정말 나쁜 짓이오, 가니마르. 당신은 정당방위일 경우에만 권총을 쏠 권리가 있소……. 이 변변찮은 아르센이 법에 따른 의무마저 잊게 할 정도로 당신을 약오르게 했단 말이오……? 자, 좋소. 다시 쏘는군……! 가엾은 친구 같으니라고. 당신은 친애하는 탐정 선생을 쏘고 있단 말이오」

뤼팽은 숌즈를 방패막이로 삼고 배 위에 서서 가니마르를 마주 보았다.

「좋소! 이제 됐소……. 정확히 겨냥하시오, 가니마르. 심장 한가운데를 말이오……! 좀 더 위로……, 왼쪽으로……, 빗나갔군……. 그렇게 서툴어서야……. 한 발 더 쏘아보겠소……? 그런데 떨고 있군, 가니마르……. 구령을 붙여야 되지 않겠소? 그리고 냉정을 유지하시오……! 하나, 둘, 셋, 발사……! 빗나갔군.

제기랄. 정부가 당신한테 권총이 아니라 아이들 장난감을 준 거요?」

뤼팽은 표면이 평평하고 묵직한 긴 권총을 꺼내서는 제대로 조준도 하지 않고 방아쇠를 당겼다.

경감은 손으로 자신의 모자를 잡았다. 거기엔 구멍이 나 있었다.

「어떻소, 가니마르? 아! 아주 좋은 물건에서 나온 총알이라오. 고맙다는 인사라도 하시오, 여러분. 이건 내 고상한 친구 헐록 숌즈 선생의 권총이오!」

그는 팔을 휘둘러 권총을 가니마르의 발치에 던졌다.

숌즈는 웃음과 찬탄을 금할 수가 없었다. 이 얼마나 넘쳐흐르는 생명력인가! 이 얼마나 젊고 자연스러운 활기인가! 그는 십분 즐기고 있는 것 같지 않은가! 위험에 맞선다는 것 자체가 그에게 생리적인 기쁨을 선사하는 것 같았다. 이 예외적인 사내에게는 위험을 쫓는 것이야말로 인생의 목표인 것 같았다.

강 양쪽에는 사람들이 몰려들고 있었고, 천천히 물살에 떠밀리며 강 한가운데서 흔들리고 있는 배를 가니마르와 그의 부하들이 쫓고 있었다. 뤼팽의 체포는 확실하고 필연적인 일처럼 보였다.

뤼팽이 영국인 쪽으로 몸을 돌리며 외쳤다.

「고백하시오, 탐정 선생! 지금 당신이 앉아 있는 자리를 트란스발 광산의 금 전체와도 바꾸고 싶지 않다는 걸 말이오! 당신 자리는 1등석이오! 하지만 이건 서막일 뿐이오……. 이제 우리는 단숨에 5막으로 건너뛸 거요. 아르센 뤼팽이 체포되느냐, 탈출하느냐 하는 게 남았다오. 그러므로 친애하는 선생, 당신한테 질문이 하나 있소. 애매하게 말하지 말고 예, 아니오로 대답해 주시기 바라오. 이 사건에서 손을 떼시오. 아직 그럴 시간이 있고 나는 당신이 망쳐놓은 걸 벌충할 수 있소. 더 늦으면 그럴 수 없게 될 거요. 그렇게 하겠소?」

「싫소」

뤼팽의 얼굴이 굳어졌다. 숌즈의 고집에 짜증을 느낀 게 분명했다. 뤼팽이 다시 말했다.

「다시 한번 말하겠소. 이건 나를 위해서가 아니라 당신을 위해서요. 거듭 말하지만, 나중에는 누구보다도 당신 자신이 이 일에 개입한 것을 후회하게 될 거요. 마지막으로 묻겠소. 그렇게 하겠소, 안 하겠소?」

「싫소」

뤼팽은 쭈그리고 앉아 배 바닥의 널빤지 하나를 들어냈다. 몇 분 동안 그가 무슨 일을 하는지 숌즈는 알 수 없었다. 이윽고 뤼팽은 고개를 들고 영국인 옆에 와서 앉아 말했다.

「내 생각에, 선생, 우리는 같은 이유에서 이 강변에 온 것 같소. 당신도 브레송이 처리한 물건을 찾으러 온 거 아니오? 나는 친구들과 약속을 했다오. 막 강물 속에 뛰어들어 그걸 찾아내려는 순간에(내 간편한 차림을 보면 눈치 챘을 거요), 내 친구들이 당신이 오고 있다는 사실을 알려왔소.

하지만 고백하건대 나는 놀라지 않았소. 사실을 말하자면 당신의 수사 과정을 시간 단위로 보고받고 있었으니까 말이오. 어찌나 편리한지! 뮈리요가의 그 집에서 일어나는 일 중에서 내가 관심 있어 할 만한 일은 아주 사소한 것까지도 즉시 전화로 내게 보고되고 있소! 알다시피 이런 상황에서……」

그는 말을 멈추었다. 조금 전 벌려놓은 판자가 위로 들리면서 그 주변으로 물이 조금씩 뿜어져 나오고 있었다.

「맙소사! 내가 무슨 짓을 한 건지는 모르지만 이 낡은 배 바닥에 구멍이 뚫린 것 같소. 겁나지 않소, 선생?」

숌즈는 어깨를 으쓱해 보였다. 뤼팽은 말을 계속했다.

「이런 상황에서, 내가 이 싸움을 피하고 싶어하는 것만큼이나 당신이 총력을 다할 것을 미리 짐작했던 나로서는 당신과 한판 승부를 벌이는 것도 괜찮겠다는 생각이 들었소. 모든 패가 내 수중에 있는 만큼 결말이 뻔한 이 싸움에 말이오. 당신의 패배를 전 세계에 알리기 위해, 그리하여 또다른 드 크로종 백작 부인이나 또다른 댕블발 남작이 나에게 맞서 당신에게 도움을 청하는 일이 없도록 하기 위해 난 우리의 만남을 가능한 한 극적으로 만들려 했던 거요. 아시겠소, 친애하는 선생……」

그는 또다시 말을 멈추고는 두 손을 쌍안경처럼 살짝 구부려 양쪽 강기슭을 살펴보았다.

「이런! 저들이 멋진 보트를 하나 빌렸군. 진짜 전함 같은걸. 온 힘을 다해 노를 젓고 있군. 오 분도 채 못 되어 저 배는 여기까지 올 것이고, 그럼 나는 끝장이오. 숌즈 씨, 충고 하나 하겠소. 달려들어 내게 수갑을 채운 다음 내 나라 사법 당국에 넘기시오……. 이 계획이 마음에 드시오……? 그러려면 적어도 그때까지 배가 가라앉지 말아야 할 거요. 그럴 경우 우리에겐 유언을 준비하는 일밖에 남아 있지 않소. 어떻게 생각하시오?」

그들은 시선을 교환했다. 그제야 숌즈는 뤼팽의 계략을 알 수 있었다. 뤼팽이 일부러 배 바닥에 구멍을 냈던 것이다. 물이 배 안으로 쏟아져 들어오고 있었다.

물이 그들의 신발 밑창을, 이윽고 발을 적셨다. 하지만 두 사람은 전혀 움직이지 않았다.

물이 그들의 발목을 넘어섰다. 영국인은 담배쌈지를 꺼내 담배 한 대를 말아 불을 붙였다.

뤼팽이 말을 이었다.

「아시겠소, 친애하는 선생. 내가 당신 앞에서 무력하다는 이 겸손한 고백을 말이오. 아무 데서나 싸우지 못하고 이렇게 승리 가 보장된 장소에서만 싸움을 벌인다는 사실이야말로 내가 당신 보다 약하다는 뜻이오. 숌즈야말로 내가 두려워하는 유일한 적이 라는 것을 인정하고, 숌즈가 내 길을 막고 있는 한 불안을 떨칠 수 없다는 것을 사람들 앞에서 밝히는 거요. 친애하는 선생, 운 명이 당신과 이야기를 나눌 수 있는 영광을 준다면 바로 이런 얘 기를 하고 싶었소. 아쉬운 것은 단 한 가지, 이런 대화가 두 발이 물에 젖을 수밖에 이런 상황에서 오간다는 거요! 장중함이 결여 된 상황이라고 말하지 않을 수 없소……. 그런데 내가 도대체 무 슨 허튼소릴 하는 거지! 두 발이 물에 젖다니……! 아니, 엉덩이 가 젖었다고 했어야 했는데!」

실제로 물은 그들이 앉아 있는 곳까지 이르렀고 배는 점점 더 가라앉고 있었다.

숌즈는 태연자약하게 입에 담배를 물고 하늘을 골똘히 응시하 고 있는 듯했다. 이 사내 앞에서는, 경찰들에게 쫓기면서도 호쾌 한 태도를 잃지 않는 이 사내 앞에서는 결코 동요하는 기색을 보 일 수 없었던 것이다.

그들은 둘 다 이렇게 생각하고 있는 것 같았다. 뭐라고! 이런 하찮은 일에 동요한다고? 사람들이 물에 빠져죽는 일은 매일같이 일어나고 있지 않은가? 이런 일이 사람의 관심을 끌 만한 가치나 있는 것일까? 그렇게 오만한 두 사람은 끔찍한 결과에 대한 생각을 무심함이라는 가면 속에 감추고, 한쪽은 떠들고 또 한쪽은 멍하니 생각에 잠겨 있었다.

잠시 후면 물이 그들을 삼킬 터였다.


뤼팽이 말을 이었다.

「중요한 건 정의의 투사들이 오기 전에 우리가 빠져죽을 것인지, 아니면 그 후에 빠져죽을 것인지 하는 거요. 중요한 건 그뿐이오. 우리가 물에 빠져죽는다는 것에는 이론의 여지가 없으니 말이오. 선생, 이제 유언을 해야 하는 엄숙한 시간이 되었소. 나는 내 모든 재산을 영국 국민 헐록 숌즈에게 물려주고 그의 처분에 맡기는 바요……. 맙소사, 정의의 투사들이 빨리도 다가오는군! 아! 용감한 사람들 같으니라고! 보기만 해도 즐거워지는군. 노 젓는 모습이 어쩌면 저렇게 절도 있는지! 자, 아니 당신이었군, 폴랑팡 경사? 훌륭하오! 전함을 생각해 내다니, 정말 탁월하군. 상관들에게 당신 칭찬을 해주겠소, 폴랑팡 경사……. 훈장을 받고 싶소? 당연히……, 이미 따놓은 거나 다름없소. 그런데 당신 동료 디외지는 어디 있소? 강의 왼쪽 기슭에 모인 백여 명의 동네 사람들 사이에 숨어 있는 게 그 사람 아니오……? 그러니까 내가 난파에서 살아남아 왼쪽 기슭으로 간다면 디외지와 그쪽 사람들이 나를 맞이주겠고, 오른쪽으로 간다면 가니마르와 뇌이 주민들이 맞아주겠군. 정말 결정하기 어려운 문제로군……」

그 순간 몸이 크게 흔들렸다. 배가 제자리에서 빙빙 돌고 있었다. 숌즈는 할 수 없이 노를 끼워두는 고리에 매달려야 했다.

뤼팽이 말했다.

「선생, 부디 윗옷을 벗으시오. 그 편이 헤엄치는 데 좀 편할 거요. 싫소? 내 충고를 거부하시는 거요? 그렇다면 나도 옷을 입겠소」

뤼팽은 윗옷을 입고 숌즈처럼 단추를 완전히 채운 다음 한숨을 내쉬었다.

「당신은 정말 배짱 있는 사람이오! 그런데 그렇게 고집을 부리다니 안타깝소……. 물론 당신은 최선을 다하겠지. 하지만 정말 소용없는 일일 텐데! 정말이지 그 눈부신 재능을 낭비하는 거란 말이오……」

숌즈는 마침내 침묵을 깨고 입을 열었다.

「뤼팽 씨, 당신은 말이 너무 많군. 지나친 자신감과 경박함 때문에 종종 과오를 범하고 있소」

「무서운 꾸중이로군요」

「자신도 알지 못하는 사이에 당신은 그런 식으로 조금 전 내가 찾던 정보를 주었소」

「뭐라고! 찾는 정보가 있었는데도 내게 말을 안 했다니!」

「나는 누구의 도움도 필요하지 않소. 지금부터 세 시간 내에 나는 댕블발 부부에게 이 수수께끼의 답을 말해 줄 수 있소. 이게 내가 당신에게 해줄 수 있는 유일한 답변이라오……」

숌즈는 자신의 말을 끝맺지 못했다. 그 순간 배가 침몰하면서 그들 둘 다 물에 빠졌던 것이다. 배는 뒤집어진 채 동체를 허공에 드러내며 즉각 물 위로 떠올랐다. 양쪽 기슭에서 아우성 소리가 일었다. 이어 불안한 침묵이 찾아왔다가 문득 환호성이 들려왔다. 물에 빠진 사람 중의 하나가 다시 모습을 나타냈던 것이다.

헐록 숌즈였다.

혜엄을 잘 치는 그는 팔을 크게 뻗어 물을 가르며 폴랑팡의 보트로 다가오고 있었다.

경사가 소리쳤다.

「힘내십시오, 숌즈 선생. 우리가 여기 있습니다……. 약해지지 마십시오……. 그자는 이제 우리에게 맡기십시오……. 우리가 꼭 잡겠습니다. 자……, 조금만 더 힘을 내십시오, 숌즈 선생……. 이 줄을 잡으십시오……」

영국인은 그들이 던져준 밧줄을 잡았다. 그가 뱃전으로 기어올라 가는 동안 뒤에서 이렇게 말하는 목소리가 들려왔다.

「수수께끼의 해답이라, 친애하는 선생. 물론 그럴 거요. 당신은 그걸 찾아냈을 거요. 오히려 벌써 찾아내지 못한 게 놀라울 정도요……. 그런데 그 다음에는? 그게 당신에게 무슨 도움이 된단 말이오? 바로 그 순간 당신은 이 싸움에서 패배하게 될 텐데……」

이제 배의 동체에(그는 막 그 위로 기어오른 참이었다) 말 타듯이 편안하게 걸터앉은 아르센 뤼팽은 상대방을 설득하려는 듯 점잖은 몸짓까지 곁들이며 말을 이었다.

「잘 생각해 보시오, 친애하는 선생. 이제 할 일이 아무것도 없소. 전혀 없단 말이오……. 당신은 참으로 딱한 상황에 놓여 있소. 마치……」

폴랑팡이 그에게 총구를 겨누었다.

「항복하라, 뤼팽」

「무례하군, 폴랑팡 경사. 내 말을 중간에 자르다니. 그러니까 내 말은……」

「항복하라, 뤼팽」

「빌어먹을. 폴랑팡 경사, 항복이란 위험에 처했을 때 하는 거요. 당신은 내가 지금 전혀 위험하지 않다는 걸 믿지 못하는군!」

「마지막으로 경고한다, 뤼팽. 당신에게 항복할 것을 촉구한다」

「폴랑팡 경사, 당신은 나를 쏠 생각이 전혀 없소. 기껏해야 내게 부상을 입히려는 정도겠지. 그 정도로 당신은 내가 도망칠까봐 겁이 나는 거요. 그런데 혹시 그 부상이 치명적이라면? 안 되지. 얼마나 후회하게 될지 생각해 보란 말이오, 이 딱한 친구야! 당신의 노년을 망쳐버린다는 생각을 해보란 말이오……!」

순간, 총알이 발사되었다.

뤼팽의 몸이 휘청 하고 흔들렸다. 그는 한순간 배의 잔해에 매달렸다가는 이윽고 손을 놓고 시야에서 사라졌다.

그때 시각은 정확히 세시였다. 뤼팽에게 말했던 대로 여섯시 정각이 되자, 헐록 숌즈는 뇌이의 한 여관 주인에게서 빌린 품이 끼는 윗옷에 길이가 너무 짧은 바지를 입고 챙모자를 쓰고 비단 끈이 달린 플란넬 셔츠를 걸친 모습으로 뮈리요가의 내실로 들어섰다. 그는 댕블발 부부에게 자신이 왔음을 알리고 면담을 요청했다.

댕블발 부부가 들어왔을 때 숌즈는 방 안을 이리저리 왔다갔다 하고 있었다. 그의 기묘한 차림이 어찌나 우스웠던지 그들은 웃음이 터져나오려는 것을 억지로 참아야 했다. 그는 등을 구부정하게 굽힌 채 생각에 잠긴 표정으로 자동 인형처럼 창가에서 문까지, 문에서 창가까지 매번 같은 걸음수와 같은 방향을 유지한 채 왔다갔다하고 있었다.

그는 걸음을 멈추고 골동품 하나를 집어들어 무심코 살펴본 다음 다시 걸음을 옮겨놓았다.

이윽고 두 사람 앞에 선 그가 물었다.

「드뭥 양은 집에 있소?」

「그렇습니다. 아이들과 함께 정원에 있어요」

「선생, 이제부터 할 이야기는 결정적인 거요. 그러니만큼 드뭥 양이 이 자리에 있었으면 하오」

「결정적이라면……?」

「조금만 참으시오, 선생. 가능한 한 낱낱이 두 분 앞에 밝힐 사실들이 진실을 명료하게 밝혀줄 거요」

「좋습니다. 쉬잔, 당신이 그럼……?」

댕블발 부인이 자리에서 일어섰다. 나가자마자 그녀는 곧바로 알리스 드뭥과 함께 돌아왔다. 평소보다 약간 창백한 얼굴로 드뭥 양은 왜 자신을 불렀는지조차 묻지 않은 채 탁자에 기대섰다.

숌즈는 그녀를 바라보지 않는 것 같았다. 그는 갑자기 댕블발 씨 쪽으로 몸을 돌리고는 반론을 허락하지 않는 어조로 입을 열었다.

「며칠 간의 수사 결과, 선생, 물론 몇몇 사건들 때문에 순간적으로 관점을 바꾼 적도 있긴 했지만, 나로서는 처음에 당신한테 이야기했던 결론을 되풀이할 수밖에 없소. 그 유대식 구리 등잔은 이 저택에 사는 누군가가 훔쳐낸 것이오」

「범인의 이름은?」

「알고 있소」

「증거는?」

「범인을 당황하게 만들기에 충분한 증거를 갖고 있소」

「당황하게 하는 것만으로는 충분치 않습니다. 우리는 무엇보다도 되찾아야 합니다. 그……」

「유대식 구리 등잔을 말이오? 그건 내가 갖고 있소」

「오팔 목걸이는? 그 담뱃갑은?」

「오팔 목걸이, 담뱃갑, 요컨대 두번째로 도난당했던 모든 것들도 내 수중에 있소」

숌즈는 이런 연극적인 분위기와 약간 냉담한 방식으로 자신의 승리를 알리는 것을 즐겼다.

과연 남작 부부는 무엇엔가 얻어맞기라도 한 것처럼 말없는 호기심에 차서 그를 바라보고 있었다. 그것이야말로 그에게는 최대의 찬사였다.

이어 숌즈는 지난 사흘 동안 자신에게 일어난 일을 자세히 들려주었다. 글자첩을 발견한 경위, 오려낸 글자들을 가지고 종이 위에 문장을 만든 일, 센 강변으로 브레송을 미행한 이야기와 그 사내의 자살, 그리고 자신과 뤼팽의 싸움, 배의 침몰과 뤼팽의 실종에 대한 이야기였다.

그가 이야기를 마치자, 남작이 낮은 목소리로 말했다.

「이제 범인의 이름을 밝히는 일만 남아 있군요. 도대체 범인이 누굽니까?」

「그 글자들을 오려낸 사람, 그 글자들로 아르센 뤼팽과 편지를 주고받은 사람이오」

「그 사람이 편지를 보낸 대상이 아르센 뤼팽이라는 것을 어떻게 아십니까?」

「뤼팽 본인이 내게 알려주었소」

그는 구겨지고 물에 젖어 축축한 종이 쪽지를 내밀었다. 배 안에서 뤼팽이 수첩에서 찢어낸 것으로 거기에는 문장 하나가 적혀 있었다.

숌즈가 만족스런 어조로 말했다.

「주목할 점은, 그럴 만한 일이 없었는데도 뤼팽 자신이 나에게 이 종이를 내주었다는 사실이오. 그러니까 잘못을 자인한 셈이오. 그의 단순한 장난이 내게 정보를 준 거요」

남작이 말했다.

「무슨 정보를 주었다는 건지……, 나로서는 도저히 알 수가……」

숌즈는 종이 위의 글자와 숫자들을 펜으로 짚어보였다.

CDEHNOPRZEO —— 237

댕블발 씨가 물었다.

「이게 어떻단 말입니까? 이건 조금 전 당신이 글자첩에서 보았다는 것과 똑같은 글자들인데요」

「아니오. 이 글자들을 여러 가지 방법으로 조합해 보면, 당신도 나처럼 첫눈에 이 글자들이 그것과 다르다는 걸 알 수 있었을 거요」

「뭐가 다르다는 겁니까?」

「여기엔 두 개의 글자가 더 들어 있소. E와 O가 하나씩 더 있단 말이오」

「과연 그렇군요. 미처 못 보았는데……」

「〈REPONDEZ〉라는 단어를 만들고 남는 C와 H에 그 두 글자

를 조합해 보시오. 나올 수 있는 단어가 〈ECHO〉뿐이라는 것을
알 수 있을 거요」

「그 뜻은?」

「뤼팽의 공식적인 기관지인 《에코 드 프랑스》를 뜻하는 거요.
뤼팽은 그 신문에만 자신의 〈성명〉을 발표한다오. 《에코 드 프랑
스》의 237번 줄 광고란으로 답장 바람〉, 이것이 내가 그토록 찾던
수수께끼의 정답이었소. 그런데 고맙게도 뤼팽이 그걸 알려준 거
요. 나는 《에코 드 프랑스》 사무실로 갔소」

「그래서 발견했습니까?」

「아르센 뤼팽과 그의 공범 모 씨의 관계를 밝혀주는 자세한 기
록을 찾아냈소」

그런 다음 숌즈는 제4면이 펼쳐진 신문 일곱 장을 펼치고는 거
기서 한 줄씩을 골라냈다. 다음과 같은 내용이었다.


1. A. L. 여자 보호 요청. 540.

2. 540. 설명 기다림. A. L.

3. A. L. 지배하. 적. 파멸.

4. 540. 주소 바람. 조사 예정.

5. A. L. 뭐리요.

6. 540. 3시. 공원. 제비꽃.

7. 237. 접수. 토요일. 일요일. 아침. 공원.


「그러니까 이게 자세한 기록이라는 겁니까!」

댕블발 씨가 소리쳤다.

「이런, 그렇소. 조금만 주의를 기울인다면 내 말에 동의하게

될 거요. 우선 〈540〉이라고 자신을 밝힌 어떤 〈여자〉가 〈아르센 뤼팽〉에게 〈보호〉를 〈요청〉했소. 그에 대해 〈뤼팽〉은 〈설명〉을 〈요구〉했소. 그 여자는 자신이 〈적의 지배〉 아래 있다고 대답했소. 그 적이란 바로 브레송이오. 그리고 누군가 도와주지 않는다면 자신은 〈파멸〉하게 될 거라고 대답했소. 용의주도한 뤼팽은 즉각 그 미지의 여자와 교섭하는 대신 〈주소를 요구〉하고 〈조사를 제안〉했소. 여인은 나흘 동안 망설였소. 광고가 게재된 날짜를 보면 알 수 있을 거요. 마침내 시간에 쫓긴 데다가 브레송에게 협박까지 받은 여자는 자기가 살고 있는 곳이 〈뮈리요가〉라고 알려주었소. 다음날 아르센 뤼팽은 〈세시〉에 몽소 〈공원〉에서 만나자면서 그 미지의 여자에게 알아볼 수 있도록 〈제비꽃〉 한 다발을 들고 있으라고 했소. 그때부터 여드레 동안 두 사람의 편지는 중단되었소. 아르센 뤼팽과 그 여자는 신문을 통해 편지를 쓸 필요가 없었을 거요. 서로 만났거나 직접 편지를 주고받았을 테니까 말이오. 계획이 세워졌소. 브레송의 요구를 만족시키기 위해 여자는 유대식 구리 등잔을 훔치기로 했소. 날짜를 정하는 일만 남아 있었소. 여자는 신중을 기해 글자를 오려붙이는 방법으로 편지를 보내기로 했소. 토요일에 그 일을 하기로 마음을 정한 여자는, 〈REPONDEZ ECHO 237(에코 237로 대답 줄 것)〉이라는 글귀를 덧붙였소. 뤼팽은 여자의 편지를 〈접수〉했으며 〈일요일〉 〈아침〉 〈공원〉에서 만나자고 대답했소. 일요일 아침, 유대식 구리 등잔이 도난당했소」

「과연 모든 게 앞뒤가 맞는군요. 얘기가 완벽하게 맞아떨어지는군요」

남작이 인정했다.

숌즈가 다시 말했다.

「도난 사건은 이렇게 해서 일어났소. 여자는 일요일 아침 외출해 뤼팽에게 자신이 한 일을 알리고 브레송에게 유대식 구리 등잔을 가져다주었소. 그러자 사태는 뤼팽이 예상한 대로 전개되었소. 열린 창문과 땅에 난 네 개의 자국과 발코니에 난 두 개의 긁힌 자국들로 인해 판단을 그르친 경찰은 즉각 외부 침입에 의한 도난 사건이라는 가설을 받아들였소. 여자는 안심할 수 있었소」

남작이 말했다.

「그렇군요. 논리적으로 문제가 없는 설명이라는 걸 인정합니다. 하지만 두번째 도난 사건은……」

「두번째 도난 사건은 첫번째 도난 사건으로 부추겨진 거요. 신문들이 유대식 구리 등잔이 어떻게 사라졌는가를 자세히 다루자 누군가 또다시 그런 침입을 감행해 남아 있는 것들을 훔쳐갈 생각을 한 거요. 이번에는 위장된 도난 사건이 아니라 진짜 도난 사건, 곧 가택 침입 절도였던 거요」

「범인은 뤼팽이겠지요, 물론……」

「아니오. 뤼팽은 그렇게 멍청한 행동을 하지 않소. 뤼팽은 사소한 일로 사람을 쏘지 않소」

「그렇다면 누굽니까?」

「당연히 브레송의 짓이오. 그는 자신이 협박했던 여자 모르게 그 일을 저질렀소. 이곳에 들어왔던 자는 브레송이었소. 내가 쫓아갔던 자도, 내 가엾은 친구 윌슨을 찌른 자도 그였소」

「확신하십니까?」

「확신하오. 브레송의 공범 하나가 어제 브레송이 자살하기 전에 그에게 보낸 편지가 있소. 그 편지는 이 저택에서 도난당한 모든 물건의 반환을 위한 협상이 그 공범과 뤼팽 사이에 진행중이라는 것을 말해 주고 있소. 뤼팽은 모두 다 반환할 것을 요구했소. 그 편지에는 〈처음 건과 두번째 건의 물건 전부를 원한다〉고 씌어 있었소. 처음 건이란 곧 유대식 구리 등잔을 말하는 거요. 나아가 뤼팽은 브레송을 감시하고 있었소. 어제 저녁 브레송이 센 강변으로 갔을 때 뤼팽의 부하 중 하나가 우리와 함께 그를 뒤쫓았소」

「브레송은 센 강변엔 뭐 하러 간 겁니까?」

「내 수사가 진행되고 있다는 사실을 알고……」

「누굴 통해 알았다는 겁니까?」

「그 여자를 통해서요. 당연한 일이지만 그녀는 유대식 구리 등잔이 발견되면 자신의 범죄가 발각될까 두려워하고 있었소. 소식을 들은 브레송은 자신에게 혐의가 갈 만한 물건들을 꾸러미 하나로 묶어 일단 위험이 지나가고 나서 되찾을 수 있는 어떤 장소에 숨겼소. 하지만 집으로 돌아오는 길에 가니마르와 내게 추적을 당하자 이성을 잃고 자살한 거요. 물론 양심에 걸리는 다른 중죄들도 저질렀을 거요」

「그렇다면 그 꾸러미 속에 든 것은?」

「유대식 구리 등잔과 당신의 다른 골동품들이오」

「그런데 그것들은 당신의 수중에 있다고 하지 않았습니까?」

「뤼팽이 실종된 후 나는 헤엄 치는 김에 브레송이 택한 그 장소로 갔소. 거기에서 천과 밀랍을 입힌 종이에 싸인 도난당한 물건들을 찾아온 거요. 여기 탁자 위에 있는 게 바로 그거요」

한마디 말없이 남작은 끈을 자르고 서둘러 젖은 천조각을 펼쳤다. 그 안에서 구리 등잔을 꺼낸 그는 밑받침 아래에 있는 나사를 풀었다. 그런 다음 두 손으로 용기를 잡고 전체를 두 부분으로 분리했다. 그 안에는 루비와 에메랄드가 박힌 금으로 된 키마이라 상이 들어 있었다.

그것은 전혀 손상되지 않은 채였다.

사실들을 제시하는 데 그친 숌즈의 설명은 표면적으로는 아주 자연스러웠지만, 거기에는 그 상황을 너무나도 비극적으로 만드는 무엇인가가 숨어 있었다. 숌즈의 한마디 한마디는 알리스 드묑에게 던지는 공식적이고 직접적이고 결정적인 비난이었기 때문이다. 또한 믿기 어려울 정도로 침묵을 지키는 알리스 드묑의 태도도 그 비극성을 더하는 데 한몫을 했다.

작은 증거들이 하나씩 축적되어 가는 그 길고 잔인한 시간 동안 그녀는 얼굴 근육 하나 움직이지 않았다. 그녀의 평온하고 투명한 눈빛에는 그 어떤 반항이나 불안의 빛도 떠오르지 않았다. 그녀는 무슨 생각을 하고 있는 것일까? 무엇보다도 헐록 숌즈가 그토록 능란하게 자신을 옭아매 놓은 철의 울타리를 부수고 자신을 변호해야 할 그 장엄한 순간에 그녀는 무슨 말을 할 것인가?

그 순간이 왔지만 그녀는 입을 열지 않았다.

「대답해요! 대답하란 말이오!」

댕블발 씨가 소리쳤다.

그녀는 아무 말도 하지 않았다.

그가 거듭 채근했다.

「한마디만 하면 된다오……. 아니라고 한마디만 하면 당신 말을 믿겠소」

그녀는 그 말을 하지 않았다.

남작은 부산하게 방을 가로질렀다가 다시 되돌아왔다가 다시 가로질렀다. 이윽고 그가 숌즈에게 말했다.

「이런, 아닐 겁니다, 선생! 나로서는 당신 말을 사실이라고 받아들일 수가 없습니다! 도저히 범죄를 저지를 수 없는 사람이 있는 법입니다! 이 범죄는 내가 아는 모든 사실, 일 년 전부터 목격해온 모든 사실과 완전히 상치된단 말입니다」

남작은 영국인의 어깨에 한 손을 얹었다.

「자신의 말이 틀리지 않았다는 것을 절대적으로, 결정적으로 확신합니까, 선생?」

숌즈는 뜻밖의 공격을 당해 허를 찔린 사람처럼 대답을 주저했다. 하지만 그는 미소를 지으며 이렇게 말했다.

「내가 범인이라고 여기는 그 사람만이 이 집 안에서 가진 위치로 인해 구리 등잔 속에 이런 멋진 보석이 들어 있었다는 것을 알고 있었을 거요」

「난 그 말을 믿고 싶지 않소」

남작이 중얼거렸다.

「그녀에게 직접 물어보시오」

사실 직접 물어보는 것이야말로 남작이 그 젊은 여자에 대한 맹목적인 신뢰 때문에 차마 하지 못했던 일이었다. 하지만 이제 그는 그 일을 피할 수가 없었다.

남작은 그녀에게로 다가가 그녀의 두 눈을 똑바로 응시했다.

「당신이오, 드뫼 양? 당신이 보석을 훔쳤소? 아르센 뤼팽과 편지를 주고받고 도난 사건을 가장한 거요?」

그녀가 대답했다.

「예, 접니다, 선생님」

그녀는 고개를 숙이지 않았다. 그녀의 표정에는 수치심도, 당혹감도 떠올라 있지 않았다.

댕블발 남작이 중얼거렸다.

「이럴 수가! 믿을 수가 없어……. 세상 모든 사람이 다 범인이라도 당신만은 아닐 줄 알았는데……. 어떻게 그런 짓을 저질렀단 말이오, 이 딱한 아가씨야?」

그녀가 대답했다.

「숌즈 씨가 말씀하신 대로예요. 토요일 밤에서 일요일 아침 사이 저는 이 내실로 내려와 유대식 구리 등잔을 훔쳐서는 아침에 넘겨줬어요……. 그 남자한테」

남작이 반박했다.

「천만에! 그런 주장은 받아들일 수가 없소」

「받아들일 수가 없다니오! 도대체 왜죠?」

「그날 아침 나는 내실문에 빗장이 걸려 있는 것을 보았단 말이오」

그녀는 얼굴을 붉히고 태도를 허물어뜨리며 조언해 줄 것을 요청하기라도 하듯이 숌즈를 바라보았다.

숌즈는 남작의 반박보다도 알리스 드묑의 당황한 태도에 더 놀랐다. 그녀에겐 대답할 거리가 없단 말인가? 유대식 구리 등잔의 도난에 대한 숌즈의 설명을 인정한다는 그녀의 고백이 사실을 확인해 보면 즉각 허물어질 거짓이었단 말인가?

남작이 다시 말했다.

「이 문은 잠겨 있었소. 단언하지만 그날 아침 나는 전날 저녁 내가 해둔 대로 빗장이 걸려 있는 것을 확인했소. 만약 당신 주장 대로 당신이 이 문을 통해 들어왔다면 누군가 안에서, 다시 말해서 이 내실이나 우리 부부의 침실에서 당신에게 문을 열어주었어 야 하오. 그런데 그 두 방에는 아내와 나 말고는 아무도 없었단 말이오」

숌즈는 얼굴이 붉어지는 것을 감추기 위해 얼른 몸을 숙여 두 손에 얼굴을 묻었다. 한순간 너무 강한 빛과도 같은 그 무엇이 그를 강타했다. 그는 마비된 채 불편한 마음으로 한참 동안 움직이지 않았다. 모든 것이 드러나고 있었다. 어둠이 물러감으로써 캄 캄했던 눈앞이 갑자기 밝아지는 것처럼.

알리스 드뫙은 범인이 아니었다.

알리스 드뫙, 그녀가 무죄라는 사실은 명백한 진실이었다. 동시에, 숌즈가 첫날부터 그 젊은 여자에게 끔찍한 비난을 퍼부으면서 느껴야 했던 거북함 같은 것이 해명되었다. 그는 이제 사태를 명료하게 파악할 수 있었다. 그는 알고 있었다. 이제 하게 될한 가지 행동이 지금 이 자리에서 확실한 증거를 확보하게 해주리라는 것을.

다시 고개를 든 그는 잠시 후 최대한 자연스럽게 보이려고 애를 쓰며 댕블발 부인에게 눈길을 돌렸다. 그녀는 창백하게 질려 있었다. 인생에서 가혹한 시련의 순간을 맞은 사람에게 엄습하는 그런 종류의 창백함이었다. 감추려 애쓰고 있었음에도 그녀의 두 손은 미세하게 떨리고 있었다.

숌즈는 생각했다.

〈잠시 후면 부인 스스로 털어놓겠군.〉

숌즈는 끔찍한 불상사를 막고자 하는 간절한 바람으로 그녀와 남편 사이에 자리를 잡았다. 그 남자와 그 여자가 그런 위험에 노출된 건 바로 〈자신의 잘못〉 때문이었던 것이다. 하지만 남작을 바라본 그는 몸 깊숙한 곳으로 전율이 지나가는 것을 느꼈다. 자신을 마비시켰던 바로 그 갑작스러운 깨달음이 지금 댕블발 씨를 강타하고 있었다. 똑같은 일이 남작의 머릿속에서도 일어나고 있었다. 이번에는 남작이 사태를 깨달았다! 그가 사실을 알아챘던 것이다!

알리스 드묑은 뒤바꿀 수 없는 진실에 필사적으로 저항했다.

「그 말씀이 맞아요, 선생님. 제가 실수했어요……. 사실은 이쪽으로 들어온 게 아니에요. 현관으로 나가 정원을 통해 들어왔어요. 사다리의 도움으로……」

헌신적인 노력이었다……. 하지만 소용없는 노력이 아닌가! 그녀의 말이 공허하게 울려퍼졌다. 목소리에는 확신이 없었고, 그 아름다운 눈빛은 더 이상 투명하지 않았으며, 품위 있는 태도에서는 신뢰감을 찾아볼 수 없었다. 그녀는 패배를 인정하고 고개를 떨구었다.

잔인한 침묵이었다. 안색이 납빛이 된 댕블발 부인은 고뇌와 괴로움으로 온몸을 긴장시킨 채 남작의 처분만을 기다리고 있었다. 남작은 자신의 행복이 무너지는 것을 믿고 싶지 않은 듯, 여전히 자신과 싸우고 있었다.

이윽고 그가 더듬거리며 말했다.

「말해 봐! 설명해 보라고……!」

「뭐라고 할 말이 없어요, 가엾은 사람」

그녀는 아주 낮은 목소리로 말했다. 고통으로 얼굴이 일그러져 있었다.

「그럼……, 드묑 양은……」

「드묑 양은 나를 구해 준 거예요. 헌신과……, 애정으로……, 내 죄를 대신 뒤집어썼어요……」

「무엇으로부터 구했다는 거요? 누구로부터?」

「그 사내로부터 말이에요」

「브레송?」

「그래. 그가 협박한 건 저였어요……. 저는 그를 한 친구네 집에서 알게 됐어요……. 그의 말을 곧이 듣다니 제가 정신이 나갔나 봐요……. 오! 당신한테 용서를 구해야 할 그런 일은 없었어요……. 하지만 제가 두 통의 편지를 쓴 건 사실이에요……. 당신한테 보여줄 수도 있어요……. 그 편지를 그에게서 도로 사들였지요……. 일이 어떻게 된 건지 당신이 아실 수만 있다면……. 오! 절 가엾게 여겨주세요……. 얼마나 울었던지!」

「당신이! 당신이! 쉬잔!」

남작은 아내를 때릴 듯이, 죽여버릴 듯이 움켜쥔 두 주먹을 그녀 위로 쳐들었다. 하지만 그의 두 팔은 힘없이 떨구어졌다. 그는 또다시 이렇게 중얼거렸다.

「당신이, 쉬잔……! 당신이……! 이럴 수가……!」

투막투막 끊긴 문장들로 그녀는 딱하고 흔한 연애 사건의 전모를, 그리고 상대 남자의 비열함을 알고서야 겁에 질려 정신을 차렸던 일, 후회, 미칠 것 같은 고통을 이야기하기 시작했다. 그런 다음 그녀는 알리스의 감동적인 행동에 대해서도 이야기했다. 자신이 절망에 빠진 것을 눈치 챈 젊은 처녀는 자초지종을 털어놓게 한 다음 뤼팽에게 편지를 썼다. 브레송의 손아귀에서 여주인을 건져주려고 도난 사건을 꾸며냈던 것이다.

댕블발 씨는 얼빠진 모습으로 몸을 굽힌 채 거듭 중얼거렸다.

「당신이, 쉬잔, 당신이…… 어떻게 당신이 그럴 수가……?」

그날 밤, 칼레에서 두브르 사이를 운항하는 증기선 〈빌 드 롱드르〉 호는 잔잔한 물 위를 천천히 미끄러져 나아가고 있었다. 사방은 캄캄하고 고요했다. 평화로운 구름이 배 위로 언뜻언뜻 보였고, 베일처럼 가벼운 안개가 달과 별이 뿌얀 빛을 퍼뜨리는 무한한 우주와 배 사이를 채우고 있었다.

대부분의 승객들은 선실이나 휴게실로 들어가고 난 뒤였다. 하지만 좀 더 대담한 승객들은 갑판 위를 산책하기도 하고, 두꺼운 모포를 덮고 널찍한 흔들의자에 파묻혀 잠을 청하기도 했다. 여기저기에서 반짝이는 담뱃불들이 보였고, 장엄한 적막 속에서 차마 목소리를 높이지 못하고 속삭이는 목소리들이 부드러운 바람 소리와 뒤섞여 들려오고 있었다.

승객 하나가 규칙적인 걸음으로 상갑판의 난간을 따라 걷다가는 긴 의자에 누워 있는 사람 곁에서 걸음을 멈추었다. 누워 있는 사람이 몸을 조금 움직이자 승객이 그에게 말했다.

「자는 줄 알았소, 알리스 양」

「아니랍니다, 아니에요, 숌즈 씨. 잠이 오질 않아요. 생각을 하고 있었어요」

「무슨 생각 말이오? 물어봐도 실례가 안 되겠소?」

「댕블발 부인을 생각하고 있었어요. 지금쯤 얼마나 상심이 크실까요! 그분의 인생은 이제 망가져버렸어요」

숌즈가 열심히 말했다.

「그렇지 않소, 그렇지 않아. 그 부인은 용서받을 수 없는 잘못을 저지르진 않았소. 댕블발 씨는 그 실수를 잊게 될 거요. 우리가 떠나올 때 벌써 아내를 바라보는 그의 눈길이 훨씬 누그러져 있었소」

「그럴지도 모르죠……. 하지만 잊기까지는 오랜 시간이 걸릴 거예요……. 그리고 부인은 계속 괴로워하실 거고요」

「당신은 그 부인을 무척 좋아하나 보군요?」

「무척 좋아해요. 그렇기 때문에 두려움에 떨면서도 웃을 수 있었고, 피하고 싶은 마음이 간절한데도 선생님의 눈길을 마주받을 힘을 낼 수 있었어요」

「그렇다면 당신은 그 부인을 떠나는 게 슬프겠군요?」

「얼마나 슬픈지 모르겠어요. 제겐 부모님도 안 계시고 친구도 없어요……. 그 부인뿐이었는데」

그녀의 슬픔에 마음이 움직인 영국인이 말했다.

「새로 친구를 사귀게 될 거요. 내가 약속하겠소……. 나는 아는 사람도 좀 있고……, 영향력도 있다오……. 단언하는데 조만간 당신의 처지를 유감스럽게 여기지 않게 될 거요」

「그럴 수도 있겠죠. 하지만 이제 댕블발 부인은 제 곁에 안 계시는걸요……」

그들은 더 이상 이야기를 나누지 않았다. 헐록 숌즈는 갑판 위를 두세 번 더 왔다갔다한 다음 여행의 동반자인 그녀 곁에 와서 앉았다.

안개의 장막이 걷히고 구름도 하늘에서 모습을 감추었다. 별이 반짝이고 있었다.

숌즈는 스코틀랜드식 망토인 인버네스 속에서 파이프를 꺼내 담뱃잎을 채워넣었다. 그는 불을 붙이기 위해 연달아 네 개의 성냥을 그었으나 성공하지 못했다. 남은 성냥이 그것뿐이었으므로 자리에서 일어나 몇 걸음 떨어져 있는 곳에 앉아 있는 남자에게 다가가 말했다.

「불 좀 빌릴 수 있을까요?」

남자는 성냥갑을 열고 성냥을 그었다. 즉각 불꽃이 피어올랐다. 성냥 불빛을 통해 숌즈는 아르센 뤼팽의 얼굴을 알아볼 수 있었다.


그 영국인에게서 미세한 몸짓, 겨우 알아챌 수 있음 직한 뒷걸음질을 보지 않았다면 뤼팽은 그가 자신이 배에 탔다는 사실을 미리 알고 있었으리라고 생각했을 것이다. 숌즈는 거의 완벽하게 자신의 감정을 억제하고 극히 자연스러운 태도로 상대에게 손을 내밀었다.

「건강은 괜찮소, 뤼팽 씨?」

「훌륭하오!」

뤼팽이 소리쳤다. 그렇게까지 자신의 감정을 억제할 수 있는 상대의 능력에 감탄이 터져나왔던 것이다.

「훌륭하다니……? 뭐가 말이오?」

「뭐라고, 무슨 일이냐니? 센 강에 빠져죽었어야 할 내가 이렇게 유령처럼 당신 앞에 다시 나타났소. 그런데도 당신은 자존심 때문에, 그 놀라운 자존심 때문에 (내가 보기에는 지극히 영국적이오) 얼떨떨한 동작이나 외마디 소리 하나 내뱉지 않았단 말이오! 그렇소, 거듭 말하지만 훌륭하오, 정말 놀랍소!」

「감탄할 일이 아니오. 배에서 떨어지는 당신 모습을 보고 나는 당신이 일부러 물 속으로 몸을 던졌다는 걸 잘 알고 있었소. 그 경사가 쏜 총에 맞지 않았다는 걸 말이오」

「그런데도 내가 어떻게 됐는지 알아보지도 않고 떠났단 말이오?」

「당신이 어떻게 됐느냐고? 그건 당연히 알고 있었소. 강 양쪽 기슭의 1킬로미터에 걸쳐 오백 명의 사람들이 지켜보고 있었소. 당신이 혹시 죽음을 모면했다 해도 그 순간 체포됐을 게 분명하오」

「하지만 나는 지금 여기 와 있소」

「뤼팽 씨, 무슨 짓을 한다 해도 내가 놀라지 않는 사람이 이 세상에 둘 있소. 하나는 나고, 다른 하나는 당신이오」


평화 협정이 체결되었다.

숌즈가 아르센 뤼팽을 잡는 일에 전혀 성공하지 못했다 하더라도, 잡는 걸 영원히 포기해야 할 탁월한 적으로 뤼팽이 계속 남아 있다 하더라도, 이번 대결에서 뤼팽이 줄곧 우위를 유지해 왔다 하더라도, 영국인이 푸른 다이아몬드를 찾은 것처럼 그 놀라운 집요함을 발휘해 유대식 구리 등잔을 되찾은 건 사실이다. 이번 성과가 다른 때보다 덜 찬란했을지는 모른다. 특히 대중들의 눈으로 본다면 더 그러할 터였다. 왜냐하면 숌즈는 그 유대식 구리 등잔이 발견된 상황에 대해 입을 다물어야 했고, 범인의 이름

역시 모른다고 해야 했던 것이다. 하지만 사나이 대 사나이, 뤼팽 대 숌즈, 괴도 대 탐정로서는 승자도 없고 패자도 없는 막상막하의 싸움이었다. 그들 각자가 승리했다고 주장할 수 있었다.

두 사람은 무장을 해제한 채 상대의 가치를 인정하는 예의 바른 적수로서 이야기를 나누었다.

숌즈의 요구에 따라 뤼팽은 자신이 어떻게 탈출했는지 이야기했다.

그는 말을 시작했다.

「그런 걸 탈출이라고 부를 수 있는지 모르겠소. 너무나도 간단했으니 말이오! 내 친구들이 옆에서 나를 지켜보고 있었소. 유대식 구리 등잔을 물에서 건지려고 약속을 해놓았기 때문이오. 그 배의 뒤집혀진 동체 아래에서 반 시간쯤 기다린 다음, 나는 폴랑팡과 그의 부하들이 기슭을 따라 내 시체를 찾는 틈을 타 배 위로 올라왔소. 내 친구들은 모터보트를 타고 지나가면서 나를 태웠을 뿐이오. 그렇게 나는 호기심에 찬 오백 명의 사람들과 가니마르와 폴랑팡의 어리둥절한 눈길을 받으며 도망쳤다오」

숌즈가 외쳤다.

「정말 멋지군! 완전한 성공이오! 그런데 영국엔 무슨 볼 일이 있소?」

「그렇소. 몇 가지 해결해야 할 일이 있소……. 이런, 잊고 있었군……. 댕블발 씨는?」

「그는 모든 걸 알아버렸소」

「아! 친애하는 탐정 선생, 내가 뭐랬소? 이젠 엎질러진 물이오. 내 방식대로 하게 두는 편이 낫지 않았겠소? 하루나 이틀 정도 더 있다가 나는 브레송에게서 그 유대식 구리 등잔과 골동품들을 찾아 댕블발 일가에게 돌려줄 생각이었소. 그랬다면 그 성실한 부부는 죽는 날까지 서로의 곁에서 평화롭게 살았을 거요. 하지만 그 대신……」

숌즈가 말을 받았다.

「그 대신 내가 패를 뒤섞어 당신이 보호하고 있는 가정 한가운데 불화의 씨를 심어놓았소」

「맙소사, 그렇소. 나는 그 가정을 지켜주고 있었소! 나는 항상 훔치고 속이고 나쁜 짓만 해야 하는 거요?」

「그렇다면 좋은 일도 한단 말이오?」

「시간 여유가 있을 때면 한다오. 그리고 그 일도 즐겁소. 이 사건에서 나는 사람을 돕고 구해 주는 천사였고, 당신은 절망과 눈물을 가져오는 악마였다는 게 정말 재미있소」

「눈물을 가져온다! 눈물이라!」

영국인이 반복했다.

「당연히 그렇소! 댕블발 가정은 무너졌고 알리스 드묑은 울고 있소」

「드묑 양은 더 이상 거기 있을 수가 없었소……. 가니마르가 결국 그녀를 찾아낼 것이고……, 그녀를 통해 댕블발 부인까지 드러날 테니까 말이오」

「그 견해에 전적으로 동의하오, 선생. 그런데 그게 누구 잘못인 것 같소?」


두 남자가 그들 앞을 지나갔다. 숌즈가 울림이 약간 달라진 목소리로 뤼팽에게 물었다.

「저들이 누군 줄 아시오?」

「한 사람이 선장이라는 건 알겠소」

「그리고 또 한 사람은?」

「모르겠소」

「오스틴 질레트 씨라오. 저 사람의 영국 내 직위는 당신네 나라에서 뒤두이 씨와 같소. 프랑스 경찰청장 말이오」

「아! 행운이군! 부디 날 그분께 소개해 주시겠소? 뒤두이 씨는 내 절친한 친구 중의 하나요. 앞으로는 오스틴 질레트 씨도 친구로 삼을 수 있으면 정말 좋겠군」

문제의 두 사내가 다시 나타났다.

「그럼, 당신의 제안을 받아들여 볼까요, 뤼팽 씨?」

그렇게 말하며 숌즈는 자리에서 일어났다.

그는 아르센 뤼팽의 손목을 잡고 무쇠 같은 손으로 죄었다.

「어째서 이렇게 힘을 주는 거요, 선생? 그렇지 않아도 당신을 따라갈 만반의 태세가 되어 있다오」

실제로 뤼팽은 그 어떤 반항도 하지 않고 순순히 끌려왔다. 두 신사의 모습이 멀어지고 있었다.

숌즈는 걸음을 빨리했다. 그의 손톱이 뤼팽의 살을 파고들었다.

모든 것을 가능한 한 빨리 끝장내고 싶다는 열정 속에서 숌즈는 서두르면서 소리쳤다.

「자……, 자……, 자! 좀 더 빨리 갑시다」

다음 순간 숌즈는 걸음을 멈췄다. 알리스 드묑이 그들을 따라오고 있었던 것이다.

「뭐하는 거요, 드묑 양! 이래 봤자 소용없소……. 오지 마시오!」

그 말에 대답한 것은 뤼팽이었다.

「사태를 제대로 보셨으면 좋겠소, 선생. 이 아가씨는 지금 따라오고 싶어서 이러는 게 아니오. 내가 그녀의 손목을 당신이 내 손목을 쥐고 있는 것만큼이나 단단하게 쥐고 있다오」

「무엇 때문에?」

「무엇 때문이라니! 나로서는 저분께 그녀 또한 꼭 소개드리고 싶소. 이 유대식 구리 등잔 사건에서 그녀가 맡은 역할은 내 역할보다 훨씬 더 중요하오. 아르센 뤼팽의 공범이자 브레송의 공범으로서 그녀는 댕블발 남작 부인의 연애 사건까지 털어놔야 할 거요……. 그러면 경찰 당국은 비상한 관심을 보이겠지……. 그렇게 되면 당신은 당신이 끼어든 이 사건을 끝까지 밀어붙이는 셈이라오, 너그러운 숌즈 선생」

영국인은 뤼팽의 손목을 놓았다. 그러자 뤼팽도 여자의 손목을 놓았다.

그들은 서로 마주보고 선 채 잠시 움직이지 않았다. 이윽고 숌즈는 아까 앉았던 긴 의자로 돌아가 앉았다. 뤼팽과 젊은 처녀도 원래의 자리로 돌아갔다.

긴 침묵이 그들을 갈라놓았다. 이윽고 뤼팽이 말했다.

「이보시오, 신생. 어떤 일을 하든 우리는 같은 편에 설 수 없소. 당신은 이편에 서 있고 나는 저편에 서 있소. 서로 인사를 하고 손을 내밀고 잠시 이야기를 나눌 수는 있지만 우리 사이의 개울은 여전히 그대로요. 당신은 늘 탐정 숌즈이고, 나는 늘 괴도 뤼팽이오. 헐록 숌즈는 언제나 탐정으로서 자신의 본능에 따라 얼마간은 자의에서, 또 얼마간은 타의에서 악착같이 괴도를 쫓아 그를 〈감옥에 처넣으려〉 하오. 한편 아르센 뤼팽은 언제나 괴도로서 자신의 영혼과 합치된 모습을 보이면서, 그 탐정의 손아귀를 피하고 그를 마음껏 비웃는 거요. 이번에는 정말 그랬소! 하! 하! 하!」

그가 웃음을 터뜨렸다. 오만하고 냉정하고 오싹한 웃음이었다.

그러다가 그는 갑자기 젊은 처녀 쪽으로 몸을 기울이며 진지한 어조로 말했다.

「잊지 마시오, 드묑 양. 어떤 곤경에 처할지라도 내가 당신을 배반하지 않는다는 사실을. 아르센 뤼팽은 결코 사람을 배반하지 않는다오. 특히 그가 사랑하는 사람들, 그가 존경하는 사람들일 경우엔 더욱 그렇소. 꿋꿋하고 사랑스러운 당신을 아끼고 찬미한다는 사실을 말하고 싶소」

그는 지갑에서 명함 한 장을 꺼내 둘로 찢어 반을 젊은 처녀에게 내민 다음 상대를 배려하는 듯한 그 열정적인 목소리로 말했다.

「숌즈 씨로 해서 일이 잘 풀리지 않는다면 말이오, 드묑 양, 스트롱버로 부인을 찾아가시오. 그분의 거처는 쉽게 찾을 수 있을 거요. 그분을 만나 이 명함 반쪽을 보여주면서 〈소중한 기념품〉이라고만 하시오. 그러면 스트롱버로 부인이 당신을 친자매처럼 대해줄 거요」

젊은 처녀가 말했다.

「고맙습니다. 내일 당장 찾아가겠어요」

뤼팽은 할 일을 다한 사람처럼 만족한 어조로 말했다.

「선생, 좋은 밤 보내시길 바라오. 아직 항해가 한 시간 남았으니 난 한숨 자야겠소」

그는 길게 누운 다음 두 손을 깍지 끼어 머리 밑에 넣었다.


하늘이 달빛 앞에 활짝 열려 있었다. 별들 주위로, 바다의 표
면 위로 달빛이 눈부시게 빛났다. 물 속에도 달이 떠다녔고, 거
대한 창공 역시 달을 받들고 있는 듯했다. 마지막 남은 구름들이
모습을 감추고 있었다.

어두운 수평선에서 해안선이 모습을 드러냈다. 승객들이 다시
갑판으로 올라오기 시작했다. 갑판은 사람들로 가득 찼다. 오스
틴 질레트 씨가 두 사내와 함께 지나갔다. 숌즈는 그들이 영국 경
찰임을 알아보았다.

긴 의자 위에서 뤼팽은 자고 있었다.

**옮긴이 | 김남주**

1960년 서울에서 태어나 이화여대 불문과를 졸업하고 주로 프랑스 현대 문학과 인문학 책들을 번역해 왔다. 로맹 가리의 『새들은 페루에 가서 죽다』 엑토르 비앙시오티의 『낮이 밤에게 하는 이야기』, 『아주 느린 사랑의 발걸음』, 아멜리 노통의 『오후 네시』, 『사랑의 파괴』, 안 그로스피롱의 『이제 사랑할 시간만 남았다』, 장-루이 푸르니에의 『나의 아빠 닥터 푸르니에』, 도미니크 보나의 『세 예술가의 연인』, 레몽 장의 『세잔, 졸라를 만나다』, 로버트 래드포드의 『달리』 등을 우리말로 옮겼다.

아르센 뤼팽 전집 2
# 아르센 뤼팽 대 헐록숌즈

1판 1쇄 펴냄 2002년 4월 1일
1판 18쇄 펴냄 2018년 2월 14일

**지은이 |** 모리스 르블랑
**옮긴이 |** 김남주
**발행인 |** 박근섭
**편집인 |** 김준혁
**펴낸곳 |** 황금가지

**출판등록 |** 2009. 10. 8 (제2009-000273호)
**주소 |** 135-887 서울 강남구 신사동 506 강남출판문화센터 5층
**전화 |** 영업부 515-2000 **편집부** 3446-8774 **팩시밀리** 515-2007
**홈페이지 |** www.goldenbough.co.kr

ⓒ 황금가지, 2002. Printed in Seoul, Korea

ISBN 978-89-8273-419-9 04860 (2권)
ISBN 978-89-8273-417-5 (set)

㈜민음인은 민음사 출판 그룹의 자회사입니다.
황금가지는 ㈜민음인의 픽션 전문 출간 브랜드입니다.